드래곤 나이트

DRAGON KNIGHT

3

박제후 판타지 장편소설

FANTASY STORY & ADVENTURE

dream
books
드림북스

드래곤 나이트 3 남부의 군웅들

초판 1쇄 인쇄 / 2011년 8월 26일
초판 1쇄 발행 / 2011년 9월 6일

지은이 / 박제후

발행인 / 오영배
편집팀장 / 신동철
책임편집 / 이소라
편집디자인 / 신경선
펴낸 곳 / (주)삼양출판사 · 드림북스

주소 / 서울특별시 강북구 송천동 322-10호
대표 전화 / 02-980-2112 팩스 / 02-983-0660
편집부 전화 / 02-980-2116 팩스 / 02-983-8201
블로그 / blog.naver.com/dreambookss

등록번호 / 제9-00046호
등록일자 / 1999년 3월 11일

ⓒ 박제후, 2011

값 8,000원

ISBN 978-89-542-4428-2 (04810) / 978-89-542-4425-1 (세트)

CONTENTS

1장
눈물이 맺힌 눈

DRAGON
KNIGHT

성력 1200년대에는 여성이 남성의 옷을 입는 것 자체를 죄악으로 생각했다. 자칫하다가는 마녀나 이단으로 몰려 종교재판에 회부될 수도 있는 문제였다. 이것은 지위고하를 떠난 문제로, 농노의 딸이나 왕의 딸이나 공평하게 치마를 입어야 했다. 그런 사회 풍토 속에서 아리엘 경이 기사가 된 건 기적에 가까운 일이었다. 그녀는 낡은 관습이 만들어 낸 고정관념을 흔들었다. 그렇지만 그녀 또한 전쟁터에서는 머리카락을 짧게 자르고 남자와 같은 갑옷을 착용했다. 아리엘 경이 그녀의 상징이 되는 드레스아머(공단 드레스에 철판갑옷을 혼용한 갑옷)를 입는 것도 그녀가 기사로서 첫발을 떼고도 한참 후의 일이었다.

순간 아르디오넬은 빛무리로 변해서 레이놀드를 감쌌다. 이윽고 돌조차 녹이는 스르굴의 화염이 덮쳤지만 레이놀드는 정면으로 뚫고 가 썬더를 내리찍었다.

캉!

그러나 스랭도르는 그의 검을 한 손으로 잡아냈다. 강철을 베는 썬더와 드래고닉 오러의 조합인 걸 생각하면 놀라운 일이었다. 시꺼멓고 날카로운 손톱이 난 그의 손은 인간의 것이 아닌 것 같았다.

"이럴 수가!"

"나는 복수와 증오를 관장하는 그녀의 대기사(Champion)! 용의 피로 잔재주나 부리는 네놈 같은 애송이와는 차원이 다르단 말이다!"

스랭도르는 다른 손으로 레이놀드의 복부를 강타했다.

퍼억!

단숨에 갑옷이 터지며 그는 뒤로 수 미터나 데굴데굴 굴러갔다. 형편없이 널브러진 레이놀드는 일어나려고 안간힘을 썼지만, 몸이 말을 듣지 않았다.

"커헉."

아무래도 뼈마디 어디가 부러진 모양이었다.

"끼에엑!"

마력이 끊기자 아르디오넬은 원상태로 돌아와 당황한 기색으로 시끄럽게 울어댔다. 하지만 대영주는 작은 용 따위는 신경도 쓰지 않았다.

"이제 알겠나? 자네는 날 용서할 자격이 없다는 것을."

그는 고개를 들어 자신을 내려다보는 스랭도르의 눈동자를 쳐다보았다. 보기만 해도 미칠 것 같은 기분이었다. 눈앞에 스승과 약혼녀의 원수가 있는데 손도 못쓴다. 참담함을 이루 말할 수 없었다.

'에이드리가 죽은 게 모두 저자 때문이야!'

이미 세상에 없는 약혼녀를 떠올리자 한층 증오가 깊어졌다. 그는 무언가에 홀린 듯 자리에서 일어났다. 레이놀드는 용의 심장을 흡수할 때 겪었던 고통을 분노로 이겨 냈다. 그래서인지 이런 상황에 빠지자 심장이 더욱 요동을 쳤다. 그는 아직 정확히 몰랐지만 무언가 한계 이상의 것이 튀어나오는 것 같았다.

"이 녀석!"

레이놀드는 화살처럼 앞으로 튀어 나갔다.

부우우우-.

검에는 빛나는 오러가 한층 강렬해졌다. 쓰러뜨린 줄 알았던 녀석이 갑자기 달려들자 여유만만하던 스랭도르도 순간 당황하는 표정을 보였다. 오러로 불타는 썬더가 엄청난 기세로 그의 심장을 향해 다가왔다.

"복수의 주인이시여!"

그는 다급하게 복수와 증오를 담당하는 신격을 불렀다. 그러면서 그녀의 종들에게 허락된 능력인, 심장에 엘리디움을 두르는 마법을 부렸다. 엘리디움은 강철보다 단단하다는 전설의 금속이었다. 그 순간 썬더가 곧바로 찔러 들어왔다.

"큭!"

스랭도르는 자신의 가슴을 강타하는 충격에 신음을 흘렸다. 다행히 날카로운 칼날이 심장을 뚫고 지나가지는 않은 것 같았다. 아무리 그가 신격의 대기사라고 해도 따지고 보면 인간에 불과하다. 심장이 관통되면 즉사를 피할 수 없다.

하지만 스랭도르를 구한 것은 주인의 권능이 아니라 오래된 성물이었다. 레이놀드의 검은 그의 목에 걸려 있던 아르카나의 열쇠 끝 부분을 찌른 것이다.

열쇠는 오래된 뼛조각으로 만들어진 물건으로 보였지만 괜히 성물이라 불리는 게 아닌 듯, 그 무시무시한 일격을 견뎌 냈다.

"빌어먹을."

그 순간 열쇠의 끝 부분이 살짝 금이 가더니 푸른빛이 새어 나왔다. 예상치 못한 현상에 두 사람은 당황했고 별안간 성물이 요란한 소리를 내며 폭발했다.

콰앙!

레이놀드는 강한 충격과 함께 뒤로 뒹굴었다.

"커헉."

이번에는 정말로 타격이 컸다. 입에서는 피가 쏟아졌고 폭발의 파편이 날아와 박힌 듯 가슴에 강한 통증을 느꼈다. 반면 스랭도르는 충격을 정면으로 견뎌 냈다. 그는 오히려 귀중한 성물의 일부분이 부서졌다는 데 크게 놀란 듯했다.

"이 멍청한 녀석! 네놈이 뭔 짓을 했는지 아나!"

대영주는 크게 역정을 내며 아르카나의 열쇠를 조심스럽게 살폈다. 열쇠는 폭발에도 불구하고 일부만 부서진 모습이었다. 유심히 살피던 그는 성물 안에 깃든 강한 힘에는 이상이 없음을 발견하고 안도했다.

'정말 다행이군.'

수리를 위해서 한동안 꽤 애를 먹을 것 같지만, 대영주는 이 정도면 불행 중 다행이란 생각이 들었다. 새삼 그는 자신을 이렇게 곤경에 빠뜨린 레이놀드가 다시 보였다. 아직 미숙했지만, 간간이 보이는 실력이 보통이 아니어서 몇 번이나 스랭도르를 놀라게 했다.

'이거 정말 나중에 크게 될 놈이구나.'

지금 자신을 바라보는 레이놀드의 눈은 증오로 파르르 떨리고 있었다. 격정 어린 그 모습에 스랭도르는 혀를 찼다. 어딘지 모르게 이 청년이 자신의 젊은 시절과 닮았다는 생각이 들었다. 그는 회한에 잠겨 말을 늘어놓았다.

"알지, 나도 잘 알아, 그 심경과 복수와 증오에 대한 갈망을. 아무튼, 죽이지는 않을 테니 그렇게 노려보지 말게. 자네가 마음에 든다고 했던 말은 거짓이 아니거든. 게다가 그 용의 힘이란 것도 내게 별 방해가 안 된다는 게 확실해졌으니깐 말이야."

"……."

"왜? 배신감이 드는가? 내 충고 하나만 하지. 앞으로 아무도 믿지 말게. 믿음은 결국 고통으로 보답 받는다네."

아주 잠깐이었지만 그의 얼굴에 연민의 빛이 떠올랐다.

"그리고 말일세, 염치없긴 하지만 그 목숨의 대가로 내 딸년을 부탁하겠네. 자네가 아주 마음에 든 모양이야. 난 일찍이 아리엘이 남자를 그런 눈으로 바라보는 것을 본 적이 없어."

레이놀드는 복잡한 마음에 아무런 대답도 할 수 없었다. 그러나 스랭도르는 별 상관없다는 듯 미소를 지었다.

"레이놀드, 자네가 복수와 증오의 길을 걷는다면 우린 언젠가 다시 만나게 될 걸세. 그리고 그때는 오늘처럼 사정을 봐주지 않을 거야. 그러니까 아리엘을 데리고 남부로 가게. 자네의 평화로운 영지로 가서 예쁜 내 딸을 데리고 행복하게 살아. 이제 수도와 그 북쪽은 모두 불타버릴 테니 만약 야망이 있다면 전란 동안 힘을 비축하고 기다리게. 그럼 모든 게 끝났을 때 한밑천 잡을 수 있을 거야. 하하하하핫!"

무서운 말을 거리낌 없이 하고 있었지만, 그의 얼굴에서 알 수 없는 공허와 괴로움이 보였다. 스랭도르는 웃음을 멈추고는 살짝 찡그린 얼굴로 말을 마쳤다.

"……다 잊어, 모든 걸 잊으면 행복해질 수 있어. 고통과 증오로 몸부림치며 매일 밤을 보내지 않아도 돼. 복수는 자네 생각처럼 즐거운 일이 아니야."

묵묵히 듣고만 있던 레이놀드는 힘겹게 일어나며 반발했다.

"듣기 싫다! 난 잊을 수 없다. 그 죽음들을! 그날의 비극 앞에 한 맹세를 내가 기억하는 한 어림도 없는 일이다!"

용의 혈통 덕분인지 잊혀지지 않은 원한 덕분인지 피를 흘리면서도 레이놀드는 다시 검을 잡아 올렸다. 그는 마음속에서 분노가 점점 주체할 수 없이 부풀어 오르며 감정의 한계점에 이르는 것을 느꼈다. 다친 몸 때문에 의지할 것이 이런 악감정뿐이었다.

"모두 네놈 때문이다!"

순간 스랭도르는 레이놀드의 모습에 깜짝 놀라지 않을 수 없었다. 검은색 눈동자가 어느새 붉은색으로 변해 있었다. 게다가 그 눈동자는 사람의 것이 아니라 용의 것 같았다.

'이건!'

대영주는 레이놀드의 눈동자가 언젠가 본 적 있는 붉은용의 눈동자와 같다는 생각이 들었다.

"크아아아악!"

심장이 터질 것 같은 고통에 레이놀드는 몸을 뒤틀었다. 그는 본능적으로 몸 안에서 마력의 폭풍이 불고 있는 걸 깨달았다.

살아남으려면 반드시 이 기운을 몸 밖으로 **빼내야** 한다. 레이놀드는 분노로 정신을 잃어가는 와중에서도 억지로 마력을 이용해 검을 밀어냈다.

콰지이이잉!

몸 안에서 일어났던 마력의 폭주를 검으로 밀어내자 놀라운 일이 일어났다. 썬더의 검신 위로 붉은 연기가 서리고 그 곁으로 선홍빛 번개가 몰아쳤다.

꽈직! 퍼엉! 쾅!

마치 천둥이 바로 옆에 있는 것처럼 요란한 소리가 났다. 그 힘이 얼마나 강한지 명검 썬더조차 견뎌 내지 못하고 검신이 떨리고 있었다.

레이놀드는 지금 일격을 날리지 못하면 썬더가 부러지고 말리란 것을 깨달았다. 그는 검을 머리 위로 올리며 스랭도르를 쳐다봤다.

"반드시 죽이겠다!"

붉게 변한 레이놀드의 눈동자는 단호해 보였다.

"네놈!"

자신만만하고 무서울 것이 없던 대영주도 그 순간 두려움을 느꼈다. 어떻게 된 일인지 진짜 용이 자신을 쏘아보고 있는 것 같았다. 게다가 저 검 위에 서린 기운은 경험 많은 그조차 모르는 종류였다.

"복, 복수의 신격이시여!"

대영주가 더듬거리는 목소리로 주인을 부르는 순간 레이놀드는 몸을 날리듯 쇄도해 들어갔다. 그리고 선홍빛 번개가 감싸인 붉은 폭풍의 검을 스랭도르에게 휘둘렀다.

콰앙!

엄청난 일격이었다. 본인은 몰랐지만 지금 레이놀드의 근력은 초인의 것에 가깝게 증대된 상태였다. 덕분에 이 일격은 거인의 목을 칠 정도로 강력했다.

우르르르－.

지하 묘지가 통째로 무너질 듯한 진동이 주변을 울렸다. 그뿐만 아니라, 스랭도르의 몸을 관통한 선홍빛 번개가 사방으로 뿌려지는 충격은 어마어마했다. 주변의 석재가 무너지고 바닥이 통째로 흔들렸다.

"크흑……."

스랭도르는 그 절체절명의 순간 자신이 가진 최고의 기술을 끌어내 레이놀드의 힘에 대적했다. 그러나 이 붉은 분노 앞에 아무것도 소용없었다.

그는 미처 비명도 지르지 못하고 쓰러졌다. 벽에 등을 기댄 스랭도르는 피범벅이 되어 있었다. 입에서 한 움큼 피를 토했고 가슴은 검격에 의해 벌어졌다. 그는 멍하니 레이놀드를 쳐다보다 낮은 웃음을 흘렸다.

"정말 믿을 수가 없군, 사위. 그게 대체 무슨 힘인가? 이 말하기 힘든 거대한 기운……. 내가 용의 피를 얕본 것인가……."

스랭도르는 진심으로 감탄했다는 듯 중얼거렸다. 그러나 레이놀드는 마땅히 할 만한 대답이 없었다. 폭주하던 힘을 방출하자 그는 빠르게 정상으로 돌아오고 있었지만 사라진 힘은 의문만 남겼다.

"이제 죽음을 맞게 해주지. 그래도 아리엘의 부친이란 것을 생각해 명예를 지켜 주겠다."

어느새 검은색으로 돌아온 레이놀드의 눈동자가 싸늘하게 빛났다. 그는 절대 이 원수에게 자비를 베풀 생각이 없었다. 지금 자신이 들고 있는 썬더의 본래 주인만 해도 스랭도르 때문에 억울한 죽음을 당했다. 그리고 에이드리를 생각하면 도저히 용서할 수 없었다.

"크크큭, 이렇게 죽는 건가. 그 정도의 힘이라면 나도 모시는 분께 변명을 할 수 있겠군."

그는 이미 삶을 포기한 것 같았다. 흉부에 난 상처가 지나치게 컸다. 부러진 갈비뼈와 부풀어 오르는 폐가 선명하게 보일 지경이었다. 그나마 스랭도르가 최고의 힘을 끌어내 이 정도였지 죽은 발라도였다면 바로 두 동강이 났을 것이다.

"이제 이 악연을 끊읍시다."

레이놀드는 일격에 목을 날려 버릴 생각이었다. 마음 같아서는 찢어 죽여도 시원찮을 상대였지만 대영주인데다 아리엘

의 부친임을 고려하기로 했다. 묵직한 기합소리와 함께 썬더
가 휘둘러졌다.

칭!

그 순간, 짧은 쇳소리와 함께 눈앞에 빛이 번쩍였다. 놀란
레이놀드가 황급히 뒤로 물러났다. 갑자기 누군가 나타나 검
을 막은 것이다.

"이런!"

갑자기 나타난 상대는 육중한 갑옷을 입고 투구 대신 두건
을 쓰고 있었다. 얼굴은 거의 보이지 않았지만, 일자로 다물어
진 입술이 굳건해 보였다. 그리고 놀랍게도 그의 등에는 검은
날개가 있었다. 그는 멀리서 울리는 것 같은 목소리로 말했다.

"끼어들어 미안하다. 다만, 그분께서 대기사가 지금 쓰러지
는 걸 원하지 않으신다. 젊은 용."

"……넌 누구냐?"

"내 이름은 요스웨르스."

"뭐하는 녀석인지 모르겠다만 네게 이 정당한 복수를 방해
할 자격은 없다."

"그분이 그렇게 되기를 원하신다는 것이 나의 자격이다."

"결국 너도 같이 베어야겠군."

레이놀드가 썬더를 들어 올리자 요스웨르스는 고개를 내저
었다.

"만약 네가 그분의 대기사와 계속 대적한다면 지금이 아니

라도 곧 다시 만나게 될 것이다. 오늘은 때가 아니니 이만 물러나겠다."

그렇게 말한 그는 알 수 없는 주문을 외웠다. 레이놀드는 상대가 대영주를 데리고 이탈하려 함을 눈치채고는 즉각 달려들었다.

"이 녀석!"

번쩍―.

썬더가 눈앞을 갈랐을 때는 대영주도, 검은 날개를 가진 요스웨르스도 이미 보이지 않았다.

＊   ＊   ＊

북부의 모든 전쟁이 끝났다. 화이트클리프의 외곽에 있던 홉고블린군은 뿔뿔이 흩어져 철수했다. 그들은 레드포레스트에서 하드스톤까지 이어지는 긴 점령지를 포기하고 자신들의 왕국으로 돌아갔다.

마치 지금까지 애를 써 점령한 곳들이 쓸모없다는 태도를 보여 북부인들은 의아해했지만, 종전의 즐거움에 그런 의문들은 금세 묻혀 버렸다. 성안으로 들어온 대부분의 홉고블린들은 살해 당했다. 벨라와 싸우던 이자나곤, 요하네스 경의 상대였던 우름포프 같은 고급 장교들만이 마법의 도움을 받아 탈출했다.

전쟁이 끝나자 여러 영웅이 탄생했는데 단연 최고는 레이놀드였다. 사람들은 모이면 그에 대해서 이야기하길 좋아했다. 이야깃거리도 많았다. 그중 제일은 어디서 나타났는지 알 수 없는 작은 용이었다. 용의 이름은 아르디오넬로 오색빛 비늘을 가진 화려한 모습은 많은 사람을 매료시켰다. 이 놀랍고도 신비한 생물의 주인이란 점은 레이놀드를 대단해 보이게 만들기 충분했다.

왕자 역시 북부의 구원자로 환영을 받았다. 또한 라센과 벨라벨로, 아리엘도 이 전쟁에서 탄생한 영웅들이었다.

작고 용감한 전사 벨라벨로 레드핑거의 이야기는 쉽게 흥미를 끌었다. 아무래도 그가 호크마란 사실이 유명세에 한몫을 한 것 같았다. 성당 안에서의 싸움에 대해 제보를 들은 왕자가 직접 기사들을 이끌고 지하 묘지로 내려왔을 때 벨라벨로는 강력한 이자나곤과 혈투를 벌이고 있었다. 온몸에 상처를 입고도 두 배 이상 큰 상대에게 밀리지 않고 싸우는 모습은 무인인 왕자의 호감을 얻었다. 비록 이자나곤은 마법으로 도주하긴 했지만 벨라벨로의 분투는 널리 알려졌다.

그리고 아리엘은 이번 일을 계기로 기사로서 완전히 인정받았다. 그녀가 직접 선두에서 왕자군을 지원하기 위해 적진으로 뛰어드는 모습을 성벽 위의 많은 병사들이 보았다. 그건 사람들에게 깊은 인상을 남겼고, 결국 그런 용기와 신념은 낡은 관습이 만들어낸 고정관념을 흔들었다.

이제 검을 든 남자들도 모두 그녀에게 존경을 표시했다. 누구도 아리엘 아르디의 무력과 고결한 정신에 대해 반론을 제기하지 않았다. 물론 자신들의 딸이 검을 들겠다면 다리몽둥이를 부러뜨릴 아버지들이 허다하나, 아리엘에 대해선 이러쿵저러쿵 떠들지 않았다. 단적인 예로 가신들은 이제 그녀를 아가씨라 부르지 않고 사령관님이라고 불렀다.

*　　*　　*

"그냥 살라고?"

"네, 영주님."

레이놀드는 지금 한 의사랑 상담 중이다. 아르카나의 열쇠 일부가 폭발하는 순간 몇 개의 파편이 그의 몸에 박혀서 이를 제거하기 위해 의사를 찾아온 것이다.

그러나 의사는 그 정도로 수준 높은 수술은 신성 벤타케 제국에서가 아니면 불가능하다고 했다. 레이놀드가 실망하자 그는 옛날 전쟁터에서 박힌 화살촉을 몸 안에 넣고 살았던 군스타스 왕의 이야기를 꺼냈다.

"그분께서는 이 화살촉을 자신의 훈장으로 삼겠다고 했었죠. 어설프게 몸을 째느니 그냥 두는 게 백배 낫습니다. 잘못하다 멀쩡한 기사님 잡는 꼴 여러 번 봤습니다. 오죽하면 의사가 치료하는 사람보다 멀리 보내는 사람이 더 많다는 말이 나오겠습니까?"

"본인이 의사인데 상당히 솔직하군."

그는 어깨만 으쓱하고 만다.

"하하하, 작금의 의료 수준이란 게 그런 걸 어찌합니까."

"흐음……."

젊은 영주는 자신의 몸을 내려다보며 신음을 했다. 영 찝찝하긴 했지만, 그냥 살아야 할 것 같았다. 다행히 파편이 박힌 곳은 외상도 심하지 않아 그냥 모기에 물려 붉게 부풀어 오른 정도로만 보였다.

"이 정도면 작은 파편입니다, 영주님. 사시는 데 지장 없습니다. 따로 몸이 불편하거나 하지는 않으십니까?"

"전혀. 사실 아무런 느낌도 없어."

"그럼 내버려 두십시오. 화살촉이나 대검의 파편을 몸에 안고 사는 자가 여럿입니다."

"알겠네, 나도 이걸 훈장으로 삼지."

결국 그는 상담해 준 의사에게 수고비를 쥐여 주고 밖으로 나왔다. 자신이 생각해 봐도 별 상관없을 듯했다. 무엇이 몸에 박혔는지 정확히 알 수 없었지만, 기껏해야 뼛조각이나 금속의 파편일 것이다. 둘 다 강철보다 훨씬 몸에서 저항이 없는 물건들이다. 잠시 고민하던 그는 이 건에 대해 잊기로 했다.

'하긴 당장 문제는 그게 아니지.'

사실 레이놀드와 아르디오넬은 지하 묘지에서 있었던 스랭도르와의 싸움 이후 고심에 빠졌다. 갑자기 튀어나온 그 힘 때문이었다. 아르디오넬은 선홍빛 번개를 만든 기운이 카엔의 것임을 금세 알아챘다.

레이놀드의 붉은 눈동자는 아무리 봐도 기억 속의 붉은용 우르케론, 즉 카엔의 것이었다. 그건 아무래도 아르디오넬을 당혹스럽게 했다. 게다가 그때 이후로 한 가지 능력이 생겼다. 본의 아니게 발현된 선홍빛 번개는 다시 꺼내지 못했지만, 초인적으로 커졌던 완력을 다시 살려낼 수 있었다. 계속 유지가 되는 건 아니었지만, 충분히 활용할 만한 힘이었다.

레이놀드는 이 능력 또한 드래고닉 오러를 이용한 기술의 한 갈래로 생각해 '붉은용의 힘'이란 명칭을 붙였다. 그리고 일시적으로 나타났던 미지의 각성 상태를 '붉은용의 폭주'라 칭했다. 일단 이름을 붙여 놔야 이해하기 쉬웠다. 그는 마음속으로 자신이 익힌 드래고닉 오러의 기술을 정리했다.

용의 분노-일격의 기술. 마력의 한도 내에서 하루에 몇 번이고 능숙하게 사용 가능. 다만, 마력의 소모가 심함.

용의 손톱-광역 공격 기술. 두세 차례 시전 후 재차 사용하기까지 시간이 필요하지만, 마력의 한도 내에서 능숙하게 사용 가능.

붉은용의 힘-보조적 기술. 초인적 힘을 불러냄. 하루에 한 번

사용 가능. 능숙해지면 여러 차례 가능할지 미지수.

붉은용의 폭주―미지의 영역. 분노에 정신을 빼앗길 때 각성했던 힘. 다시 사용할 방법은 아직 파악 못 함.

어쨌든 생각지 못한 힘의 획득은 결과적으로 좋은 것이지만, 아르디오넬은 혹시라도 붉은용 카엔의 기운이 레이놀드에게 악영향을 주지 않을까 걱정스러웠다. 계속되는 고민에도 불구하고 아르디오넬은 이 신비한 일의 원인을 아직 밝혀내지 못했다

"넬, 뭔가 알아냈어요? 이 힘이 계속 유지가 될까요?"

"글세, 아직 뭔가 단정하기 힘드네. 아무래도 네 증상은 붉은용의 기운이 폭발한 후유증 같긴 한데……. 원래 붉은용은 용 중에서도 근력의 상징과도 같은 존재야. 지혜롭고 강한 황금용도 붉은용은 마법으로만 상대하지. 아무래도 네가 붉은용의 심장을 먹고 드래고닉 오러를 일으킨 게 원인 같기도 한데……."

하지만 그건 어디까지나 추론이었다.

"주변에 사람이 많아. 말 걸지 마."

대답이 빈곤해지자 그녀는 괜히 신경질을 부렸다. 똑똑한 자신이 알지 못하는 것이 있다는 게 짜증스러운 듯했다. 레이놀드는 정령용의 태도에 웃음을 지었다.

'솔직히 더 생각해 봐야 무슨 일인지 모르겠다. 나중에 새로운 단서가 나오면 그때 고민해 보지 뭐.'

며칠째 고민 중인 아르디오넬과 달리 레이놀드는 쉽게 생각을 정리했다. 그러자 조금 기분이 나아졌고 홀가분한 느낌으로 주위를 둘러보았다.

갖가지 공사가 진행되고 있는 도시는 떠들썩했다. 한동안 북부는 전란의 소용돌이가 남긴 참화를 극복하느라 여념이 없을 것이다.

도시의 반 정도가 홉고블린들이 지른 불에 타버렸으니 모두 바쁘게 움직여야 했다. 그러던 중 기사 서임식이 열릴 것이라는 소식이 들려왔다. 논공행상의 자리이자 가라앉은 분위기를 띄울 좋은 기회였기에 사람들의 환영을 받았다. 서임을 받을 자 중, 북부의 영웅으로 등극한 레이놀드가 가장 눈에 들어왔다. 그런데 이번 서임식에는 아주 특별한 기사 후보가 두 사람 있었다. 바로 호크마인 벨라벨로 레드핑거와 여자인 아리엘 아르디였다.

*　　　*　　　*

12월 둘째 주, 눈발이 흩날리는 일요일 아침에 레이놀드와 공을 세운 사람들의 기사서임식이 있었다. 총 열다섯 명인 그들은 이미 전날부터 잠을 자지 않은 상태였다.

교회에서 단식하고 철야 기도를 하며 자신의 죄를 회개했다. 새벽녘에는 차가운 우물물에 몸을 씻고는 순결을 상징하는 하얀 덧옷을 입었다. 기사가 된다는 것은 새로운 삶과 새 인생의 시작을 의미했다. 아침이 오자 그들은 신을 향한 송가를 부르며 거리를 행진했다. 그중 어깨 위에 정령용을 올려놓은 레이놀드가 단연 돋보였다.

이틀 전 눈이 내렸고, 수북이 쌓인 눈은 북부의 도시를 하얀색으로 바꿔 놓았다. 어제는 날씨가 조금 따뜻해서 눈의 윗부분이 살짝 녹았는데 지난밤 추위에 다시 얼어붙었다. 그 때문에 아침이 되자 쌓인 눈 위에 생긴 작고 반짝이는 얼음 결정이 햇살에 수정처럼 빛나며 도시를 눈부시게 했다. 건물 사이의 도로를 걷던 레이놀드는 그 반짝이는 눈이 죽은 이들의 눈물 같다는 생각을 했다.

남은 마을 사람들은 기사가 되는 이들을 축하해 주기 위해 덧옷을 입고 거리에서 같이 노래를 불러 주거나 축복의 말을 건넸다. 쌓인 눈과 같은 차분함과 쓸쓸함이 도시에 깃들어 있었고, 사람들은 좋은 날이라며 애써 웃음 지었다. 지나가던 레이놀드에게 조르다노 파시가 말을 걸었다. 그는 아침부터 반쯤 술에 취해 있었다.

"신의 축복과 정의가 늘 함께 하길 빕니다."

"감사합니다. 이번 전쟁에서 당신이 세운 공을 잊지 않겠습니다."

레이놀드는 그에게 웃음 지으며 성당으로 향했다. 성당의 이름은 성인 자르구의 이름을 따 성 자르구 대성당이라고 불렸다. 화이트클리프와 어울리게 첨탑이 높아 웅장해 보였다. 안에는 많은 북부인이 자리를 채우고 있었다. 기사로 서임되는 자들은 사람들의 시선을 받으며 앞으로 나아갔다. 특히 정령용인 아르디오넬을 신기한 듯 쳐다봤다.

"먼저 신을 향한 송가를 부릅시다."

대주교의 주관으로 예배를 본 후 바로 기사 서임이 이어졌다. 도검 수여식을 하고 왕자는 기사들의 검으로 어깨를 살짝 두들기며 도례(刀禮)를 행했다.

"왕과 교회에게 충성하고, 여성과 어린아이를 보호하며 법과 정의를 수호하겠는가?"

"진실로 그리하겠습니다. 저의 명예는 저의 생명이 될 것입니다."

레이놀드는 진심으로 대답했다. 그 후 대주교의 축성(祝聖)과 박차 수여식이 차례로 이어졌다. 아름다운 처녀들이 금을 입힌 박차와 검은색 장갑을 가지고 나왔다.

관례에 따라 종자가 모셨던 기사들이 나와 직접 자기 제자의 발에 박차를 갈아주었다. 종자의 표식이었던 쇠 박차의 자리를 기사의 상징인 도금 박차가 대신했다. 아리엘과 벨라벨로는 종자 생활을 하지 않았기에 주교가 직접 박차를 달아 주었다. 훈훈하기 그지없는 분위기 속에서 레이놀드는 울적한 기분이 되었다.

'스승님……'

레이놀드는 제온 영주의 마지막 모습을 떠올렸다. 그는 비장한 모습으로 에이드리를 부탁한다고 말했다. 항상 강인했던 얼굴에는 슬픔이 어려 있었다. 잠시 잊고 있던 일이 생각나자 흉터가 찌릿찌릿 저려 왔다.

마치 다시 상처가 벌어진 기분이었다.

에이드리가 눈앞에서 살해당한 장면이 떠올랐다. 그는 마음속에 스멀스멀 기어 나오는 증오와 복수심에 이를 악물었다. 잠깐이나마 기쁨에 젖었던 자신이 부끄러웠다. 그때 왕자가 그의 앞에 다가왔다.

"블랙우드 가의 영웅에게 오늘이 좋은 날이길."

"황송하옵나이다, 전하."

그의 손에는 박차가 들려 있었는데 금색이 아니라 무거운 은색이었다. 값비싼 백금을 도금한 박차였다.

"이건 내가 특별히 자네를 위해 마련한 것이네."

백금 박차를 다는 것보다 더 놀라운 건 왕자가 그의 앞에서 한쪽 무릎을 꿇고 박차를 신겨 주는 것이었다. 레이놀드는 황급히 왕자를 말렸다.

"전, 전하!"

당황한 그의 태도에 왕자의 부관이 미소 지었다.

"전하의 뜻이십니다. 레이놀드 님께서 모시던 분을 잃었다는 이야기를 들으신 전하께서 직접 박차를 달아 주시기로 하셨습니다."

"전하의 관대함에 그저 고개를 숙일 뿐입니다."

이미 주위에서는 지체 높은 왕자가 일개 종자에게 직접 박차를 달아 주는 걸 보고 놀라 수군거리고 있었다. 레이놀드는 많은 이들로부터 선망과 질투의 시선을 동시에 받았다.

"전하가 직접 박차를 달아 주시다니."

"북부의 젊은 영웅을 인정한다는 뜻이겠지."

"부럽군, 더없는 영광이겠어."

사람들은 레이놀드를 보며 수군거렸다. 그때 주교가 손을 들었다.

"이제 식이 다 끝났습니다."

모두 입을 다물고 정숙했다. 그러자 조프루아 왕자가 대성당 안이 울릴 정도로 소리쳤다.

"신의 이름으로! 이제 이들은 기사가 되었다!"

우레와 같은 함성과 박수가 북부의 젊은이들을 축하했다. 사람들은 저마다 기사가 된 사람들의 이름을 외쳤는데 그중 레이놀드를 부르는 소리가 가장 컸다.

"레이놀드! 레이놀드!"

"북부의 영웅!"

그때 미리 천장에서 대기하고 있던 복사(服事)들이 하얀색을 칠한 낙엽 조각을 뿌렸다. 비록 꽃잎보다야 못했지만 새 출발을 하는 자들을 축복하기엔 충분했다. 사방에 눈처럼 떨어지는 조각 속에서 어깨 위에 정령용을 올려놓은 레이놀드는 사람들의 환호를 가득 받았다.

*　　　*　　　*

기사 서임식은 야외에서 진행된 군마 수여식을 마지막으로 모두 끝났다. 이제 막 기사가 된 자들은 벅찬 감동으로 환호했다. 이 시간부터 인생의 새로운 장과 마주하게 된 것이다.

"와아아아!"

"축하합니다."

기사들의 주위는 축하를 위해 달려온 지인들로 가득했다. 그때 아리엘이 조심스럽게 레이놀드에게 다가왔다. 그녀를 보자 그는 심장이 뛰었다.

'스랭도르의 딸……'

레이놀드는 그녀를 보며 말할 수 없는 복잡한 심경을 느꼈다. 솔직히 아리엘에게 어떤 태도를 보여야 할지 알 수가 없었다.

마음을 설레게 하던 여자가 이제는 원수의 딸이 된 것이다.

"저, 레이놀드 님."

"네. 아르디 경."

그는 차가운 어투로 대답했다. 사실 그 정도로 쌀쌀맞게 대

할 생각은 아니었는데, 무심결에 나온 말투에 자신도 놀라고
말았다.

그의 대답에 아리엘은 실수를 깨닫고 당황한 표정이 되었
다. 그녀는 자신의 잘못으로 레이놀드가 기분이 상한 건가 싶
어 미안해했다.

"죄송해요. 이제 기사신데."

레이놀드는 고개를 저었다.

"괜찮습니다, 경."

그의 복잡한 심경을 모르는 아리엘은 '경' 이란 말에 즐거운
듯 미소를 지었다. 오늘은 그녀에게 무척이나 특별한 날이리
라. 그녀가 느끼는 감정에는 슬픔도 섞여 있는 것 같았지만,
그래도 좋은 날이란 사실은 변함없었다.

"저기, 다시 한 번 얘기해 주세요."

"뭘요? 아……."

반문하려다 그녀의 의도를 알아챘다. 그는 아직 아무것도
모르는 그녀를 차갑게 대한 것이 미안해 이번에는 정중하게
말했다.

"아르디 경."

조금 전보다 부드러운 목소리로 말하자 어색했던 분위기가
풀어졌다.

"신기하네요, 제가 경이라고 불리다니."

아리엘은 참 모르겠다는 표정으로 고개를 좌우로 흔들었다.

덕분에 짧은 금발이 흔들렸다. 기사 서임을 받은 그녀는 왕국의 귀족 여자 중 유일하게 아가씨나 부인이라고 불리지 않는 여자가 되었다.

아리엘은 모든 여자 중 유일하게 경이라는 칭호를 갖게 된 것이다. 이제 최초의 여기사인 아리엘의 이야기는 널리 퍼져 호사가들의 화제가 될 것이다. 레이놀드는 만약 자신이 여자라면 기사가 될 자신이 없었기에 아리엘이 대견스러웠다. 그는 마음을 담아 그녀에게 말했다.

"진심으로 축하합니다."

"감사해요, 정말."

미소 짓던 그녀는 조금 앞서 나가며 한적한 길가를 가리켰다.

"같이 걷지 않을래요?"

그는 고개를 살짝 끄덕였다. 이 여기사와는 할 얘기가 있었다. 레이놀드는 이미 마음을 굳힌 상태였다.

그때 라센이 끼어들었다.

"어이! 어디들 가! 같이 술이라도 한잔 걸쳐야…… 으억!"

옆에 있던 호크마가 재빨리 뛰어올라 덩치 큰 그의 옆구리를 팔꿈치로 찍었다.

"이봐! 눈치는 좀 챙겨야지!"

그 소란에 레이놀드가 뒤를 돌아보자 벨라벨로는 웃으면서 고개를 끄덕였다. 그는 얼른 가라는 듯 손을 흔들었다. 아리엘과 레이놀드는 한적한 길가를 따라 걸었다. 둘은 오랫동안 아무 말도 하지 않았다.

그녀는 작은 용을 신기해하긴 했지만, 그것도 잠시였다. 정령용은 석상처럼 가만히 앉아 있었다. 아르디오넬은 레이놀드와 둘만 있을 때가 아니면 거의 말을 하지 않았다. 그는 살며시 아리엘을 쳐다봤다.

여기사는 오늘 서임식을 맞아 옅은 화장을 하고 검은 십자가가 그려진 하얀 코트를 입고 있었다. 박차가 달린 가죽신을 신고 허리에는 장검을 찼다. 기사의 복장을 한 미녀의 모습은 어떻게 생각하면 참 희한한 느낌이었다. 레이놀드는 한 번도 그런 걸 본 적이 없었다. 사실 모두 그렇게 생각할 것이다. 누가 검을 찬 숙녀를 보게 될 줄 알았겠는가.

'그런 걸 다 떠나도 아름답긴 하네.'

그녀에 대해 생각하는 시간이 점점 많아져 갔다. 레이놀드는 아리엘에 대해 생각하면 언젠가부터 달콤한 한숨을 내뱉는 자신을 발견할 수 있었다. 게다가 정식 절차는 없었지만, 그녀는 약혼자다.

'내가 약혼의 유효성을 주장하며 아리엘을 갖겠다고 하면 아무도 이견을 제시하지 않겠지. 왠지 그녀도 반대하지 않을 것 같고.'

그는 씁쓸하게 웃었다.

'그렇지만 그녀는 원수의 딸이야.'

레이놀드는 이미 스랭도르 경을 죽이기로 작정했다. 그런데 그녀에게 자신의 아버지를 죽인 남자와 함께 살자고 이야기할 수 있을까. 상념에 빠져 있던 그때 아리엘이 먼저 말을 걸었다. 왠지 조금은 원망하는 표정이었다. 아무래도 필요 이상으로 생각을 오래 하고 있었던 모양이었다.

"저, 혹시 수도에 가보셨나요?"

"아뇨. 수도는 갑자기 왜?"

그녀는 조금 머뭇거렸다.

"수도는 엄청 큰 곳이라 대성당이 무려 세 개나 있다고 하더라고요. 그중에 도시 동쪽에 있는 게 라테라노 대성당인데, 그 앞에 작은 연못이 있다고 해요. 이름은 웰튼 연못이고요."

"그렇군요."

이윽고 아리엘은 부끄러운 기색을 보였다.

"아무튼, 그 앞에서 소원을 빈 연인은 영원히 사랑하게 된다는 그런 이야기가 있어요."

"예."

그는 지금 꽤 심란한 기분이라서 제대로 호응해 주지 못했다. 생각보다 반응이 없자 그녀는 조금 머쓱한 표정이 되더니 어색하게 웃었다.

"아, 뭐 언젠가는 한번 가보고 싶다고요, 호호호. 너무 쓸데없는 얘기를 했나요?"

"아닙니다."

둘은 잠시 그대로 걸었다.

"……."

"……."

아무런 이야기도 오가지 않았다. 아리엘은 살짝 실망한 표정이었다. 그녀는 망설이다 어렵게 다시 입을 열었다.

"레이놀드 경, 전 이제 하드스톤으로 돌아가려 해요. 페데르브 오라버니를 도와 도시를 재건하려고요. 경께서는 레드포레스트로 돌아가실 거죠?"

"네, 가봐야 폐허이긴 하겠지만, 영주가 영지로 돌아가야지요."

그러자 그녀는 살짝 입술을 깨물더니 기어가는 목소리로 말했다.

"그럼 도중에 하드스톤에 드, 들르시지 않을래요? 필요하면 성에 묵으셔도……."

아리엘은 얼굴이 벌게져서 더듬더듬거리고 있었다. 북부에서 숙녀가 집으로 남자를 초대하는 건 딱 하나의 의미밖에 없다. 그녀는 지금 둘 사이의 약혼이 유효하다는 것을 말하고 있는 것이다. 그의 마음속으로 잠깐의 기쁨이 스쳐 지나갔다. 동시에 그것만큼이나 강렬한 슬픔을 느껴야 했다.

'이미 다짐했지만……, 그녀와 함께 있고 싶다.'

짧은 순간 레이놀드는 갈등에 빠졌다. 복수는 힘들고 현실적으로 어려운 일이었다. 이미 홉고블린들은 자신들의 왕국으로 돌아갔고, 스랭도르 경의 행방은 알 수 없었다.

만약 복수를 포기한다면 그녀를 얻을 수 있을 것이다. 아리엘이 좀 별난 취미를 가지고는 있지만 여성스러워서, 좋은 아내와 어진 어머니가 될 것이다. 물론 아이를 낳은 후에도 전쟁터에 나갈지 모르지만, 자신이라면 이해할 수 있었다. 더불어 대영주의 딸인 그녀는 막대한 지참금과 강력한 정치적 지위를 그에게 선물할 것이다.

미녀, 돈, 권위.

아리엘은 남자가 갖고 싶어 하는 모든 것을 다 선물할 수 있는 여자였다. 그러나 그는 그녀와 맺어질 수 없었다. 꼭 스랭도르 경이 아니더라도 죽은 에이드리의 얼굴을 떠올리면 갑자기 숨이 막히는 것 같았다. 그저 느낌일 뿐이겠지만, 새로운 사랑에 대해 생각할 때마다 그녀가 남긴 십자가 목걸이가 차가워지는 것 같았다.

마치 잠시나마 아리엘과 맺어질 기대를 품었던 것을 죽은 그녀가 탓하는 것 같았다. 심장이 빠르게 뛰었고 안색이 안 좋아졌다.

'그래, 그녀를 지키지 못했지. 나는 죄인이야. 그러니깐 행복해질 권리 같은 건 없어. 언제까지 그녀의 죽음에 대해 기억해야만 해.'

거기에다 아리엘이 스랭도르의 딸이란 사실은 그녀까지 미워하게 했다. 무고한 그녀를 원망하는 것이 옹졸하다는 건 알지만, 지금의 감정을 어찌할 수 없었다. 스랭도르 경 때문에 그는 인생의 소중한 것 대부분을 잃어버렸다. 그래서 이제 아리엘의 아름다운 얼굴은 그에게 행복과 설렘을 선사해 주지 않았다. 그는 그녀의 아름다운 녹색 눈동자를 보며 연민, 고통, 설렘, 미움 등이 마구 섞인 혼란스러움을 느꼈다.

과연 아리엘에게 스랭도르 경의 배신에 대해 이야기해야 하는지 알 수 없다. 작은 삼각깃발을 보고도 눈물을 터뜨렸던 소녀가 그 충격적인 사실을 어떻게 받아들일까?

'어차피 우울한 결말뿐일 텐데 왜 나는 망설이는 건가.'

결국 그는 아픈 마음으로 입을 열었다.

"가지 않습니다."

레이놀드는 자신의 입에서 나온 말투가 떨리고 있지 않다는 걸 다행스럽게 생각했다. 스스로도 놀랄 만큼 차갑고 냉랭한 어투였다.

"가지 않아요. 전 바로 레드포레스트로 갑니다."

"아……."

그녀는 커다란 실망감을 숨기지 못했다.

"죄송해요, 제가 분별없이 무리한 부탁을……."

힐끔 보니 아리엘의 커다란 눈망울에 살짝 물기가 서리고 있었다. 남자를 모르는 귀족 처녀가 처음 먼저 무언가를 제안했다가 딱 잘라서 거절당한 것이다. 마음속으로 굉장히 당황했을 것이다.

레이놀드는 아리엘이 안쓰럽기 그지없었다. 그렇지만 이제 그와 그녀의 인연은 끊어졌다. 그는 억지로 마음을 다잡고 허리춤의 단검을 끌러서 내밀었다.

"돌려 드리겠습니다. ……우리의 약혼은 없던 이야기로 해주십시오. 애당초 경이나 저나 거기에 동의한 적 없었으니까요."

레이놀드는 떨리는 그녀의 손에 단검을 억지로 쥐여 주고 급히 돌아섰다.

갑작스러운 움직임에 어깨에 매달려 있던 아르디오넬이 날카롭게 울면서 날개를 폈다. 놀란 모양이었다. 그는 작은 용의 머리를 살짝 쓰다듬어 주고는 발걸음을 옮겼다. 그때 아리엘이 손을 뻗어 레이놀드의 겉옷 자락을 잡았다.

"이러지 마세요. 제가 뭘 잘못했는지 말씀이라도 해주시면……."

그녀가 슬픔이 묻어나는 목소리로 말했다. 아마 울고 있는지도 몰랐다.

"잘못하신 거 없으십니다."

아리엘은 상대의 냉정한 태도에 당황했다. 그리고 둘 사이에 보이지 않는 무언가가 끝나려고 하고 있음을 알아챘다. 그녀는 당황해 어쩔 줄 몰라 하면서도 용기를 내어 말했다.

"……곁에 있어 주세요. 지금 당신이 필요해요."

그 말이 레이놀드의 마음을 아프게 후벼 팠다. 그는 새삼 아리엘이 얼마 전 아버지를 잃은 17살 소녀임을 떠올렸다. 그녀는 무능한 오라비를 대신해 하드스톤 군을 이끌었다. 사방이 혼란스러운 상태에서 모든 짐을 지고 의젓한 척도 해야 했다. 확실히 그녀에게는 새로운 가족이 되어 아버지의 자리를 대신해 줄 사람이 필요할지도 모른다.

그러나 그는 냉정하게 거절했다.

"아가씨는 이제 경이라고 불리십니다. 그게 무슨 의미인지는 본인이 더 잘 아실 겁니다. 기사면 기사답게 행동하십시오."

그는 그렇게 뒤도 돌아보지 않고 떠났다. 아리엘은 아무 말도 못 하고 떠나는 레이놀드의 뒷모습을 바라보았다. 그녀 자신이 상처 받았음을 깨달은 순간, 눈물이 하얀 볼 위로 흘러내렸다.

*   *   *

가여운 아리엘을 그렇게 내버려 두고 돌아온 그날 밤, 레이놀드는 화이트클리프 성에서 중요 인물과 독대를 하고 있었다. 바로 왕자인 조프루아 도를레앙이었다.

"전하! 전하의 위엄과 권위에 영광을!"

레이놀드가 한쪽 무릎을 꿇고 왕자에게 인사하자 그는 호탕하게 웃으며 그에게 자리를 권했다.

"그래, 이번 전쟁에서 자네의 활약이 인상 깊더군."

"과찬이십니다, 전하."

"과찬이 아닐세. 자네야말로 진정한 영웅이지. 그리고 그 작은 용도 주목할 만하네. 이름이 아르디오넬이라고 했나?"

"네, 전하."

왕자는 매우 신기하다는 표정을 지었다.

"나도 정령용에 대해 좀 알고 있네. 하지만 저렇게 여러 가지 색을 가진 종은 본 적이 없어. 무척 신기하군. 어떻게 저걸 얻은 건가? 자네는 저게 어떤 종인지 아나?"

"전하, 저도 어떤 종인지는 잘 모르옵니다. 다만, 특이한 알을 라날리숲에서 주웠습니다."

레이놀드는 적당히 꾸민 이야기로 대답했다. 다행히 왕자는 더 묻지 않고 용을 자세히 살펴보았다.

"정말 신기하군. 보통 정령용은 한 가지 속성만 가지고 있는데, 이 아이에게서는 여러 속성이 느껴져. 어떻게 이런 종이 있는 건지, 허허허."

"전하, 저도 용을 갖게 된 지 오래지 않습니다. 얼마 전까지만 해도 적장이 저에게 반쪽짜리라고 하더군요."

"음? 녀석들이 드래고닉 오러에 대해 알고 있던가?"

그는 왕자에게 홉고블린들 중에 드래고닉 오러를 다루는 인물이 둘인데, 둘 다 용을 가지고 있었다고 말했다.

"정말 놀랍군. 홉고블린 주제에 드래고닉 오러를 다루는데

다가 정령용까지 가지고 있다니. 그래도 하나가 죽은 건 정말 다행이야."

대화 중 레이놀드는 한 가지 궁금증이 일었다.

"전하께서는 용을 가지고 있지 않으십니까?"

조프루아는 왕국에 널리 알려진 드래고닉 오러의 사용자였다. 게다가 그는 왕자가 작은 화염용을 데리고 있다는 사실을 들은 적이 있었다.

그런데 어떻게 된 일인지 전쟁 내내 왕자가 용을 가지고 다니는 모습을 본 적이 없었다. 조프루아는 레이놀드의 물음에 웃음을 터뜨렸다.

"하하하핫! 궁금한가 보군? 나도 용을 가지고 있네. 지금 여기 있잖은가?"

젊은 영주는 왕자가 도통 무슨 소리를 하는 건지 알 수 없었다. 아무리 봐도 주위에 정령용은 아르디오넬뿐이었다. 그의 당황한 표정이 재미있었는지 왕자는 호쾌하게 웃었다.

"사실 안 보일 법도 하지, 하하하. 잠시만 기다려 보게."

그는 '발란티르!' 라 크게 외쳤다. 순간 빛이 번쩍여 놀란 레이놀드는 고개를 돌리며 눈을 가렸다. 그리고 다시 앞을 보니, 커다란 테이블 위에 머리에서 꼬리까지 50센티미터 정도 될 것 같은 아담한 크기의 용이 보였다. 울긋불긋한 색의 비늘을 가진 녀석이었다. 기지개를 켜며 하품을 하자 입에서 불꽃이 튀어나왔다.

"이것이 내 화염용인 발란티르일세. 평소에 안 보이는 건 녀석이 갑옷 형태로 변해 있기 때문이야."

"갑옷 형태로 변해 있다는 말씀이십니까?"

왕자의 대답에 레이놀드가 되물었다. 그러고 보니 이제껏 용 모양 장식이 들어간 붉은 갑옷을 입고 있던 왕자는 지금 누 빈 솜옷만 입고 있었다.

"그래, 이건 정령용 중에서도 아주 특이한 재주야. 금속 속 성의 정령용 중에 이런 기술을 부리는 녀석들이 있다고 하는 데 이 녀석은 화염용이거든. 아무래도 화염용끼리도 뭔가 사 용하는 기술이 다른 것 같기도 하고 말이야."

왕자는 즐거운 듯 자신의 용의 머리를 쓰다듬었다. 레이놀 드는 곧 아르디오넬이 빛으로 변해 자신의 몸을 감싼 것을 기 억해 냈다.

빛과 쇠의 차이지만, 원리는 비슷한 것 같았다.

"정말 신기합니다. 그래서 제가 전하의 용을 볼 수 없었군 요."

"그런 거지."

그때 잠자코 있던 아르디오넬이 테이블 위로 내려앉았다. 그녀는 발란티르보다 몸집이 큰 편이었다. 발란티르는 날개를 넓게 벌리고 그녀에게 고개를 숙였다. 마치 예를 표하는 것 같 은 모습이었다.

그걸 보고 왕자는 신기하다는 표정을 지었다.

"발란티르가 마치 자네의 용에게 인사를 하는 것 같군. 아르디오넬은 오색빛의 외형도 그렇고 아무래도 정령용 중에서도 특별한 녀석인 것 같아."

발란티르는 투사 계급에 속한 정령용이다. 당연히 왕족 계급인 아르디오넬보다 낮은 신분이었다. 그녀가 짧은 울음소리를 내자 계속 머리를 숙이고 있던 발란티르가 탁자의 적당한 곳에 자리를 잡고 앉았다.

아르디오넬도 발란티르의 곁으로 가 앉았다.

"서로 마음에 드는 모양이군."

"그런 것 같습니다."

둘은 식사를 계속하며 드래고닉 오러와 북부 전쟁에 대한 이야기들을 주고받았다.

그러던 중 왕자가 한 가지 제안을 했다.

"내년 가을에 이븐스타에서 성대한 마상시합이 있을 예정이야. 자네도 참가했으면 좋겠네."

이븐스타는 케스핀 왕국의 수도로 하드스톤에서 남으로 한 달 정도 내려가면 도달하는 곳이다.

"마상시합 말씀이십니까?"

"꼭 참가하라는 것은 아니네. 사실 그 명분으로 수도로 오라는 거지. 그때 내가 아직 자네가 모르는 드래고닉 오러에 대해서도 여러 가지를 알려 주겠네. 난 일찍이 자네 아버지에게 검술을 배운 적도 있어."

"네, 부친께 들었습니다."

메이산 경은 놀라운 솜씨를 가진 검술가였다. 지금은 일선
에서 물러난 지 오래지만, 젊은 시절에는 남부 최고의 검술가
라는 소리를 들었다.

덕분에 메이산 경은 왕자의 검술 스승이 되어 어린 레이놀
드도 여러 번 궁정을 방문했었다. 생각이 거기까지 미치자 그
는 놀라서 탄성을 질렀다.

"전하, 그러고 보니 어린 시절 전하를 잠깐이나마 뵀던 것
같습니다."

"하하하. 그래, 맞아. 나도 희미하지만 검은 머리칼을 가진,
스승님의 아들은 본 기억이 있다네. 그런데 이렇게 다시 만나
다니. 우리가 인연은 인연인가 보군."

"황공하옵니다, 전하."

왕자는 미소 띤 얼굴로 젊은 영주의 어깨를 두드렸다.

"아무튼, 가을에 꼭 수도로 오게. 그때 가서 할 말도 있고.
그래도 일단 자네는 북부의 혼란을 수습하는 게 우선이겠군."

레이놀드는 왕자가 자신을 충복으로 끌어들이려고 한다는
것을 깨달았다. 그건 정치적인 문제이기에 신중한 판단이 필
요했다. 그는 이 문제에 대해 적합한 방법이 떠오르기 전에는
아무것도 결정하지 않겠다고 다짐했다.

2장
의리라든가, 이를테면 의리라든가,
그게 아니라면 의리라든가

놀들은 부족과 연방이란 단위로 뭉쳐 있지만, 전체적으로 느슨한 사회를 가진 종족이다. 얼굴은 개를 닮았는데 지역에 따라 털빛과 얼굴 생김새가 다양하다. 남쪽에 있는 대평원의 놀들은 하이에나 같은 얼굴을 하고 있다고도 한다. 하지만 보통 서대륙의 놀들은 밝은 회색이나 갈색, 드물게는 검은색이나 붉은색 털을 가지고 있다. (때때로 반점이나 여러 색이 섞여 있는 모습도 존재한다.) 이들은 덩치가 좋으며 근력이 선천적으로 강하다. ……(중략)…… 교육에 관해 관심이 적고 수공업 기술의 수준이 낮다. 단순히 강철 무기를 획득하는 일도 고블린 상인에게 의존하곤 한다. 거주지의 윗부분에 다소 형편없는 임시 건물을 짓고 아래

로 굴을 파고 들어가 생활한다. 늘 야생에서 살아가는 그들은 어
느 종족보다 훌륭한 유격대원과 추적자, 사냥꾼들을 배출한다.
—킨세린의 『서대류의 종족들』 中

전쟁 후 레이놀드는 소집군주로서의 의무를 이행하기 위해
노력했다. 용병대의 급료를 정산한 뒤 특별한 선물을 추가로
부대에 지급했다.

바로 금을 입힌 작은 나무 모양 펜던트로, 단단한 끈에 달아
용병들의 목에 걸어 주었다. 그는 라날리숲에서 살아남은 것
과 승전을 기념하는 물건이라고 말했다. 일종의 훈장과도 같
은 개념이었다.

부대원들은 소집군주로부터 그런 물건을 받아보는 게 처음
이라 당황해 하면서도 기뻐했다. 거기에 레이놀드가 펜던트를
가진 자는 차후부터 급료에 추가금을 지급하겠다고 이야기하
자 다들 희희낙락했다. 아마 그건 몇 년 뒤에는 고참 병사의
상징이 될 것이다. 그들이 지속적인 충성을 맹세하자 레이놀
드는 고용계약의 연장으로 그 열렬한 호응에 답했다.

유랑기사 벨트로는 그가 번 어마어마한 돈으로 유곽에서 빼
낸 도로시와 함께 화이트클리프에 정착했다. 도로시는 소문대
로 대단히 아름다운 여자여서 벨트로는 많은 이들의 부러움을
샀다. 그런 특별한 경우와 하이포레스트로 돌아간 엘프들을
제외하고는 다들 에든버러 성에 남았다.

또한 라센은 친애의 정을 담아 레이놀드를 애든버러의 영주로 임명했다. 그는 이제 두 개의 지역을 다스리는 영주이자, 화이트클리프의 가신이 되었다.

그는 총 5백인 군사 중 1백을 떼어 에든버러에 배치하고 영주대리로는 조르다노 파시를 임명했다. 파시는 성정이 불같긴 하나, 노련한 지휘관이었다. 용병사업자에서 에든버러의 영주대리가 된 그는 열렬히 기뻐했다.

레이놀드는 부대에 긴 휴가를 주고 본인도 화이트클리프의 번화가를 돌아다니며 겨울을 보냈다. 아리엘이 생각나면 라센과 만나 술을 퍼마셨고, 그러다 얼굴의 흉터가 아려오면 미친 듯이 검을 휘두르며 시간을 보냈다.

겨울은 길었다.

좀처럼 새벽이 오지 않는 그런 날이면 레이놀드는 매일 악몽을 꿨다. 그럴 때면 정령용 아르디오넬과 얘기를 하며 위로를 얻었다. 그렇게 시간은 갔고, 3월 초가 되자 그는 레드포레스트로 가기 위해 자신의 부대를 소집했다

성력 1216년, 레이놀드가 20세가 되는 해였다.

*   *   *

레드포레스트의 근교에서 레이놀드는 슬픈 과거와 다시 만날 수 있었다. 부하들이 짐승에 의해 망가진 보메츠 부인과 레

드포레스트 병사들의 시신을 수습하는 동안, 그는 직접 에이 드리의 무덤을 파 그녀의 유골을, 준비해 간 항아리에 담았다.

흙 사이로 그녀의 찢어진 드레스가 보이자마자 레이놀드는 눈물을 쏟았다. 벌써 꽤 시간이 흘렀지만, 과거는 여전히 잔인했다. 그는 이제 레드포레스트에 가야 한다는 사실에 두려움까지 느꼈다. 자신의 실패를 제온 영주가 나타나 꾸짖을 것 같기도 했다.

'이 멍청한 놈! 내 딸을 지키지 못하다니 무슨 염치로 다시 나타난 거냐!'

머릿속에 제온 경의 목소리가 들리는 것 같았다. 그는 이미 이런 악몽을 몇 번이나 꾼 상태였다. 이래저래 심란한 마음으로 있는데 먼저 갔던 정찰대가 당황한 얼굴로 돌아왔다.

"소집군주님, 지금 레드포레스트에 놀들이 주둔하고 있습니다."

"뭐? 놀이라고?"

"네, 대략 5백이 넘는 것 같습니다."

그의 대답에 라 파뇰과 오블란 마운튼해머는 어처구니없다는 표정이 되었다. 물론 레이놀드 역시 마찬가지였다. 고민하던 지휘부는 상대의 진위를 파악하기 위해 사자(使者)를 파견했다. 그런데 얼마 후 사자가 가져온 놀들의 답변은 가히 예술이었다. 라 파뇰은 그답지 않게 감정의 동요를 나타내며 서신을 읽어 내려갔다.

"우리는 인간의 압제와 폭정에 들고일어난 놀 자유 연방으로 데오른 산맥의 부족 연합이다. 그간 이기적인 인간들에 의해 산악 지대로 내몰려 연방의 생계를 위협받은 지 오래되었던 바 이제 분연히 일어나 우리의 주권과 정체성을 되찾고자 한다. 우리는 폐허에 정착해 아(我)의 번영과 영광을 위한 도시를 건설할 것을 존엄하게 선언하는 바이다. 그러므로 그대가 설령 정당한 후계자일지라도 우리의 요구를 응당 수용해야 할 것으로……."

"그만."

짜증이 피어오른 레이놀드는 즉각 그를 제지하고는 짧게 한마디 덧붙였다.

"당장 공격 준비해."

*   *   *

서대륙에서 놀들은 나름대로 이곳저곳에 성공적으로 뿌리를 내리고 있는 종족이다. 국가를 건설하진 못했지만, 연방이라는 그들만의 독특한 정치 체계를 구축하고 있었다. 연방은 자치권을 가진 부족들의 모임으로 이뤄지는데 특이한 건 연방의 크기가 들쭉날쭉이라는 것이다.

무려 10만이 넘는 연방 구성원을 가진 곳도 있었고 불과 수백인 경우도 존재했다. 지금 레이놀드의 앞을 막고 있는 녀석들이 그 수백인 경우로 '데오른의 형제'라고 불리는 부족 연방이었다. 숫자는 불과 5백여 명이었는데 성인 남자들은 1백여 명도 안 돼 보였다.

"그럼 나머지 4백여 명의 놀들은 비전투원인 건가요?"

레이놀드의 물음에 오블란은 고개를 내저었다.

"영주, 인간의 기준으로 판단하는 버릇을 버리는 게 좋을 걸세. 놀들은 인간과 다르다네. 여자들도 거칠고 충분히 강력한 전투원들이지. 사실 전체적으로 봤을 때 암컷이 가냘프고 약한 건 인간을 포함한 몇 종족일 뿐이야. 개인적으로 아름다움을 최대 미덕으로 발전해 온 인간 여성들이 정말 특이하다고 생각하네. 아무튼, 그들 부족에서 어린아이는 그야말로 극소수라고 할까. 몇 해만 지나도 어른만큼 커버리니깐 말이야. 그네들이 청소년이라고 분류하는 계층이 우리에게는 실상 성인이나 다름없네."

그 뒤로 오블란은 놀에 대해 젊은 영주에게 설명해 주었다. 그들은 육체적 강함을 숭상하고 마법을 미심쩍어하는 종족이다. 대체로 가학적이면서도 우직한 면이 있고, 힘의 논리를 숭상한다.

또한 도리깨(Frail)를 다루는 데 재능을 타고나서, 인간에게 검술의 달인들이 있다면 놀에게는 도리깨의 달인들이 있다는 말도 해주었다.

"그런데 흥미로운 사실은 그렇게 호전적인 성격임에도 한 번 친구라고 인정한 존재에게는 무한한 신뢰와 애정을 보여주는다는 점이지. 놀이 가장 중시하는 덕목은 바로 의리일세."

"뭐라고요? 하하핫! 정말입니까? 놀이 의리에 죽고 사는 녀석들이었군요?"

오블란은 정말이라는 듯 어깨를 으쓱였다.

"믿을 수 없겠지만 정말일세. 놀들에게는 '의리라든가, 이를테면 의리라든가, 그게 아니라면 의리라든가'라는 격언이 있을 정도네."

그의 말이 재밌었는지 아르디오넬이 갑자기 '끼엑!' 하고 울었다. 레이놀드는 그게 그녀의 웃음소린 줄 알았지만 오블란과 라 파뇰은 의아한 표정으로 용을 쳐다보았다. 오랜 세월을 살아온 아르디오넬은 아직도 어린아이처럼 감정이 풍부했다. 처음에는 뭔가 어색함이 있었지만, 서서히 그녀가 가진 빛깔처럼 다채로운 감정을 드러내고 있었다. 요즘 들어서는 너무 과도한 게 아닌가 싶을 정도였다.

"아무튼, 재밌는 사실이군요."

"적이 5백이라 해도 대부분이 전투원이니 신중히 임해야 할 걸세."

"그렇군요."

일단 놀 연방군과 레드포레스트 부흥군은 레드포레스트 앞을 흐르는 개천을 사이에 두고 언덕 지대에 사령부를 설치한 채 대치 중이었다.

레이놀드의 기병은 정찰병이나 사자로 쓸 정도로 조금밖에 없었다. 대부분이 보병으로 궁수와 십자궁수가 1백여 명, 드워프 방패보병이 1백여 명, 인간 용병들이 3백여 명이 되었다.

적들은 아군에 비해 다소 무질서해 보이긴 하나 나름대로 보병과 궁병을 나눠 전열을 배치해 놓은 상태였다. 딱 봐도 쉽지 않은 싸움이 될 것 같았다. 레이놀드는 고개를 흔들며 한탄했다.

"기가 막히네. 천신만고 끝에 홉고블린들을 치워놨더니 어디서 개뼈다귀 같은 녀석들이 굴러 와가지고는……."

그 뒤로 이러지도 못하고 저러지도 못하며 시간이 계속 흘러갔다. 적과 아군의 수가 비슷해 양측 다 큰 피해가 불을 보듯 뻔했기 때문에 레이놀드는 쉽게 공격을 결정하지 못하고 있었다.

그건 놈들도 마찬가지였다. 그들은 다리 근처까지 다가와 시끄럽게 굴기는 했어도 그뿐이었다. 먼저 공격을 해오지 않으니 레이놀드의 군대도 섣불리 나설 수 없었다. 일단 그는 군영의 설치를 명하고 고심에 들어갔다.

그리고 다음날, 기골이 장대한 놈 한 마리가 양손으로 쓰는 거대한 도리깨를 들고 나와서 개천을 가로지르는 다리 가운데에 버티고 서 있었다.

그러더니 뭐라고 자기들 언어로 컹컹 짖어대는데, 그 대단한 기백은 둘째치고라도 레드포레스트 부흥군은 놀이 무슨 소리를 하는지 알 길이 없었다. 결국 군대는 아침부터 시끄러운 소음에 시달렸고 정오가 될 무렵에는 모두 지쳐 버렸다.

점심시간이 한참 지나서야 놀의 언어를 조금 아는 드워프 방패보병 하나가 조심스럽게 손을 들었다. 그의 말에 의하면 저 놀이 지금 결투를 줄기차게 신청하는 것이라고 했다. 레이놀드는 한숨을 내쉬었다.

"뭐야, 그깟 시시껄렁한 결투 때문에 아침부터 저 난리였던 건가?"

그의 말에 라 파뇰이 웃고 말았다.

"소집군주님, 그래도 명색이 기사님이신데 시시껄렁한 결투라뇨. 서대륙에는 결투에 목숨도 거는 기사들이 넘쳐납니다."

그러나 레이놀드는 여전히 심드렁한 표정이었다.

"그깟 결투가 밥을 먹여줍니까. 그건 그렇고 더 이상은 안되겠네요. 제가 가서 입을 다물게 하겠습니다. 이거 원, 개 짖는 소리도 한두 시간이지."

그가 썬더를 들고 일어나려 하자 라 파뇰이 제지했다.

"그러지 말고 제게 기회를 주시죠. 가서 깔끔하게 정리하고 오겠습니다."

레이놀드는 라 파뇰이 훌륭한 검사라는 건 알고 있었지만, 저 흉흉해 보이는 덩치 큰 놀을 당해 낼 정도로 강한지는 알 수 없었다.

아무래도 그는 전사라기보단 지휘관이란 느낌이 강했다. 혹시라도 유능한 전대장이 다칠까 걱정스러운 마음에 몇 번을 말려 봤지만, 그는 결단코 결투를 하겠다고 고집을 부렸다.

오블란은 그런 라 파뇰의 태도에 흥미롭다는 표정이었다.

"소집군주, 그러지 말고 한번 나가게 해주지 그러오. 아무래도 본인이 저리 자신 있어 하는 데."

한참을 생각하던 레이놀드는 결국 결투를 허락했다.

"너무 무리는 하지 마세요."

"걱정 마십쇼. 대신 소집군주님도 준비해 주실 것이 있습니다."

전대장은 조심스럽게 계획을 이야기했다. 역시 라 파뇰은 아무 이유 없이 결투에 나설 사내가 아니었다.

"괜찮은 생각일세!"

오블란은 무릎을 쳤고, 레이놀드는 반드시 그렇게 하겠노라고 약속했다. 라 파뇰은 자신의 아름다운 제국식 기사검 (Knightly-Sword)을 뽑아 군례를 하고는 막사 밖으로 나갔다.

"마운튼해머, 서둘러야겠습니다."

"알겠네, 그의 말대로 하려면 시간이 빠듯하군."

그렇게 라 파뇰이 결투 준비를 하고 있을 때 레이놀드는 수하의 기병 오십 기를 모아 주둔지 옆에 있는 숲으로 들어갔다.

그들은 숲으로 들어가는 모습을 들키지 않기 위해 본영의 언덕 뒤쪽까지 말을 몰아갔다.

부지런히 정찰병을 움직인 덕에 어제 한 가지 사실을 알게 되었다. 숲을 가로질러 흐르는 개천은 생각보다 수심이 얕아 도강이 가능했다. 즉 개천을 건너기만 하면 우회하여 적 진지에 접근할 수 있는 것이다.

라 파뇰은 레이놀드에게 자신이 결투를 하는 동안 적 진지 옆까지 가 있다가 상대가 수세에 몰리면 공격을 감행하라고 말했다.

그러면 보병부대도 곧바로 다리를 건너 놈들을 공격할 것이었다. 레이놀드는 작전이 괜찮아 보여 동의했지만 한 가지 의문이 남아 있었다.

"적 진지 옆까지 가려면 적어도 두 시간은 걸릴 겁니다. 설마 그동안 싸움을 하려는 건 아닐 테고, 어쩌시려고요?"

그러자 그는 자신의 회색 눈을 빛내며 자신 있게 말했다.

"맡겨 주십시오."

*　　　*　　　*

같은 시간 라 파뇰은 자신의 말을 충실히 지키고 있었다. 덕분에 눈앞에 있는 거구의 놈은 아주 똥 씹은 표정이 되었다. 그는 신성 벤타케 제국의 복잡한 결투 절차를 놈에게 강요하고 있었다.

예의와 겉치레가 극에 이를 정도로 발달한 신성 벤타케 제
국에서는 결투 전에도 여러 가지 고차원적 의식을 행하는데,
라 파놀은 그걸 지금 놀 앞에서 하고 있었다.

놀도 먼저 공격을 하지 않고 라 파놀이 하는 의식을 지켜보
고 있었다. 놀은 결투를 신성한 것으로 여긴다. 그래서 일단
라 파놀이 하는 무엇인가가 끝나기를 기다리기는 하지만 사실
은 속이 터져 죽을 것 같았다. 인간과 말은 안 통하고 그의 행
동이 결투를 준비하고자 하는 것은 알겠는데 끝이 보이지를
않으니 답답할 뿐이었다.

'크릉, 적당히 좀 하지.'

놀의 이름은 티노그론 롱투스로 연방 내 최고의 전사 중 하
나였다. 그는 자존심과 명예를 아는 전사로 데오른 산맥의 찔
러올리는산에서 바위 거인과 이틀 밤낮을 싸운 경험이 있는
부족의 전설이었다.

롱투스는 상대인 라 파놀의 눈빛을 보고 그가 비범한 인물
인 줄 알았다. 그래서 훌륭한 전투를 기대하며 잔뜩 흥분했었
는데, 별안간 이 인간 녀석이 손바닥을 내밀어 기다리라는 듯
한 표시를 하더니 벌써 한 시간이 넘게 괴상망측한 의식을 하
고 있는 것이다.

'어럽쇼? 이젠 검에 기름을 묻혀 천으로 닦기 시작하네? 비
린내가 나는 게 물고기 기름이군.'

롱투스는 기가 막힌 이 상황에 당장이라도 뒷목을 잡고 쓰러질 것 같았다. 라 파놀은 차분한 표정으로, 언뜻 봐도 파리가 앉았다가 미끄러질 만큼 깨끗한 검을 광채가 더욱 번뜩이도록 닦고 있었다.

'인간이랑 두 번 결투하다가는 내가 먼저 쓰러지겠다.'

글자를 경원시하는 부족의 분위기 때문에 못 배운 게 한인 롱투스는 세련된 인간 문화에 대해 동경을 품고 있었다. 저 답답한 행위가 무식한 자신의 심리로는 이해 못 하는 고차원적인 명예 의식인가 싶어 섣불리 제지하고 나서지 못했다.

'잘못하면 일자무식인 것을 들킬지도 몰라. 그건 아주 곤란하지. 크르릉.'

사실 인간들은 놀들이 책을 읽었든 안 읽었든 평등하게 무식하다는 시선을 보내지만 나름 그 딴에는 자신의 짧은 가방끈을 절대 들키지 않았으면 했다. 그럼에도 인내는 슬슬 한계에 도달했고 더는 못 참을 것 같았다. 결국 그는 감정을 잔뜩 실어 말했다.

"쿠루루구 구루노루 무구굴락(너 이 자식아, 언제까지 그럴 거냐)?"

무슨 뜻인지 알 수 없었지만, 더 이상 시간 끌기는 무리라고 판단한 라 파놀은 검을 들고 자리에서 일어났다. 이제 싸우면서 지연시키는 수밖에 없어 보였다.

"그때 대원수님께서 기아스 요새에서 쓰러지시지 않았다면 난 아직도 제국에 있을까……."

롱투스는 라 파뇰이 중얼거린 말이 무슨 뜻인지는 알 수 없었지만 이제 싸움을 할 수 있다는 사실은 알 수 있었다. 롱투스는 즐거움에 미소 지었다.

"크르릉."

입꼬리가 올라갔고 그 사이로 긴 송곳니가 드러났다.

"이봐 놀, 내가 존경하는 어떤 분께서 말씀하시길 '자네를 반드시 필요로 하는 장소를 찾게. 마치 왕관의 보석처럼 말이야.' 라고 하셨지. 그런데 말이야. 아직 이곳이 그런 곳인지는 모르겠어. 하지만 일단 널 쓰러뜨려야 다음이 있는 거잖아."

"크르릉?"

롱투스는 라 파뇰이 무슨 소리를 하는 건지 모르겠다는 듯 인상을 찡그렸다.

"하하핫! 이상한 소리 해서 미안하군. 그래, 모든 게 운명이겠지. 그분의 죽음이 아니더라도 난 제국을 떠났을 거라고 생각해."

라 파뇰은 한 발 내딛으며 검을 들어 올렸다. 롱투스는 이제 상대의 준비가 완전히 끝났다는 걸 알았다. 그는 낮게 울며 양손도리깨를 위협적으로 휘두르기 시작했다. 흉흉한 기세의 도리깨는 정확하게 라 파뇰의 머리로 떨어졌다.

쾅!

전대장은 재빨리 몸을 움직였다. 목표를 놓친 도리깨의 쇠

머리가 다리의 석재를 파이게 했는데 딱 봐도 엄청난 위력이었다. 제대로 한 방만 맞으면 저승길로 갈 것 같았다. 그는 긴장해 침을 꿀꺽 삼켰다.

결투는 라 파뇰에게 계속 불리하게 돌아갔다.

그의 기사검에 비해 롱투스의 양손도리깨가 간격이 길어 그는 좀처럼 앞으로 치고 나가지 못하고 뒤로 밀리고 있었다. 지켜보던 레드포레스트군은 초조함에 탄성을 흘렸고 놀 연방군은 기세 좋게 목청을 높여 응원했다.

'이러다가 시간 끌기도 전에 먼저 머리가 깨지겠군.'

고심하던 그는 자신의 비밀스러운 힘을 끌어내기로 했다. 일단은 방어적으로 움직이면서 한 손으로 허리춤의 주머니를 더듬었다.

안에 있던 무언가를 은밀하게 두 손가락으로 집어든 라 파뇰은 대뜸 그걸 앞쪽에 뿌렸다. 동시에 마법의 구동어를 재빨리 외쳤다.

"멜릭토스!"

그가 뿌린 것은 주문을 건 흑연 가루로 발동어와 함께 마법적 반응을 일으켰다. 저주의 대상이 된 롱투스는 갑자기 눈앞이 껌껌해지는 것 같더니 앞이 보이지 않게 되었다.

당황한 롱투스는 '이런 비겁한 놈!'이라고 놀어로 외치며 사방을 향해 무기를 휘둘렀다. 멀리서 지켜보던 자들은 기세등등했던 롱투스가 왜 갑자기 주춤거리며 물러나는 건지 의아해했다.

반면, 라 파뇰은 오랜만에 시도해 본 자신의 주문이 잘 먹힌 것을 보고 흡족한 표정이 되었다. 그는 재빨리 상대방의 빈틈을 찔러 들어갔다.

붕— 붕—.

롱투스가 커다란 무기를 마구잡이로 휘두르고 있어 위험하긴 했지만 눈이 안 보이는 적의 반항은 라 파뇰에겐 큰 문제가 되지 않았다. 롱투스가 급소를 보호하려고 애를 쓸수록 다른 부분의 상처는 하나둘 늘어났다.

"크릉!"

롱투스의 목소리에 당황이 가득 묻어났다. 그러나 이 저주의 기술은 완벽하지 않아 잠깐의 시간이 지나자 시력이 돌아왔다. 성난 롱투스는 눈이 뒤집혀 인간에게 달려들려고 했다.

"이봐!"

하지만 라 파뇰이 한 손을 들어 흑연 가루를 살며시 흘리며 경고하자 롱투스는 두려운 표정으로 망설였다. 잠시 갈등하던 롱투스는 결국 뒤로 돌아 도망치기 시작했다. 눈이 머는 건 끔찍한 경험인데다 그 상태로는 자신의 생명을 보장할 수 없다. 치욕스럽긴 했지만 롱투스는 주저하지 않았다.

"와아아아아!"

녀석의 도주에 레드포레스트군에서 함성이 터졌다. 그리고 지켜보기만 하던 오블란 마운튼해머는 무릎을 치며 일어났다.

"지금이다!"

전대장의 명령에 미리 준비를 하고 있던 병사들은 즉각 돌격했다. 이미 발 빠른 자들은 다리 근처까지 달려가고 있었다.

그때 숲에 숨어서 라 파뇰의 결투를 지켜보던 레이놀드는 오십여 기의 기병대를 이끌고 즉시 튀어나왔다. 그의 기병대는 대부분 경기병이라 기습이라면 발군이었다.

"넬! 위험하니깐 하늘로 가 있어요!"

레이놀드는 어깨에 앉아 있던 그녀를 날려 보내고 앞장서서 말을 달렸다. 놀들은 눈앞에서 인간들이 다리를 건너오고 기병대까지 튀어나오자 혼돈에 빠진 듯 우왕좌왕했다. 기마 궁수들이 화살까지 날려 대자 방패를 들어 올리고 도망가느라 정신이 없었다.

빠르게 접근한 기병들이 대열을 이루지 못한 놀들을 공격해 들어갔다. 정면에서는 레드포레스트의 보병들이 쇄도해 오고 있었다.

"이랴!"

레이놀드는 그 상황에서 적의 사령부가 있는 언덕으로 기수를 바꿨다. 숲을 헤쳐 오느라 기병창이 없는 까닭에 이미 대열을 이룬 놀을 상대로 마땅히 할 일이 없었다.

그는 적 지휘부를 타격하기로 하고 언덕 위로 달려갔다. 일견 그의 행동은 대단히 용맹해 보였지만 사실 무모한 것이었다. 적의 중심에는 수많은 놀이 있어 레이놀드는 단신으로 그들과 맞서야 한다. 하지만 레이놀드는 자신의 힘을 믿었다. 그는 망설임 없이 군마에서 뛰어내려 검을 머리 위로 올렸다.

"핫!"

용의 손톱을 사용하자 다섯 갈래의 오러가 앞으로 뻗어 나갔다.

쾅쾅쾅쾅! 콰앙!

길게 뻗어 간 폭발성의 오러가 적들에게 직격하였다. 그 빛의 선 안에 걸린 녀석들은 여지없이 몸뚱이가 터지거나 잘려 나갔다. 덕분에 적의 무리가 주춤하자 그는 단숨에 앞으로 치고 나갔다.

"모두 비켜라!"

레이놀드는 압도적인 힘으로 적을 유린했다. 드래고닉 오러를 머금은 썬더를 막을 것은 아무도 없었다. 그러나 놀들도 지휘부가 공격당하자 필사적이었다.

'방어가 거세지는군.'

예전의 레이놀드였으면 용의 손톱을 몇 차례 쓰고 나면 다음 사용까지 일대 다수를 상대할 수 있는 대책이 없었다. 그저 검으로 하나씩 죽이는 것 외에는 방법이 없었는데 이제는 '붉은용의 힘'이라는 것이 생겼다. 지하 묘지에서의 폭주 이후 그는 이 미지의 힘을 사용하는 연습을 게을리하지 않았다. 덕분에 적시에 괴력을 사용할 수 있었다. 레이놀드는 새로운 힘을 끌어냈다.

"크아아악!"

아무래도 이 갑작스러운 힘의 증폭은 몸에 무리를 주는 것 같았다. 레이놀드가 고통으로 비명을 지르자 무기를 들고 다가오던 놀들이 깜짝 놀라 물러나더니 어느새 방패를 이용해 방진을 구성했다.

긴직각방패(Tower Shield)를 들고 일렬로 늘어서자 단단한 방어벽이 완성되었다. 놀 병사들의 얼굴에 자신감이 어렸다.

딱 봐도 '네놈이 이제 어쩌겠느냐?'란 표정이었다. 사실 평범한 전사라면 홀로 저 강철의 방어벽을 극복하지 못한다. 어쭙잖게 검을 휘두른다면 몇 번 기분만 내고는 방패병들에게 포위당해 엉망으로 얻어터질 게 뻔하다.

하지만 불행하게도 이번에는 상대가 나빴다. 평범한 사람이라면 모를까 요즘 들어 영웅 소리 좀 듣고 있는 레이놀드인 것이다.

"그래 해보자 이거지?"

그는 오히려 썬더를 검집에 다시 넣었다. 무기를 치우는 것에 놀들이 의아해하자 레이놀드는 몸으로 직접 그 의문을 풀어 주기로 결정했다. 그는 살짝 몸을 숙였다.

"이야야얏!"

기합과 함께 레이놀드는 있는 힘껏 달려가 방패 방진에 몸을 부딪혔다.

퍼엉!

우르르르르—.

폭발하는 듯한 소리와 함께 나타난 결과는 놀라웠다. 앞 열에 있던 강철 방패가 찌그러지면서 서너 명이 공중으로 날아올랐다. 그리고 뒤의 놀들은 충격을 이기지 못하고 우르르 무너져 내렸다.

"커엉! 컹!"

"케겡!"

갑작스러워도 이렇게 갑작스러울 수가 없었다. 놀 방패병들은 두려움과 충격으로 울부짖었다. 그러나 레이놀드는 이 정도로 봐줄 생각은 조금도 없는 듯 다시 거리를 확보하고는 몸을 숙였다.

또 한 번 달려들려는 것이다. 놀들은 공포에 질려 주춤주춤 뒤로 물러났으나 레이놀드가 훨씬 빨랐다. 그는 있는 힘을 다해 방패에 몸을 부딪쳤다.

쾅!

와르르르르—.

이번에는 첫 번째보다 훨씬 제대로 충격이 가해졌는지 무려 이십여 명 이상의 적들이 뒤로 무너져 내렸다. 이제 놀들은 충격으로 비명을 지르며 날뛰었다.

"쾨릭슨(괴물이야)! 켐키에드(도망쳐)!"

"비켜라! 막는 자는 베겠다!"

이제 그가 썬더까지 빼 들고 고함을 지르자 결국 놀들은 방어를 포기하고 뿔뿔이 흩어졌다. 레이놀드는 거침없이 지휘부의 막사로 향해 갔다. 도중에 덩치 큰 몇몇이 덤벼들었으나 아무 소용없었다. 그는 썬더로 날아오는 무기를 막고 왼손으로는 덤벼 오는 놀들의 멱살을 잡아 던져 버렸다.

"캥!"

짧은 비명과 함께 키가 2미터 가까이 되는 덩치 좋은 놀이 날아갔다. 그렇게 몇 차례 상대를 집어던지자 이제 더 이상 앞을 가로막는 자가 없었다. 레이놀드는 손쉽게 지휘부 막사 앞에 도달했다.

"쿠돈 우룩테마르(초대하지 않은 손님은 환영받지 못한다)!"

경고로 느껴지는 짧은 외침과 함께 갑옷 입은 놀이 앞으로 나섰다. 의미는 알 수 없었지만 그건 놀의 오래된 격언이었다. 그 놀은 머리가 여러 개 달린 훌륭한 도리깨와 방패를 들고 있었다.

아무래도 적의 지휘관이 틀림없어 보였다. 한눈에도 기세가 보통이 아닌 게, 위압감까지 느껴졌다. 잠시 레이놀드를 노려보던 놀은 흉흉한 머리가 여러 개 달린 도리깨를 휘둘렀다.

"헛!"

잠시 레이놀드가 놀라 주춤할 정도로 적의 솜씨가 보통이 아니었다. 하지만 최근 계속 생과 사를 넘어온 그의 솜씨에는 못 미쳤다. 막 드래고닉 오러를 익힌 시절이라면 모를까, 지금은 붉은용의 괴력까지 발휘할 수 있는 실력이었다.

"크릉!"

놀이 있는 힘껏 휘두른 도리깨를, 레이놀드는 손을 뻗어 잡아 버렸다. 날아오는 도리깨들의 머리는 적어도 하나에 2톤 이상의 무게를 가지고 있었지만 레이놀드는 붉은용의 괴력으로 그걸 무시해 버렸다.

"윽!"

충격으로 신음이 터지긴 했다. 그래도 왼손 하나로 강철 도리깨의 머리를 잡아내자 상대 얼굴이 경악으로 물들었다.

"내가 말이야, 얼마 전에 무기를 잡힌 적이 있는데 기분이 아주 더럽더군."

알아들을 리 없지만 그렇게 말하면서 레이놀드는 손에 힘을 주었다. 놀은 도리깨를 뺏기지 않으려고 발버둥을 쳤다.

"크릉! 쿵!"

놀 대장의 양손이 부풀어 오르고 코에서는 김이 마구 뿜어졌다. 그러나 레이놀드에게는 아무런 소용이 없었다. 그는 왼손의 힘만으로 도리깨를 빼앗았다.

그리고 위세 등등하게 나타났던 지휘관의 얼굴을 엉망으로 구겼다. 살다 살다 무기를 완력으로 빼앗겨 본 적은 처음이리라. 레이놀드는 일부러 보란 듯이 썬더를 땅바닥에 꽂고는 양손으로 도리깨를 잡았다.

"가르쳐 주지, 너와 나의 차이를."

그는 곧장 오른손으로 도리깨의 머리를 잡아 뜯었다. 쇠사슬로 된 연결부가 괴로운 듯한 신음을 내더니, 쇠가 찢어지는 소리와 함께 도리깨의 머리가 뜯겨졌다.

채앵-.

부서진 사슬의 파편이 사방으로 튀었다. 이 정도 상황이 벌어지자 상대는 이미 전의를 상실해 버린 것 같았다. 그는 일단 지휘관을 죽이지 않고 사로잡기로 결정했다.

"상대가 나빴다고 생각해."

레이놀드가 주먹을 휘둘러 턱을 강타하자 놀은 결국 견디지 못하고 쓰러졌다. 그는 썬더를 뽑아 들고는 쓰러진 지휘관의 목덜미를 움켜쥐었다.

주위를 둘러보자 겁에 질린 놀 전사들이 이러지도 못하고 저러지도 못한 채 그를 보고만 있었다. 레이놀드는 그들에게 위압적인 목소리로 소리쳤다.

"꿇어라!"

살다보면 말의 뜻은 모르지만 이해할 수 있는 경우가 있다. 주위의 놀들은 왕국어를 몰랐지만 본능적으로 하나둘 무릎을 꿇고 항복하기 시작했다. 그렇게 지도부가 항복하자 놀 부족 연방은 손쉽게 무너져 버렸다.

*　　　*　　　*

레드포레스트 근교에서 벌어졌던 전투는 양측 다 큰 손실 없이 끝이 났다. 레드포레스트군은 거의 공격을 받지 않았고, 놀 부족연방군은 방패를 들고 방어만 계속했기에 사상자가 생각보다 적었다.

거기엔 레이놀드가 일찌감치 지휘부를 점령한 게 한몫했다. 그런데 사로잡힌 자들이 유례없이 많은 것이 문제였다. 홉고 블린과의 싸움에서는 양측 다 섬멸전으로 가 포로를 거의 남기지 않았지만, 지금은 경우가 달랐다. 덕분에 젊은 영주는 도시 재건에 앞서 포로 처리의 문제에 직면하게 되었다.

"놀들을 어떻게 하는 게 좋겠습니까?"

레이놀드의 물음에 오블란이 자신 있게 대답했다.

"무기를 빼앗고 해산시켜 버리면 되네."

오블란의 의견에 라 파뇰이 우려를 제기했다.

"다시 뭉쳐서 덤벼오면 어쩌려고요."

"그럼 풀어주기 전에 지도자들의 목을 모조리 쳐. 그럼 쉽게 못 뭉치겠지."

그러나 라 파뇰은 여전히 신중한 입장이었다.

"놀어를 조금씩 하는 드워프들을 모아서 놀들과 얘기를 해봤습니다. 그런데 사실 그들이 산 아래로 내려온 게 산악 거인들에게 쫓겨 온 거라고 합니다. 모두 돌아갈 곳이 없다고 난색을 보이더라고요. 만약 이대로 풀어줘 버리면 녀석들이 그랄쓰나 론베이까지 가게 될지도 모릅니다."

"거인이라고?"

오블란은 눈살을 찌푸렸다. 드워프들은 거인을 엄청나게 싫어한다. 만약 거인을 살해한 자가 일족 중에 나오면 그는 죽을 때까지 영웅으로 칭송받는다.

"네, 놀들의 말로는 수십 이상이라고 합니다."

레이놀드는 또 다른 문제에 한숨을 내쉬었다. 이 북부의 끝에 위치한 도시는 갖가지 문제가 양파껍질 까듯 계속 발생했다. 그는 새삼 전에 이곳을 다스리던 제온 경이 존경스러웠다.

"그런데 거인은 어떻게 상대해야 하죠?"

이번엔 오블란이 대답했다. 그렇지만 썩 내키지 않는 말투였다.

"거인을 상대하려면 활이나 십자궁을 써야 해. 그냥 칼을 들고 덤볐다가는 골로 가기에 십상이라고. 흠흠, 사실 우리 드워프 철십자궁병이면 충분하겠지만, 숫자가 굉장히 줄어 버렸지. 인정하긴 싫지만 이런 일에는 엘프들이 제격일 거야. 녀석들의 정확한 사격은 소수의 인원으로도 충분히 거인을 괴롭힐 수 있거든."

"이거 원, 엘프들을 다시 고용하는 문제도 생각해 봐야겠군요. 벨라벨로 경, 엘프들이 이 문제에도 응해줄까?"

기사가 된 후 경이란 말이 익숙하지 않은 듯 호크마의 얼굴에는 어색한 표정이 떠올랐다. 그래도 경이란 단어만 빼면 둘의 대화는 예전 그대로였다.

그는 잠시 생각하다 대답했다.

"가능성이 있어. 엘프들은 예측하기 어려운 녀석들이긴 하지만 말과 상식이 충분히 통해. 녀석들 중에는 숲 밖을 보고 싶어 하는 자들도 있고 금이 필요한 자들도 있어."

"그래? 그럼 일단 일이 안정되면 하이포레스트에 널 파견하는 걸 생각해봐도 될까?"

"좋아, 별로 어려운 일도 아닌데."

벨라벨로는 대장의 부탁에 비세나일을 떠올렸다. 짝사랑하게 된 그녀를 만날 명분이 생겼다는 데 기분이 좋아졌다.

"그럼 그렇게 하고 이제 놀들을 어떻게 할지 정해야 하는데. 저 마운튼해머, 놀들을 노동자로 쓰는 건 어떨까요?"

이미 오블란 마운튼해머의 소개로 도시 재건을 위해 푸예족 기술자들을 초빙했다. 많은 석공수와 건축가, 목수들이 레드 포레스트를 향해 출발했다고 한다.

만약 놀들을 노동자로 고용하면 드워프들과 함께 일해야 하는 데 그게 괜찮은지 묻는 것이다. 그는 자신도 잘 모르겠다는 표정이 되었다.

"흠흠, 놀들은 힘이 꽤나 좋은 녀석들이니깐 괜찮을 것 같기도 하고 우리 드워프들도 놀과 왕래가 거의 없다 보니 별다른 유감도 없고. 다만, 녀석들이 순순히 따라 줄지 알 수가 없구만. 놀들은 힘과 의리의 논리에 의해서 움직여, 인간과 드워프가 황금에 움직이는 것과 다르다고."

"그런가요?"

"놀들은 강자에게 절대복종하지. 그리고 친구라고 인정한 존재에게 죽을 때까지 의리를 지켜. 그 두 가지가 놀의 사회를 지탱하는 중요한 관념이야."

"만약 우리가 그들과 친구가 된다면 놀들은 우리를 따르겠군요?"

"그래, 그렇지만 불과 며칠 전에 전투를 했는데 그게 가능하겠나?"

"일단 놀의 지도자와 얘기를 해보고 정해야겠어요. 아무래도 대량 학살을 하는 경우만은 피하고 싶군요."

레이놀드는 최악의 상황에는 그들이 그랄쓰나 론베이로 흘러가지 못하도록 모두 죽일 생각이었다. 끔찍한 결정이었지만, 그는 전란으로 병자와 같은 북부에 다시 어떤 충격도 가해지길 원하지 않았다.

*   *   *

켈릭스 나인스카는 놀 데오른 부족연방의 지도자이다. 그는 영민한 편이긴 했지만, 그 위치에 오른 것은 순전히 타고난 힘 덕분이었다.

언제나 자신의 무력에 대해 자부심을 가진 그였는데 최근에 있던 일련의 사태들은 그 높은 긍지에 상처를 만들었다. 일단

폭군 같은 산악 거인들에게 조상 대대로 살던 유서 깊은 산맥의 구릉지대를 빼앗겼고, 그다음에는 새파란 인간 애송이에게 주먹으로 맞아 뻗어 버렸다. 거인도 거인이었지만 인간이 그렇게 주먹이 강한지 처음 알았다. 게다가 그가 제일 아끼는 부하인 티노그론 롱투스도 다른 인간에게 패해 쫓겨 왔다.

이래저래 체면이 말이 아니게 되었다. 그래도 그나마 다행인 건 포로로 잡혔어도 생각보다 대우가 좋다는 것이었다. 그들은 무장해제 된 뒤 야외에 임시로 마련된 포로수용소에서 시간을 보냈다. 그러던 중 자신을 때려눕힌 적의 대장이 찾아왔다.

레이놀드란 이름을 가진 인간이었다.

다소 불편한 분위기 속에서 둘은 드워프 통역관 여럿을 이용해 힘겹게 대화를 시작했다. 때때로 어려운 단어가 나오면 말이 끊어지곤 했지만, 그럭저럭 뜻을 전할 수는 있었다. 그러던 중 그 인간 영주가 뜻밖의 제안을 했다.

—우리는 이 도시를 재건할 계획이다. 갈 곳이 없다면 일을 할 생각은 없는가? 급료는 차질 없이 지급하겠다.

그 뜻밖의 제안에 놀의 지도자는 고민에 빠졌다. 나쁜 제안은 아니었으나 그로서는 상대방을 믿기 어려웠다. 말이 노동자지 잘못했다가는 노예로 전락할지도 모르는 일이었다.

—놀들은 인간을 믿지 않는다.

켈릭스는 짧게 거절했다. 그러나 예상외로 인간 영주는 달래듯 설득을 계속했다.

─어떻게 하면 인간을 믿을 수 있는가? 우리는 평화와 노동자들을 원하는 것뿐이다.

─꼭 인간이라서가 아니다. 우리는 친구 외에는 아무도 믿지 않는다.

레이놀드는 새삼 왜 놀들이 폐쇄적인 종족인지 알 것 같았다. 거칠고 남과 쉽게 어울리지 못하는 성격까지 가졌으니, 산악 지대 밖으로 좀처럼 벗어나지 못한 것이다.

─어떻게 하면 우리가 친구가 될 수 있나?

인간 영주의 말에 캘릭스 나인스카는 코웃음을 쳤다. 인간과 친구가 되는 건 상상해 본 적도 없는 일이다. 그는 기본적으로 동족 이외에는 믿지 않았다.

잠시 생각하던 그는 불가능한 이야기를 인간 영주에게 제안했다. 놀의 예법상 불가능한 일을 요구하는 건 '거절한다'의 완곡한 표현이었다.

─우리를 쫓아낸 산악 거인들을 몰아내 주면 놀은 인간들의 친구가 되어 줄 것이다.

캘릭스는 상대방이 자신의 말을 무시하고 비웃을 거라고 생각했는데, 의외로 진지한 표정을 짓자 조금 의아했다. 인간 영주는 '생각해 보겠다'라고 말하고 물러났다. 캘릭스는 인간이 말하는 '생각해 보겠다'라는 것은 놀이 불가능한 일을 부탁하는 것과 비슷한 의미가 아닌가 하는 생각이 들었다. 그는 곧

이 의미 없는 만남에 대해 잊어버리기로 했다. 그런데 정확히 이틀 뒤, 인간 영주가 찾아와 놀들과 함께 산악 거인들을 공격하겠다고 하자 켈릭스는 진심으로 놀라고 말았다.

*　　*　　*

　북부의 산악 지대 위에는 아직도 눈이 많이 쌓여 있었다. 그곳에는 레드포레스트 부흥군 5백여 명과 놀 연방군 5백여 명이 부산스럽게 행군하는 중이었다.

　무려 천 명이나 되는 대군이 하나의 위협에 대항하기 위해 연합한 것이다. 그렇다 해도 산악 거인들은 강력하고 위험한 상대이다.

　레이놀드는 그들이 아직 산에만 머물고 있지만, 장기적으로 레드포레스트의 위협이 될 것으로 판단해 제거하기로 했다. 게다가 이 일은 놀 연방에 신의를 보여주는 것이었다.

　그는 켈릭스 나인스카와 놀 부대의 지휘관들에게 앞으로 레드포레스트를 침략하지 않겠다는 맹세를 받은 후 무구를 돌려줬다.

　처음에 놀 병사들은 이런 급속한 결정에 당황과 우려를 표시했지만, 인간의 5백 명의 지원군과 함께 원수인 산악 거인들을 치러 간다는 사실에 기뻐했다.

　연합군은 놀 유격대원의 안내를 받아 신중하게 앞으로 나아갔다. 10 킬로미터 이상 앞서 정찰 활동을 벌이던 그들은 마침내 놀들의 옛 터전 근처에서 산악 거인들의 주둔지를 발견했다고 보고했다. 유격대원들의 말로는 거인들의 숫자는 총 육십 이명이라고 했다.

"좋아, 작전을 짜기 위해서 내가 직접 가서 지형을 살펴야겠어."

레이놀드의 말에 라 파뇰이 즉각 반대했다.

"안 됩니다, 만약 무슨 일이라도 당하시면 큰일입니다. 제가 보고 오겠습니다."

그러나 젊은 영주는 고집이라면 어디 가서도 지지 않는 사람이었다. 결국 부대를 마운튼해머에게 맡기고 라 파뇰, 켈릭스 나인스카와 함께 적 진지를 정찰하러 떠났다.

3장
봄날의 오후, 언제까지나
게으름 부리고 싶은 나날들

산악 거인들은 산맥의 지배자들로 키는 6미터에 몸무게는 8톤가량 나가는 장대한 존재들이다. 그런데 그들의 심성은 덩치에 어울리지 않게 옹졸하고 난폭하다. 아무렇지도 않게 자기보다 작은 이들을 약탈하고 죽이며 산에 사는 사람들을 괴롭히는 데 많은 시간을 보낸다. 또 산지 이곳저곳을 떠돌아다니며, 붉은 용이나 폭풍 타이탄 같은 자기보다 강한 힘을 가진 이웃을 위해 경비병이나 용병으로 봉사하기도 한다. 무기는 단순한 나무 몽둥이를 쓰며 의복은 하의만 가릴 정도로 간소하다. 또 별다른 투사 병기가 없어 장거리 공격은 돌이나 나무 기둥을 던지는 걸로 대신한다. 그리고 자신들이 하지 못하는 일을 위해 놀이나 인간,

드워프 따위를 노예로 부리기도 한다.

—킨세린의 『서대륙의 종족들』 中

다음날 밤.

삼십여 명의 기사와 놀들이 적의 야영지로 숨어들어 가고 있었다. 이번에는 정찰에 그치지 않고 불시에 타격을 가할 생각이었다. 몰래 잠입해 세상모르고 곯아떨어져 있을 거인들을 공격한 뒤, 재빨리 몸을 빼는 게 이번 작전의 핵심이었으므로 발이 느린 드워프들은 일단 본영에 남기로 했다.

사실 더 많은 숫자를 데리고 가려 했으나 다수의 인원이면 기도비닉에 어려움이 있어 포기해야 했다. 그러나 젊은 영주는 거기에 따른 대책도 강구해 놓았다.

습격에 참가한 이들은 양손도끼나 곡괭이를 들었다. 이 흉흉한 물건들로 자고 있는 거인들의 머리를 단숨에 부숴 버릴 계획이었다.

그날 따라 달이 늦게 떴고 놀과 인간들은 성공적으로 어둠 속을 미끄러져 걸어갔다. 흥분으로 거친 숨소리가 들려오긴 했지만, 작전에는 아무 문제가 없었다. 거인들의 커다란 코 고는 소리가 들릴 정도로 가까이 접근했을 무렵, 습격자들은 이동에 신중을 더했다.

숨소리조차 조심스러웠다. 덕분에 거인이 찍어 놓은 발자국 다섯 개를 지나는 데 십 분이 걸릴 정도였다. 그걸로도 부족해서 레이놀드는 아르디오넬을 미리 보내 앞을 살핀 후 이동하기를 반복했다.

"조심해."

앞서 가던 레이놀드는 모두에게 재차 주의를 시키고는 살금살금 걸어갔다. 주변에는 거인들 특유의 역겨운 채취와 진한 술 냄새가 진동했다. 산악 거인들은 3월의 산속에서도 큰 추위를 느끼지 않는 듯 거의 꺼져 가는 모닥불 가에 아무렇게나 누워 자고 있었다. 불침번을 서는 이도 없었다.

아마 이 산에서 그들을 위협할 자들이 거의 없는 까닭이리라. 레이놀드는 거인들 사이를 지나가면서 심한 공포를 느꼈다.

의연하게 행동하려고 했지만, 머리 크기만 해도 자신의 허리까지 오는 자들 틈바구니에 있다는 사실은 심장을 날뛰게 했다. 뒤를 돌아보니 아니나 다를까 특별히 강하고 용맹한 자들만 뽑아왔음에도 모두 질린 표정이었다. 젊은 영주는 일부러 그들에게 사나운 표정을 지어 보였다.

"정신 차려, 멍청한 놈들!"

이끄는 자가 통솔력을 발휘해 거칠게 휘어잡자 병사들은 다소 정신을 차리는 듯했다. 하지만 흥분한 놈들이 개처럼 헥헥거리는 소리가 등 뒤에서 계속 들려왔다. 모두 긴장하면서 각자 거인의 머리 위쪽으로 흩어졌다. 만약 여기서 실수를 해서 한 놈이라도 깨웠다가는 무슨 끔찍한 일이 벌어질지 몰랐다. 부대가 준비됐다는 신호를 보내오자 레이놀드는 심호흡을 하고는 큰 소리로 외쳤다.

"쳐라!"

동시에 수십 자루의 도끼와 곡괭이들이 떨어져 내렸다. 산악 거인의 해골 뼈가 두껍긴 했지만, 이마에 정확히 꽂히는 곡괭이를 막을 정도는 아니었다. 무언가 둔탁하게 깨지는 소리와 함께 산악 지대를 호령하던 장대한 거한들이 죽음을 맞이했다.

그러나 한 방에 적을 죽이는 데 실패한 자들도 있었다. 날카로운 도끼날이 뼈에 상처를 내긴 했으나, 머리 가죽만 베고 지나갔다. 살을 찢는 고통에 자던 거인이 비명을 지르며 자리에서 일어났다.

"크아아악!"

무려 6미터나 되는 거한이 피범벅이 된 얼굴로 사방을 노려보는 꼴은 지옥에서 온 주민이라 해도 믿을 만큼 무서웠다. 레이놀드는 즉각 다음 명령을 내렸다.

"후퇴!"

동시에 아르디오넬이 날카로운 목소리로 울었다. 이제 인간과 놀들은 죽을힘을 다해 달렸다. 이미 거인들의 노성이 산을 쩌렁쩌렁하게 울리고 있었다.

그들은 처음에는 당황하고 두려운 표정을 지었으나, 자신들을 공격한 게 작은 인간이란 걸 깨닫고는 있는 대로 화를 내고 있었다.

"쿠다륵 헝그러후(이 버러지들이 미쳤구나)!"

다들 그게 무슨 소린지 몰랐지만 좋은 뜻을 담은 게 아닌 것은 확실하게 알 수 있었다.

쿵쿵쿵!

열심히 후퇴하는 인간과 놀들의 뒤로 지축을 울리는 발걸음 소리가 들려왔다. 진동이 울릴 때마다 레이놀드는 소름이 돋았다. 점점 빨라지는 발소리가 추적자들의 열이 바짝 오른 걸 말해 줬다.

"허르도호 무르호란 에그나훔(그 작은 머리를 씹어 삼킬 것이다)!"

다시 고함이 들렸는데, 이번에는 아주 가까워 도망가던 레이놀드는 깜짝 놀라 어깨를 움찔했다. 산악 거인이 바로 뒤에 있는 것 같았기 때문이었다.

"으아아악! 살려줘!"

그가 황급히 뒤를 돌아보자 이미 병사 한 명이 산악 거인에게 붙잡혀 비명을 지르고 있었다. 거인은 병사의 양손을 다른 이에게 잡게 하고 자신은 병사의 양발을 잡고 잡아당기기 시작했다.

부욱―.

끔찍한 소리와 함께 병사는 산 채로 찢어졌다. 그 모습을 본 도망자들은 공포에 질려 정신없이 계속 달아났다. 이미 뒤로는 삼십 명이나 되는 엄청난 숫자의 거인들이 광인들처럼 쫓아왔다. 머리 위로 녀석들이 집어던진 커다란 돌이 날아왔다.

부웅-.

"으악!"

사람 얼굴만한 돌에 맞은 자들은 외마디 비명과 함께 다신 일어나지 못했다. 그때 아르디오넬이 귓가에서 날카롭게 소리쳤다.

"피해!"

달리던 레이놀드는 본능적으로 오른쪽으로 굴렀다. 동시에 그가 있던 곳으로 엄청난 돌덩이가 휘익 하는 소리를 내며 지나갔다.

"넬, 고마워요!"

어느새 날아오른 아르디오넬은 신경질적인 목소리로 말했다.

"깔릴 뻔했잖아! 됐고, 일단 어서 달려! 난 시체 치우는 데 흥미 없으니깐!"

레이놀드는 대답 대신 전력으로 달렸다. 거의 약속된 장소에 다 와 갈 무렵, 도망자들의 눈앞에 꽤 높은 언덕이 나타났다.

"다 왔다! 힘을 내라!"

레이놀드는 열심히 부대를 독려하고 있었지만 사실 자신도 버거웠다. 가슴이 너무 부풀어 올라 호흡을 조절할 수 없을 것 같았다.

'이걸 어떻게 올라간담.'

힘들어 주저앉을 지경이었다. 그러나 살아남으려면 어떻게든 언덕 위를 올라가야 했다. 그는 억지로 이를 악물고 뛰어

올라갔다.

"쉬지 마라!"

조금만 늦장을 부려도 산 채로 찢겨질 판이다. 산악 거인들도 뒤쪽에 바짝 붙어 있어서 놀들은 이제 네발로 달렸다. 그때 허겁지겁 달리던 놀 하나가 거인에 붙잡혀 공중으로 내던져졌다.

"케겟!"

사방으로 애처로운 비명이 울렸다. 언덕 위는 쫓고 쫓기는 자들로 그야말로 아비규환이었다. 그때 마침 구름이 걷히고 야산의 언덕이 훤해졌다. 레이놀드는 더 이상 참지 못하고 소리쳤다.

"마운튼해머!"

그의 외침에 달빛을 받아 은색으로 빛나는 언덕 위 공제선에 드워프들이 일렬로 나타났다. 뒤로는 인간 궁수들의 모습도 보였다.

레이놀드는 다급히 소리쳤다.

"엎드려!"

그 순간 철십자궁과 장궁이 쫓아오던 거인들에게 일제히 강력한 투사체를 쏟아냈다. 사격자들은 무려 150명이나 되었다. 삼십 명의 거인들은 온몸을 찔러오는 화살과 볼트에 비명을 질러 댔다.

"크아아아아!"

이미 가장 앞쪽에 있던 거인들은 거대한 소리를 내며 쓰러졌다. 이윽고 뒷열에서 병사들이 나와 아래쪽을 향해 투척창을 던져 댔다.

묵직한 창이 박히자 거인들의 비명은 커졌고 쓰러지는 자들도 늘어났다. 그러는 사이 레이놀드는 반쯤 기듯 위로 계속 올라갔다. 결국, 그는 언덕 위에서 유쾌하게 웃고 있는 마운튼해머를 만났다.

"하하하핫! 젊은 영주, 쫓겨 올라오는 꼴이 아주 우습군."

"전대장님도 저 거인 놈들에게 쫓겨 보십쇼. 허억허억."

레이놀드가 숨을 몰아쉬며 대꾸하자 마운튼해머가 투척창을 내밀었다.

"하하하! 아무튼, 빌빌 긴 건 사실이잖은가. 이걸로 복수라도 하게."

그는 마운튼해머가 준 투척창을 들고 아래쪽을 내려다보니 이미 거인 십여 명 이상이 언덕을 반절이나 올라온 상태였다. 레이놀드는 방패를 든 거인을 목표로 정했다.

화살이 빼곡히 박힌 나무방패를 든 그는 대단한 기백으로 언덕을 오르고 있었다. 거인의 고함이 사방을 쩌렁쩌렁하게 울렸다.

'적의 사기를 올리는 자다. 빨리 제거해야 해.'

레이놀드는 자신의 창에 드래고닉 오러를 주입했다. 나무로 만든 봉을 타고 어둠을 밀어내는 선명한 오렌지빛 오러가 생성되었다.

놀라운 광경에 주변에서 탄성이 터져 나왔다.

"빛의 창이야!"

"우와, 굉장한데!"

레이놀드는 방패 든 거인에게 있는 힘껏 창을 던졌다.

"하앗!"

오러를 머금은 창은 마치 광선처럼 빛의 흔적을 남기며 목표를 향해 날라 갔다. 거인은 놀라 황급히 방패를 들어 올렸으나 빛나는 창은 두꺼운 방패를 조각내고 거인의 심장을 관통했다.

퍼억!

그의 커다란 입에서 피가 터져 나왔다. 거인은 다리의 힘이 풀렸는지 언덕 아래로 그대로 굴러 떨어졌다. 아군은 그 모습을 보고 사기가 충천해 기합을 질러 댔다. 그때 벨라벨로와 라 파뇰이 레이놀드를 발견하고 달려왔다.

"대장 괜찮아?"

레이놀드는 벨라의 어깨를 두들겨 주고는 미소 지었다.

"끄떡없어. 라 파뇰, 준비는 됐죠?"

"물론입니다, 소집군주님."

이미 언덕 뒤에는 장창을 든 보병들이 잔뜩 대기하고 있었다. 그들은 아직 거인이 눈치 채지 못하게 창을 내려놓고 숨은 상태였다.

레이놀드는 언덕 아래를 내려다보고는 라 파뇰에게 작전대로 실행할 것을 지시했다. 거인들이 이미 근처까지 붙어 돌을 던져대는 탓에 궁사들은 황급히 뒤로 물러나고 있었다.

"적들이 근접했습니다. 바로 실행하겠습니다."

라 파뇰은 허리춤에서 검을 뽑아 소리쳤다.

"부대 준비!"

혼란스러운 소음 속에서도 전대장의 목소리가 쩌렁쩌렁하게 주위를 울렸다. 그러자 보병들이 장창을 들고 자리에서 일어났다. 주위에는 나팔소리가 크게 울려 퍼졌고 북을 두드리는 소리가 가득 찼다.

둥둥둥둥둥─

레이놀드도 노란빛 검신을 가진 명검 썬더를 뽑아 들었다. 조금 전까진 채신머리없게 도망을 가야 했지만, 이제 반격의 시간이 온 것이다. 옆에서 라 파뇰이 쩌렁쩌렁한 목소리로 명령했다.

"전진하라!"

일제히 일어난 장창병들이 언덕 아래로 창을 밀며 나아갔다. 힘이 장사인 거인들은 한 번 몽둥이를 휘둘러 창대를 십여 개씩 부러뜨렸으나 자신을 조여 오는 창의 숲을 견디지 못하고 점점 밀려났다. 병사들은 단단한 진형을 구성하여 창날로 산악 거인을 사정없이 찔러 댔다.

"죽어라!"

"덩치가 커서 찌르기도 쉽구먼!"

그들은 가슴팍에서 피를 흘리며 언덕 아래로 도망갔다. 그러나 아래쪽에는 이미 놀 부대가 기다리고 있었다. 그들은 장창과 양손 도리깨로 기다렸다는 듯 거인들을 두들겼다. 기세가 오른 놀들의 함성이 사방을 가득 채웠다. 그 소리는 그들의 생김새처럼 개 짖는 소리와 비슷했다.

"커엉! 커어엉 컹!"

산악 거인들은 이제 정말로 당황한 걸로 보였다. 항상 약탈자로 있던 자신들이 포위되어 죽을 위기에 처한 것이다. 놀들은 언제나 자신들을 괴롭히던 산악 거인들에게 복수할 수 있다는 사실에 몸을 돌보지 않고 달려들었다. 원래 용맹하기로 유명한 그들이었지만, 사기가 오르자 상대가 산악 거인이라도 별로 상관없는 듯했다. 레이놀드도 무리의 틈 사이에서 튀어나와 오러로 빛나는 검을 들고 산악 거인의 두꺼운 종아리를 베어버렸다.

"하앗!"

기합 소리와 함께 썬더는 소의 허벅지보다 더 두꺼운 산악 거인의 종아리를 베고 뼈의 반이나 파고들었다. 그 탓에 다리뼈가 그 무게를 이기지 못하고 딱! 하는 소리와 함께 부러졌다.

"피해!"

근처에 있던 병사가 놀라서 다급하게 경고했다. 동시에 덩치 큰 산악 거인은 비명을 지르며 옆으로 쓰러졌다. 근처에 있던 흥분한 놀과 인간들은 이때다 싶어 있는 힘껏 병기를 내리찍었다.

레이놀드는 아르디오넬이 다치지 않게 피신시키고서는 계속 싸움을 이어 나갔다. 한동안 이어진 전투에서 대부분의 산악 거인들은 연합군의 창검 아래 쓰러져 숨을 거뒀다. 확실히 승기를 타자 싸움은 순조로웠다.

덩치 큰 그들이 겁을 먹을 정도로 분위기는 완전히 기울었던 것이다. 지휘관인 레이놀드도 이제 불필요한 손실을 줄이는 데 관심을 기울였다.

"병력들! 신중하게 제압하라!"

그런데 그때 한 산악 거인이 생각 이상으로 거칠게 발광했다. 얼마나 기세가 흉흉한지 지금껏 잘 대응하던 레드포레스트의 병사들이 감히 다가갈 엄두를 내지 못하고 있었다. 아무래도 죽음을 앞두고 초인적인 힘이 나오는 것 같았다.

"크아아악!"

녀석의 괴성이 산자락을 쩌렁쩌렁하게 울렸다. 순식간에 십여 명의 병사가 몽둥이에 맞아 하늘로 날아올랐다.

"피해!"

지휘관들이 황급히 주의하라고 경고했지만, 잘 훈련된 용병들이 장난감처럼 허무하게 부서져 죽었다. 거인은 이미 여러 곳에 창과 화살이 박혀 살아남기 어려울 것 같았다. 그러나 죽기 직전에 마지막 힘을 끌어내는 자의 괴력은 그야말로 무시무시했다. 인간이 사력을 다하는 힘도 강력한데 거인은 말할 것도 없었다. 상처 입은 그는 분노와 흥분으로 광인이 되어 버렸다. 레이놀드는 부하들의 안전을 염려해 소리쳤다.

"물러나! 맞서 싸우지 마라! 곧 지칠 테니 힘이 빠지면 잡는다!"

강(强)에 강(强)으로 맞서는 것은 어리석은 일이다. 산악 거인의 상태는 심각해 레이놀드의 판단으로는 십 분만 지나도 녀석은 움직이지 못할 것 같았다. 그러나 말처럼 산악 거인이 힘을 소모할 때까지 기다리는 게 쉬운 일이 아니었다.

녀석이 한 명이라도 더 길동무로 데려가려고 날뛰는 탓에 수많은 수하가 죽어 나갔다.. 결국 레이놀드가 견디지 못하고 앞으로 나섰다.

"소집군주님, 위험합니다!"

그는 라 파뇰이 달려들려고 하자 손을 들어 저지하고는 앞으로 당당하게 나섰다. 솔직히 거인을 상대로 두려움이 생겼으나 자신의 괴력을 믿어 보기로 했다. 그리고 한 가지, 붉은 용의 힘이 어느 정도인지 실험해 볼 필요가 있었다. 날아오는 도리깨를 잡아챌 정도란 걸 알았지만, 정확히 확인해 볼 방도가 없었다. 위험하긴 해도 거인이라면 이 초인적 근력을 실험하기에 더없이 좋은 상대일 것이다.

"커억, 커억."

눈앞에서 커다란 폐를 가진 자가 헐떡이는 소리는 그야말로 굉장했다. 거인의 숨소리는 주변의 공기를 다 빨아들이는 것 같았다.

"미안하지만 이만 죽어줘야겠다."

호기롭게 나선 그는 놀랍게도 썬더를 검집에 도로 넣었다. 주변에서 병사들이 당황하기 시작했다.

"아니!"

"영주님이 왜 저러시지?"

모두 자신들의 소집군주가 대단한 전사란 걸 알고 있었다. 하지만 그렇다고 해도 이 장대한 산악 거인과 맨손 격투라도 하려는 것일까? 사람들은 기가 막힌 심경으로 그를 쳐다봤다.

"소집군주님, 안 됩니다!"

참다못한 라 파뇰이 막 뛰어들려는 순간 아름드리나무 같은 거인의 발이 들어올려지더니 레이놀드를 밟아 버렸다.

퍼억!

둔탁한 소리가 들렸다. 급기야 병사들이 젊은 영주를 구하기 위해 창을 꼬나들고 달려들려는 순간, 눈을 의심할 만한 광경이 벌어졌다. 그들의 군주가 양손을 머리 위로 올려 거인의 발을 잡아 버린 것이다. 횃불에 비추는 그의 팔 위로 굵은 힘줄이 터질 것처럼 부풀어 있었다.

'이 무슨 말도 안 되는 용력이란 말인가!'

지켜보던 라 파뇰은 마치 신화 속에 등장하는 영걸을 보는 것 같은 기분이었다.

"어림도 없다!"

오히려 기세 좋게 소리치는 레이놀드의 모습에 사람들은 놀란 표정을 감추지 못했다.

"이야아아앗!"

레이놀드는 기합을 지르며 거인의 발을 옆으로 내던졌다. 그리고 허리춤에 있던 썬더를 꺼내 거인의 발등을 내리찍었다.

퍼억!

검날이 뼈를 부수며 파고드는 소리는 절로 눈살이 찌푸려졌다. 그러나 고통에 얼룩진 거인의 비명이 더 끔찍했다.

"크아아아악!"

산악 거인은 놀라며 황급히 자신의 발을 망가뜨린 인간에게 주먹을 내리찍었다. 이번에도 레이놀드는 피하지 않았다.

"이야야야앗!"

우렁찬 기합과 함께 그는 그대로 정권을 올려쳤다. 멀쩡한 썬더를 내버려 두고 거인의 주먹을 상대로 자신도 주먹을 내지른 것이다.

퍼억!

순간 주위에 충격파가 일더니 갑자기 폭발하듯 흙먼지가 날렸다.

부웅-.

거인의 주먹과 용의 힘을 가진 레이놀드의 주먹이 정면으로 부딪친 것이다. 그런데 그 결과는 가히 경악할 만했다. 산악 거인의 손가락 중 하나가 충격으로 부러져 버린 것이다.

"크어어어억!"

다친 거인은 고통이 심한 듯 부러진 손을 감싼 채 뒤로 몇 걸음 물러났다. 이제 광인에 가까웠던 흉포함은 온데간데없고 공포에 빠진 듯했다. 그는 도저히 지금 상황을 믿을 수 없는 것 같았다.

"전사로서 죽게 해주겠다!"

크게 외친 레이놀드는 시간을 끌지 않았다. 곧장 땅바닥에 떨어진 투창을 들어 쥐어 들고는 오러를 불어 넣었다.

지잉-.

다시 한 번 오러가 서리자, 레이놀드는 망설임 없이 거인에게 창을 집어던졌다.

퍼억!

빛의 선을 그리며 날아간 투창은 정확히 산악 거인의 머리에 박혔다. 두꺼운 두개골이 부서지는 소리와 함께 이 장대한 산악의 지배자는 스르르 무너져 내렸다. 마치 아름드리나무가 쓰러지듯 옆으로 넘어갔다.

쿵!

거구가 땅에 쓰러지자 바닥이 울렸다. 놀란 사람들은 눈만 껌뻑였다. 모두 그의 초인적인 힘에 놀라 아무 말도 꺼내지 못했다. 레이놀드는 한 손을 머리 위로 들고 밤하늘이 울리도록 쩌렁쩌렁하게 외쳤다.

"레드포레스트!"

그제야 사람들은 정신을 차렸다. 이제 주위는 떠나갈 듯한 승리의 함성으로 덮였다.

와아아아아아!

그들은 군주의 이름을 외치며 경의를 표했다.

"레이놀드!"

"레이놀드!"

그들 틈에서 벨라벨로는 제자리에서 방방 뛰며 환호했고 라 파뇰은 한숨을 내쉬며 이마에 맺힌 땀을 닦았다. 그는 고용주가 자주 자신의 수명을 갉아먹는 것 같다는 느낌을 받았다. 하지만 라 파뇰도 레이놀드의 영웅적 행보에 매료되고 있었다. 언제나 말로는 투덜거렸어도 그의 군대를 지휘하는 게 만족스러웠다.

곁에 있던 과묵한 마운튼해머도 이번에는 정말 감탄했는지 웃음기 가득한 얼굴로 박수를 쳐 댔다. 그때 레이놀드가 다급히 마운튼해머와 라 파뇰에게 다가왔다.

"숙영지에 아직 네다섯 마리가 남아 있는 것 같은데 신속하게 부대를 움직여 정리해야 할 듯합니다."

"그렇게 하지, 하지만 우리 드워프들이 좀 느릴 테니 먼저 앞장서게."

"알겠습니다. 마운튼해머, 라 파뇰, 준비해 주세요."

"네, 소집군주님."

라 파뇰의 주도로 부산하게 준비를 끝내고 그들은 남은 거인들이 있는 곳으로 출발했다.

"서둘러라!"

이동 중에 레이놀드는 부대를 독려했다. 놀과 인간의 연합군은 빠르게 잔당이 있는 곳으로 향해 나아갔다. 젊은 영주는 벨라벨로와 함께 가장 앞쪽에서 반쯤 뛰듯 가고 있는데 옆으로 나인스카가 따라붙었다. 그는 뭔가 할 말이 있지만, 말이 안 통해서 고민하는 표정이었다.

나인스카는 주먹을 쥔 손을 레이놀드에게 내밀었다. 젊은 영주는 그게 무슨 뜻일까 싶어 고민하다 놀의 팔목에 자신의 팔목을 교차했다.

"크릉!"

제대로 응대한 모양이었다.

나인스카의 입꼬리가 올라갔고 기다란 송곳니가 보였다. 다른 종족에게 자주 오해를 부르는 표정이긴 해도 그건 놀이 짓는 미소였다. 말은 안 통했지만 둘 사이에서 우호적인 기류가 흘렀다.

"전방에 거인이 있습니다!"

제일 앞에서 달리던 병사가 크게 외쳤다. 꺼진 불가에는 여자 거인 몇이 있었다. 놀란 거인들은 무기를 들었지만, 뒤쪽으로 줄줄이 늘어선 군대의 숫자를 보고 질린 표정으로 몸을 돌렸다.

레이놀드는 다급해졌다.

"놓치지 마라! 후환을 남기면 안 된다!"

그는 다시 한 번 투창에 오러를 주입해 창을 던졌다. 어둠 속에서 창이 일직선 빛의 선을 그리자 도망가던 산악 거인 하나가 쓰러졌다. 궁수들도 대열에서 벗어나 자유롭게 활을 쏘았다.

"크아아악!"

도망자들의 괴로운 비명이 산을 울렸다. 상처 때문에 느려진 산악 거인들에게 인간과 놀들이 금세 달라붙었다. 재빠른 놀들이 도주하는 산악 거인들의 후미에 붙는 것을 보고 레이놀드는 한시름 놓았다.

그는 전투의 마무리는 놀들에게 맡기기로 하고 주변에 경계병을 배치했다. 그리고 병사들에게 거인들이 쌓아 놓은 물건을 뒤지게 했다.

그것은 재미있는 작업이라 레이놀드까지 끼어들어 산악 거인들이 끌어들인 약탈품을 구경했다. 그러는 사이 마운트해머가 이끄는 드워프들도 도착했다. 드워프 전대장도 거인의 물건들에 관심이 동하는 듯 이리저리 돌아다녔다. 한창 신을 내던 마운트해머가 레이놀드를 불렀다.

"소집군주, 이리와 보게."

레이놀드가 다가가자 마운트해머는 잡동사니 앞에 놓인 나무 상자를 가리켰다. 뭔가 싶어서 안을 보자 강보에 쌓인 아기가 있었다.

녀석은 산악 거인의 아기였다. 태어난 지 얼마 되지도 않아 보였는데 덩치는 이미 벨라벨로만 했다. 어느새 곁으로 다가온 벨라벨로가 한마디 했다.

"기가 막히네. 이십육 년이나 키가 커지려고 노력한 나와 같은 키라니, 이건 불공평해."

레이놀드는 고민에 빠졌다. 어떻게 처리해야 할지 갈등이 되었다. 그런 그의 생각을 눈치챘는지 마운튼해머가 단호하게 말했다.

"괜히 쓸데없는 자비 베풀지 말고 어서 목을 치게. 거인이란 원래 은혜도 모르는 악한들이야. 전장에서 온정은 필요 없어."

옳은 말이나 순진한 얼굴이 레이놀드를 망설이게 했다.

"그래도 아직 아기입니다."

"그렇다고 자네가 이 아이를 책임질 수 있을 것 같은가? 비록 인간들의 사회가 유연한 편이긴 하나 거인과 같이 사는 모습은, 내 본 적이 없네."

그때 벨라벨로가 레이놀드에게 말했다.

"대장, 살려 주자. 이 녀석, 이렇게나 귀여운걸."

듣고 있던 마운튼해머가 버럭 화를 냈다.

"귀엽다니! 이놈은 거인이라고!"

거인에 대한 드워프의 증오는 새삼 말할 것도 없었지만, 마운튼해머는 그들의 아기마저도 싫어했다. 그러나 벨라벨로도 그답지 않게 강경한 태도를 보였다.

"안 돼, 대장. 아무리 거인이라도 천진한 아기를 살해할 순 없어."

"아기가 아니라 거인이네!"

"거인이지만 아기예요!"

호크마와 드워프가 으르렁대며 말싸움을 했다. 가만히 지켜보던 레이뇰드는 고심하며 아기를 쳐다봤다. 눈이 맑고 선해 보였다.

'그래, 이 아무것도 모르는 눈망울에 검을 박아 넣을 순 없다.'

일단 결정하자, 그는 단호하게 말했다.

"데려가겠다. 이 아이를 인간의 품에서 키울 거야. 벨라벨로 경, 대신 네가 책임져."

벨라벨로는 그의 결정에 함지막한 미소를 지으며 환영했다.

"알았어, 걱정하지 마!"

그러나 마운트해머는 '난 모르겠네! 알아서들 하게!' 하고 성질을 부리고는 자신이 이끄는 부대 속으로 사라졌다.

"와아아아아아!"

그때 함성이 터져 나왔다. 한 장교가 레이뇰드에게 다가와 도주한 거인을 모두 쓰러뜨렸다는 보고를 했다. 그의 너머로 나인스카와 롱투스가 죽은 거인의 머리를 이리저리 흔들고 있었고, 주위의 놀과 인간들은 환호하고 있었다.

"묘한 밤이군."

그는 씁쓸하게 중얼거렸다. 그날 밤 레이뇰드는 예순두 명의 산악 거인을 죽이고 작은 거인 한 명을 거둬들였다.

산악 지대에서 펼쳐진 전투 이후, 데오른 산맥의 놀 연방과 레드포레스트는 친구가 되었다. 연방지도자 켈릭스 나인스카와 영주 레이놀드 블랙우드는 화친과 우정을 선언했고 지난 일은 잊을 것이라고 천명했다. 그 뒤로 놀들의 대부분은 자신들의 땅으로 돌아갔는데, 금을 원하는 1백여 명 정도의 놀들은 노동자가 되기 위해 도시의 폐허 위에 정착했다.

또 레이놀드는 그의 괴력으로 대단한 유명세를 얻었다. 산악 거인과 맨주먹으로 벌인 정면 대결에서 승리했단 것에 모두 그에게 존경을 표했다. 젊은 영주는 사람들의 찬사가 기분 좋은지 겉으로 내색하지 않아도 꽤 들뜬 느낌이었다.

사실 거인과의 주먹 대결에서 이겼다는 것은 전사로서 얼마든지 자랑해도 될 일이다. 이 전설적인 무훈은 소문을 따라 아란빌로, 하드스톤으로 또 화이트클리프로 퍼져 나갔다.

그렇게 산악 거인들과 있었던 전투로 실버레이크는 한동안 떠들썩한 분위기가 계속되었다. 그 뒤로 4월 중순이 되자 푸예족의 기술자들이 도착했다. 레드포레스트에는 거대한 라날리숲 덕분에 목재가 풍부했고 석재는 아란빌의 채석 광산에서 사오기로 했다.

풍부한 자재가 확보되자 건축과 토목의 전문가들이 도시를 설계해 나갔다. 마땅히 할 일이 없는 용병들은 노동자로 고용했다.

그렇게 본격적으로 공사가 시작되니 주위에서 사람들이 몰려들었다. 아란빌, 그랄쓰와 론베이에서 상인과 창녀, 노동자들이 들어와 레드포레스트는 더욱 복잡해졌다.

"모든 게 순조롭군."

부하들에게 여러 진행 상황을 보고 받던 젊은 영주는 만족한 듯, 미소를 지었다. 때는 봄이었고 다난했던 그의 인생에 잠시의 평화가 찾아왔다.

*　　*　　*

도시가 정비되는 도중에 레이놀드가 가장 먼저 한 일이 있다면 외곽에 무덤을 만드는 것이었다. 레드포레스트의 폐허를 갈아엎으면서 많은 해골이 발견되었는데 그들 대부분이 레이놀드와 알던 사람들일 것이다.

그는 침통한 심경으로 도시 옆 한적한 곳에 묘지를 만들었다. 많은 사람들이 안장되었고 수도승들이 연일 죽은 자들을 위한 제를 올렸다.

레이놀드는 묘지의 가장 안쪽 넓은 땅에는 에이드리와 제온 영주, 보메츠 부인의 무덤을 나란히 만들었다. 나중에 도시 안에 성당을 만들면 이장할 계획이었지만 그래도 일단 신경 써서 조성했다.

석관의 뚜껑 위에는 세 사람의 모습이 조각되어 있었다. 드워프의 예술적인 석재술을 이용하느라 많은 돈이 들었어도 전혀 아깝지 않았다.

오히려 레이놀드는 가족 같은 그들을 위해 그 정도밖에 못해주는 것이 안타까웠다. 부디 그들이 천국에 올랐길 레이놀드는 간절히 기도했다.

"너무 자책하지 마. 그들이 죽은 건 네 탓이 아냐."

"알아요. 하지만 자책하지 않기도 힘이 들어요, 넬."

한숨을 내쉬는 그에게 아르디오넬은 정감 있게 얼굴을 비벼 왔다. 작은 용의 사랑스러운 태도에 그는 미소를 지었다. 그때 용이 무덤가의 흙에 내려앉더니 사람으로 변했다.

레이놀드는 그녀의 모습에 새삼 감탄했다. 혈색 좋은 복숭앗빛 피부에 오뚝한 코와 작은 입술을 가진 눈부신 미인이었다.

전체적으로 장난기 다분한 강아지를 닮았지만 짙은 눈썹은 자신감 넘치는 인상을 줬다. 그럼에도 가끔씩 보여주는 어린 아이 같은 성격과 인간이 되었을 때의 작은 체구는 그녀가 레이놀드의 동생처럼 보이게 했다.

아르디오넬은 날이 갈수록 수다스러워지고는 있었지만 행동까지 부산하지는 않았다. 대체로 기품 있고 여유 있게 행동해 몸에는 쓰지 않은 활기가 가득해 보였다. 자칫 고집스러워 보일 수도 있는 인상이었지만 전혀 그런 성격이 아니었다.

그녀의 키는 채 140센티미터가 안 됐고, 양 갈래로 묶은 머리칼은 엉덩이까지 길게 늘어뜨리고 있었다. 그는 아르디오넬의 모습을 칭찬했다.

"오늘도 귀여우시네요, 넬."

"그럼! 호호호. 너, 내가 대체 누구라고 생각하는 거야? 이 몸은 높으신 왕족이라고."

아르디오넬은 그녀 특유의 분위기 때문인지 사람의 모습을 하고도 눈에 띄었다. 머리칼은 마치 비단벌레의 껍질처럼 각도에 따라 다른 빛깔로 반짝였다. 가장 특이한 것은 그녀의 눈동자 색이 자신의 감정에 따라 여러 가지로 변한다는 것이다. 심지어 감정이 복잡해지면 왼쪽과 오른쪽 눈의 색이 달라지기도 했다.

레이놀드가 그간 아르디오넬을 관찰한 결과에 따르면 초조하거나 긴장했을 때는 노란색이 되고, 진지해질 때는 검은색이 되었다. 그런데 지금은 밝은 청색인 걸 보면 지금 아르디오넬의 기분은 여유롭고 즐거운 것 같았다.

"어련하시겠어요. 그때 이후로 인간인 모습은 처음 보네요. 근데 그렇게 변해도 돼요?"

"안 될 게 뭐가 있어? 어차피 주위에 아무도 없잖아."

오늘은 안식일이었고, 건설자와 노동자들은 모두 한가롭게 휴식을 취하는 중이었다. 레이놀드도 업무에서 해방돼 말을 타고 한적한 이곳에 온 것이다.

"네가 말이야, 여기 와서 한참이나 울적하게 있으니깐 이 몸이 도대체 불편해서 못 견디겠잖아."

"그럼 숲에라도 놀러 가지 그러세요. 엘프들이 귀엽다고 하셨잖아요. 왜, 구석진 곳으로 순진한 엘프 처녀를 꼬드겨서 엉덩이라도 만지고 싶다면서요."

그러자 그녀는 잊고 있던 게 생각났다는 듯 말했다.

"아! 그건 조만간 해 볼 거니깐 걱정하지 않아도 돼."

"엘프들에게 잡히거든 제가 보호자란 말은 하지 말아주세요."

그러다 레이놀드는 쓸데없는 일에 너무 열을 내는 것 같다는 생각이 들어 피식 웃고 말았다.

"거봐, 웃으니깐 좋잖아. 이 몸이 특별히 변신해 준 것도 말이야, 눈부시게 아름다운 나의 미모를 보고 음흉한 웃음이라도 터뜨리라고 그런 거니까 감사하도록."

"그 뻔뻔함이 보일 것처럼 눈부십니다."

"뭐야, 말대꾸 하는 거냐? 너 이 자식, 의외로 건방지네?"

"건방지다고요?"

"그래, 나 같은 미인이랑은 대화를 하는 것만으로도 기뻐해야 하는 거야."

아르디오넬의 미간에 주름이 가자 레이놀드는 금세 항복하고 말았다. 입 안 가득 불만이 가득했지만 상대는 어느 정도 수준인지 짐작도 힘든 요술쟁이다. 함부로 말했다가는 늪지의 두꺼비로 생을 마칠지도 모른다.

"감사합니다. 큰 은혜를 입었어요."

"어째 진심이 부족해 보인다아?"

"……넬의 아름다운 눈동자를 보니 이제 죽어도 좋을 정도예요."

"좋아, 이제야 겨우 쓸 만하게 대답하는군. 정말 어울리지 않게 손이 많이 가는 녀석이라니깐, 호호호호! 아무튼 나의 미모는 종족을 초월한 감동을 주는 것 같아!"

레이놀드는 그녀의 태도가 누군가와 닮았다는 생각이 들었다. 그게 누굴까 싶어 생각하다 카엔의 '드래고닉'이 떠올랐다. 그러고 보니 제멋대로인 말투가 어찌 보면 비슷해 보이기도 했다. 속으로 '용들이란!' 이라고 생각하던 그는 한 가지 궁금한 것이 생겼다.

"그런데 넬, 저는 카엔과 비교하면 어느 정도 강한 걸까요? 그의 반절쯤은 되나요?"

"카엔? 아, 그 재수 없는 놈이 인간인 척할 때 쓴 이름이랬지? 글쎄, 난 카엔을 본 적이 없으니깐. 그렇지만 그가 붉은용일 때의 모습인 우르케론에 대해서는 잘 알지. 너와 우르케론을 비교해 줄 수는 있어."

레이놀드는 그 말에 조금 긴장하며 물었다.

"저와 우르케론의 차이는 어느 정도입니까?"

그녀는 망설임 없이 대답했다.

"응, 아마 우르케론은 스프를 두 번 떠먹을 시간이면 충분히 널 딸기잼이 터진 납작 파이로 만들 수 있을걸."

"으으."

생각보다 냉정한 말에 레이놀드는 실망하고 말았다.

"그런가요?"

"그래, 하지만 원래 뛰는 놈 위에는 나는 놈이 있는 법이야. 그런 건 일일이 신경 쓰지 않는 게 좋아. 그 강한 우르케론도 결국 우주적인 시각에서 봤을 때 별거 아니거든."

"그 거대한 붉은용이 별것 아니라고요?"

"응, 난 수많은 차원 사이를 여행하면서 많은 것들을 봐서 알아. 우르케론은 이곳 서대륙이라고 불리는 곳에서는 누구에게도 도전받지 않는 강자지만, 우주에는 한 차원 전체의 운명을 걸고 싸우는 용사도 있어. 그리고 그들을 후원하는 초권세들도 있고."

"뭔가 어마어마하군요. 감도 안 잡힙니다."

"감 잡을 필요도 없어. 내가 하고 싶은 말은, 넌 지금도 충분히 강하니깐 그런 데 마음을 빼앗기고 열을 내지 말라는 거야. 가뜩이나 좀처럼 웃지 않는 아인데 자꾸 그러면 이 누나가 섭섭하잖니."

아르디오넬은 한쪽 눈을 찡긋하며 레이놀드의 양 볼을 쥐고 흔들었다.

"아아! 아픕니다!"

잠시 반항하던 레이놀드는 결국 그녀의 장난스러운 태도에 웃지 않을 수 없었다. 상냥한 말에 마음이 따뜻해지는 것이 느껴졌다. 그러면서 아르디오넬이 보여주는 대가 없는 호의가 어디서 비롯된 건지 의아한 기분이 들기도 했다.

"무슨 소린지 알겠어요. 고마워요, 넬."

"뭐, 그 정도야. 아직 스물 한해밖에 살지 않은 미숙한 어린 아이를 달래는 거야 이 몸에게는 식은 죽 먹기지."

칭찬을 받자 나이 많은 누나는 금세 우쭐해졌다. 이래서는 누가 미숙한 건지 알 길이 없다.

"그래도 전 더 강해지고 싶어요. 스랭도르 경과 연대장 우름포프는 무서울 정도로 강했는걸요. 제가 복수를 하기 전까지 억울하게 돌아가신 분들은 눈도 감지 못할 겁니다."

말없이 듣고 있던 아르디오넬이 살며시 돌아섰다. 햇살에 매끄러운 그녀의 머릿결이 반짝거렸다. 마치 색이 다양한 토파즈 같았다.

"레이놀드, 과연 보메츠 가의 분들이 네가 복수를 하는 것을 원할까?"

"그게 무슨 소립니까? 에이드리와 제온 경, 그리고 보메츠 부인께서도 억울한 죽음을 당하셨습니다. 저는 반드시 그 피의 대가를 받아 내겠습니다."

아르디오넬은 그의 단호한 태도에 더 말하지 않기로 했다. 증오가 깊어 복수의 결의는 단단해 보였다. 그녀는 레이놀드와 사이가 나빠지길 원하지 않기에 입을 다물었다.

'이게 바른길인지는 모르겠지만, 그가 원하는 걸 해 주자.

하지만 복수로 그가 행복해질는지…….'

아르디오넬은 표정을 바꾸어 쾌활하게 말했다.

"이 삼류!"

그 갑작스러운 말에 레이놀드는 벙찐 표정이 되었다.

"네? 삼류요? 아무리 정령용이시라지만 그게 기사에게 할 소리십니까?"

"에헤헤헤헤."

그녀는 마치 아리엘처럼 웃었다.

"농담이구, 네가 힘을 완벽하게 쓰지 못해서 그렇게 말한 거야. 강해지고 싶다면 날 잘 이용해야 해. 전에도 말했지만 난 다섯 가지 속성을 전부 가진 정령용이야. 일반적으로 하나의 속성만 가진 투사 계급의 다른 정령용과 차원이 다르다고. 네가 날 다루는 방법을 익힌다면 번개를 떨어뜨리고 검에 불을 일으킬 수도 있어. 심지어 바람을 일으켜 날아다닐 수도 있다고. 하지만 넌 지금 내게 마력을 줘서 원소보호 능력밖에 사용하지 못하잖니. 물론 그것도 대단한 능력이지만, 그게 상대방을 죽이는 데 도움이 못 되는 건 사실이지."

"그렇긴 하죠."

"넌 오러 자체는 이미 훌륭하게 사용하더라. 그러니깐 좀 더 날 다룰 방법을 연구해 보는 게 좋을걸?"

"어떻게 하면 당신을 다룰 수 있습니까?"

"이런, 머리가 나쁜 아이네. 그건 나도 모른다고 지난번에

애기했잖니. 하지만 화염용을 가진 그 왕자라면 네게 화염 원소를 끌어내는 법을 가르쳐줄 것 같아. 물론 그가 그 대가로 뭘 요구할지는 모르겠지만, 어디까지나 선택은 네 몫이야. 그런 부분에서는 난 곁에서 지켜봐 주는 것밖에 할 수 없어."

그녀의 말을 듣고 레이놀드는 생각에 잠겼다. 아무래도 자신의 벽을 뚫으려면 가을에 있을 축제에 참가해 왕자를 만날 필요가 있을 것 같았다.

"저기, 넬."

뭔가 생각난 레이놀드가 옆을 돌아보자 아르디오넬의 모습이 보이지 않았다. 그때 등 뒤에서 차갑고 고운 손이 그를 끌어당겼다.

"에잇!"

아르디오넬은 앉아 있던 그를 자신의 무릎에 눕도록 했다. 레이놀드는 깜짝 놀라고 말았다.

"이게 무슨 짓입니까?"

"어머? 그렇게 좋아?"

그는 일어나려고 했지만 그녀가 이마를 양손으로 누르고 있었다. 힘이 얼마나 강한지 꿈쩍도 할 수 없었다.

"이봐, 누나한테 안겨서 기쁜 건 알겠지만 그렇게 온몸으로 표현할 필요는 없어."

이제 그는 기가 막혔다.

대체 왜 말을 할 줄 아는 용들이란 성격이 이 모양인가 하는 생각까지 들었다.

"저기 사람이 사과라고 말하면 사과라고 알아들어요! 왜 자꾸 그게 라임이나 모과가 되는 건데요!"

그러나 아르디오넬은 묵묵부답하며 이마를 누르는 손을 절대 떼지 않았다. 덕분에 레이놀드는 포근한 햇살 아래서 아르디오넬의 허벅지를 베고 누워 있게 되었다.

그는 이 상황이 부끄러워서 몇 번이고 벗어나려 했지만 결국 포기했다. 더 반항하지 않는 그의 태도에 아르디오넬은 만족한 듯한 표정이다.

"그래, 그렇게 말 잘 들으면 얼마나 좋니?"

"나 참."

그가 별다른 대답 없이 가만히 있자 아르디오넬은 오래된 언어로 된 아름다운 선율의 담시곡(Ballad)을 흥얼거렸다. 포근한 봄의 오후에 깊이 잠든 일꾼에 대한 곡이었다. 그 곡은 달콤하며 포근했다. 레이놀드는 그게 어디의 노래인지 궁금해져 물어보려 했으나 이상하게 점점 눈꺼풀이 감겨 왔다.

"넬…… 어디로 가요……."

그리고 결국 자신이 무슨 말을 하는지도 모른 채 잠에 빠져들었다. 희미해져 가는 의식 너머로 아른한 목소리가 들려왔다.

"푹 자라고. 가끔은 게으름 부려도 좋잖아."

4장
주인 잃은 호수

동부식 갑옷은 제국의 영향으로 챙이 달린 닭벼슬투구
(Burgonet)에 허벅지 갑옷과 흉갑이 서로 연결된 일체화를 특징
으로 한다. 또한, 축하 행렬에서 볼 법한 화려한 장식이 붙은 갑
옷이 많다. 그래서 동부의 기사들이 소집되면 전쟁이 아니라 축
제가 열리는 건가 하는 착각을 일으키곤 한다. 어쩌면 동부 고유
의 전투 함성인 '피의 축제를 위해!'는 이런 모습에서 유래된 게
아닐까 싶다.

—마크 더글라스 경의 『전장의 무구』中

레드포레스트 재건 공사는 차곡차곡 진행되었다. 푸예족 기

술자들은 완벽하며 이상적인 도시를 계획했는데 그것은 북부 끝에 어울리는 요새형 도시였다.

그들은 난공불락의 작품을 만든다는 데 큰 재미를 느낀 듯 열정적으로 일에 빠져들었다. 덕분에 황금은 끝도 없이 들어갔고, 결국 레이놀드는 아르디오넬과 카엔의 둥지에 다녀와야 했다.

공사는 순조롭게 진행되었지만 도시를 만드는 일이 하루 이틀 사이에 되는 것은 아니었다. 각지의 노동자들과 놀, 거기에 용병들까지 가세한 풍부한 노동력에도 불구하고 앞으로 10년이 더 걸릴 것이라 예상했다.

그 외에 레이놀드가 제온 영주 일가의 매장을 위해 공을 들여 만드는 대성당은 30년 이상이 걸리는 작업이라고 드워프들은 단언했다.

성당 자체도 웅장했고 안에 들어갈 갖가지 성자와 천사 등의 조각상을 수도 없이 만들어야 했다. 인간 석공들은 자신들이 살아 있는 동안 완성은 어림도 없는 작업량이라고 했지만 드워프들은 달랐다. 그들은 마치 작은 골렘 기계처럼 일을 해댔다. 지켜보던 자들은 드워프의 명성이 괜히 생긴 게 아님을 알 수 있었다.

그러던 중 라 파놀은 북쪽 홉고블린 왕국으로 통하는 산악지대에 관문 요새(Fortress)를 만들 것을 제안했다. 다소 구미가 당긴 레이놀드는 현장을 시찰한 후 그곳에 난공불락의 요새를 만들 수 있음을 깨달았다.

고민 후, 젊은 영주는 넘치는 황금을 바탕으로 공사를 승인했다. 푸예족은 이 일을 추가로 맡게 되자 그야말로 열광의 도가니에 빠졌다. 부족이 이십 년간 먹고살 정도의 일거리를 갖게 된 것이다.

한참을 그렇게 좋아하던 중 한 드워프가 원만한 관계를 지속하기 위해 황금의 소유자에게 잘 보일 필요가 있음을 제기하자 모두 그의 의견에 동의했다. 드워프들은 레이놀드에게 어떻게 보답할지를 고심하다가, 그가 여러 차례 땜질하고 보수한 갑옷을 입고 있다는 것을 생각해 냈다. 드워프들은 곧장 갑옷을 만들기로 했다. 인간의 장인이 혼자 만들려면 1년이 걸릴 일을 귀신같은 솜씨의 드워프 대장장이 십여 명이 달라붙으니 금세 완성되었다. 그렇게 선물이 준비되자 마운튼해머가 레이놀드를 불렀다.

"나 좀 보세, 소집군주."

"무슨 일이십니까, 마운튼해머?"

레이놀드는 미소 띤 얼굴로 백발이 성성한 드워프 용병전대장을 맞았다.

"아, 글쎄. 일단 따라와 보게."

"전대장님, 지금은 좀 바쁜데 말이죠."

최근, 레이놀드는 인간이 갈 수 없는 홉고블린 왕국을 감시하려고 고블린 상단을 고용했다. 그들은 언제나 홉고블린의 도시에 부지런히 드나들었기에 더없이 좋은 정보원이었다. 지금 레이놀드는 상단이 보낸 조악한 보고서를 읽고 있는 터라 마운튼해머의 제안이 달갑지 않았다.

그럼에도 드워프 전대장은 다짜고짜 레이놀드를 잡아끌었다. 레이놀드는 의아했지만 일단 따르기로 했다. 잠시 뒤 둘은 드워프들의 공방에 도착했다.

레드포레스트 동문 근처에 자리 잡은 이곳은 여기저기서 가져온 자재를 손쉽게 들여 놓을 수 있는 구조로 만들어졌다. 주위에는 드워프 장인들이 잔뜩 보였고, 발치에는 온갖 자재가 굴러다녔다. 열기를 뿜어내는 커다란 화로 옆에서는 드워프들의 노동가가 들려왔다. 장인과 그의 도제, 그리고 무언가 용무를 가지고 온 사람들이 저마다의 일로 복잡한 움직임을 만들어 내고 있었다.

"전대장님, 여긴 왜?"

"어허, 자네 의외로 말 많고 구시렁대는 인간이군."

"아하하하."

결국 그는 어색하게 웃고는 더 묻지 않았다. 그동안 마운튼해머는 계속 레이놀드의 손을 잡아끌었다. 그는 지치지도 않는 것 같았다.

'역시 드워프는 힘인가. 악력이 대단한걸.'

레이놀드가 그런 생각을 하는 사이 그들은 몇 개의 건물을 지나 공방 가장 안쪽으로 향했다. 그들 앞에는 2층 건물이 보였는데 깔끔하고 단정한 외관이 작업실이 아니라 사무실 같았다.

"여깁니까?"

"그래, 들어가자고."

마운튼해머는 웃으면서 그의 등을 떠밀었다.

"알았다고요."

레이놀드는 다소 투덜거리며 문을 열고 안으로 들어갔다. 그 순간, 안에서 환호와 박수가 터져 나왔다.

"와아아아! 어서 오십쇼!"

"환영합니다!"

그는 당황해서 주위를 둘러보았다.

"뭐, 뭐야?"

대략 스무 명가량의 드워프들이 박수를 치고 있었고 곁에는 벨라벨로도 있었다.

"벨라벨로 경? 이게 무슨?"

놀란 그의 질문에 벨라벨로가 쾌활하게 대답했다.

"에? 몰랐어? 오늘 드워프들이 감사를 담아 대장에게 새로 만든 갑옷을 증정하기로 했잖아."

금시초문이었다.

"뭐? 진짜?"

마운튼해머는 깜짝 놀란 레이놀드의 표정을 재미있어했다.

"진짜라네. 자, 우리의 친구인 젊은 영주를 위해 다시 한 번 커다란 박수를 부탁하겠소!"

"오오오오!"

전대장의 외침에 환호성이 울렸다. 레이놀드는 민망하기도 했지만 기분은 괜찮아서 미소 띤 얼굴로 손을 흔들어 답례했다. 그러자 지위가 높아 보이는 드워프 하나가 앞으로 나섰다.

"영주님, 전 드워프 대장장이들의 지도자인 몽퇴유 아이언하트입니다. 저희에게 새로운 공사를 맡겨 주신 데 감사를 드리고자 이 자리를 마련했습니다."

"감사합니다, 아이언하트. 저도 드워프들의 솜씨로 도시를 재건할 수 있어서 무척 기쁘게 생각합니다."

처음에 드워프들은 자꾸 공사 규모가 커지자 그 천문학적 비용을 레이놀드가 지불할 수 있는지 의심했다. 그러나 그들에게 레드포레스트 지하 창고에 엄청나게 쌓여 있는 황금들을 보여주자 태도는 완전히 달라졌다.

드워프들에게는 황금이 신앙이라고 한다. 그런데 엄청난 금부자를 만났으니, 사랑한다고 뽀뽀라도 안 해오는 게 다행이었다.

"자, 그럼 저희가 준비한 것을 보시죠."

아이언하트는 공손하게 허리를 굽히고 손을 뻗어 하얀 천으로 덮인 것을 가리켰다. 드워프 장인은 원래 자부심이 높다. 거기에 장인의 대장인 그는 말할 것도 없다. 그런데 아이언하트가 굽실거리는 걸 보면 황금의 힘이란 얼마나 위대한지 새삼 느끼게 된다. 철학자 라파엘로는 황금이 있으면 용도 부릴 수 있다고 했다.

"그럼 열겠습니다."

그때 장인 하나가 숫자를 세더니 천을 잡아당겼다. 부드럽게 천이 흘러내리는 소리와 함께 드러난 갑옷을 보고 레이놀드는 감탄하지 않을 수 없었다.

"와!"

드워프들의 솜씨를 잘 알고 있었기에 어느 정도 예상은 했어도 갑옷의 아름다움에 탄성이 터지는 건 어쩔 수 없었다. 천생 무인인 그는 처음 여자의 나신을 봤을 때만큼이나 감동했다.

시커먼 철판에 산화 기법과 황동을 이용해 장식한 동부식 갑옷이었다. 흉판에는 정교한 용 문양이 들어가 있었는데 레이놀드가 그 부분을 홀린 듯 바라보았다. 그의 태도에 몽퇴유 아이언하트는 만족스러운 얼굴이 되었다.

"그 부분은 용을 데리고 다니시는 영주님을 떠올리며 저희가 특별히 모양을 낸 것입니다. 어떻게, 마음에 드십니까?"

그는 진심으로 감탄했다.

"정말 마음에 듭니다. 이렇게 멋진 갑옷이 있다니요!"

"이건 단순 멋뿐만이 아닙니다. 단단하기가 마법검이 아니면 상처를 줄 수 없을 정도입니다. 설령 마법검이라 해도 웬만해서는 소용도 없습니다. 하하하하."

아이언하트의 말에는 자신감이 묻어났다.

"그리고 이 갑옷에는 이름이 있습니다."

"이름이요?"

"그렇습니다. 이런 멋진 명품에는 이름을 붙이는 게 의당 맞는 것이죠. 물론 영주님께서 새로 지으실 수 있을 것이지만 저희는 이것에 보세앙(Van Cent)이라는 이름을 붙였습니다."

처음 듣는 단어에 레이놀드가 궁금하다는 듯 무슨 뜻이냐고 물었다.

"보세앙은 일당백(一當百)이란 뜻을 가진 단어입니다. 보통 제국 기사단의 군기를 보세앙이라고 부릅니다만, 용감한 남자나 뛰어난 용사에게도 보세앙이란 별명을 붙여주죠. 저희는 이 갑옷이 북부의 영웅이신 영주님께서 입을 것을 고려해 보세앙이란 이름이 적당하다고 결정했습니다."

"훌륭하군요!"

멋진 이름에 그의 입이 함지박만 하게 벌어졌다. 아이언하트는 젊은 영주가 그 이름이 마음에 들어 한다는 것을 눈치채고는 크게 웃었다.

"하하하핫! 영주님께서 마음에 드신 모양이다."

그날 레이놀드는 멋진 갑옷과 함께 '드워프들의 친구'라는 호칭도 선물 받았다. 비록 그 계기가 황금이긴 하지만 드워프는 자신이 친구라고 부르는 자를 위해 목숨까지 거는 신의를 보인다.

레이놀드로는 든든한 지지자가 생긴 셈이었다. 그 뒤로 새로운 공사를 위해 푸예족과 드워드들이 속속 도착했고 더 많은 노동자들이 각지에서 몰려들었다. 이제 폐허였던 레드포레스트에는 임시 막사, 임시 건물, 새로 만들어진 하얀 석조 건물 등이 곳곳에 자리 잡았다.

덕분에 황량함만 있던 최북단의 도시는 인간과 유사인간들로 생동감이 넘쳤다. 그렇게 폐허의 모습은 빠르게 사라져 갔다.

*   *   *

"허버트 영주님, 트리스탄 영주님. 황금이란 게 어디서 흘러나오는 것이 아니잖습니까? 사실 저희 쓰기에도 부족합니다."

"그래도 이건……."

레이놀드의 대답에 허버트와 트리스탄이 쩔쩔맸다.

"지금 저 말고 이렇게 황금을 융통해 줄 곳은 없을 겁니다. 마음에 안 드시면 없던 얘기로 하는 게 좋겠습니다."

"아닐세! 그게 무슨 소린가!"

레이놀드가 판을 엎으려 하자 두 영주가 펄쩍 뛰었다. 지금 그와 이야기하고 있는 허버트는 아란빌의 영주이고 트리스탄은 그랄쓰의 영주다. 두 곳 다 레드포레스트와 함께 이번 전쟁에 큰 손해를 입은 북부의 도시이다.

홉고블린들이 내려오기 전까지만 해도 아란빌과 그랄쓰는 채석 광산과 구리 광산 덕에 작지만 실속 있는 도시라는 평을 들어 왔다.

그런데 전란의 직격탄을 맞은 뒤로 두 도시는 일어나지 못하는 중환자 같은 처지가 되었다. 그들은 하드스톤의 가신 가문이었는데, 도움의 손길을 요청할 하드스톤도 이번에 엄청난 전비를 지출해 살림이 휘청이고 있었다. 이 북부의 촌도시에 관심을 두는 재력가가 아무도 없어서 결국 허버트 영주와 트리스탄 영주는 무너진 성터에서 노숙하는 신세로 전락했다.

그렇게 오늘내일 하던 중 레이놀드가 어디서 가져왔는지 알 수 없는 엄청난 돈으로 재건사업을 한다는 이야기를 듣고 머리를 조아리며 손을 벌려고 온 것이다.

하지만 젊은 영주가 박애주의자도 아니고, 망해가는 남의 영지 따위에는 관심도 없었다. 쉽게 말해 귀찮기만 한 문제였다. 그렇게 두 영주의 연락을 피하다가 한 가지 괜찮은 생각이 떠올랐다. 바로 풍부한 매장량을 가진 두 광산을 헐값에 챙기는 것이었다.

안 그래도 재건 사업 때문에 석재가 다량으로 필요한 터였다. 레이놀드는 겉으로 심드렁한 표정을 지으면서도 열심히 두 영주를 설득했다.

지금 그의 화술은 대영주 스랭도르에게 배운 것으로 상대를 어르고 달래다 다시 위협하기를 반복하는, 그런 방법이었다. 과연 이게 잘 먹힌 건지 두 영주는 젊은 레이놀드에게 꼼짝하지 못했다.

"알겠네. 그럼 채석 광산을 넘기기로 하지."

"나도 구리 광산을 넘기겠네. 대신 약조한 황금은 꼭 부탁하겠네."

오전부터 어떻게든 광산을 지키려고 발버둥치던 두 영주는 레이놀드의 화술에 굴복하고 말았다. 어찌나 급했던지 허버트 영주는 딸을 둘이나 주겠다고 했다. 그러나 이미 금을 위해 숙이고 올 때부터 레이놀드가 우세한 싸움이었다.

"레드포레스트의 젊은 영주가 싸움에 강하다는 소리는 들었지만, 이렇게 협상에 능숙한지 몰랐네."

그러자 지켜만 보던 라 파눌이 끼어들었다.

"영주님으로 말씀드리자면 혀로 홉고블린도 죽일 인재십니다."

다들 웃음을 터뜨렸다. 허버트, 트리스탄 영주는 정말 질렸다는 표정이었다. 레이놀드는 서둘러 일을 마무리 지었다. 상대가 딴마음을 먹으면 곤란하다.

"그럼 자세한 실무적인 부분은 여기 있는 라 파눌이 해결해 줄 겁니다. 전대장님 두 분을 안내해 주시죠."

"알겠습니다. 영주님."

라 파눌은 제국식 인사를 한 뒤, 영주들과 집무실을 빠져나갔다.

"하하하핫!"

한껏 근엄한 얼굴이던 레이놀드는 표정을 풀며 크게 웃었다. 뜻하지도 않은 행운을 잘 낚아챈 자신이 대견스러웠다.

'좋아, 채석 광산이라니 딱 좋지 않은가. 구리도 동전을 만드는 데 필요한 거고.'

그는 들뜬 기분으로 자신의 집무실을 서성였다. 지금 그가 있는 이곳은 드워프들이 영주성을 대신해 만든 임시 건물이었다. 언덕 위에 있는 이곳에서 창문을 열면 복잡하고 빠르게 변하고 있는 레드포레스트의 모습이 한눈에 보였다. 석재를 나르는 놀들과 조각을 하는 드워프들, 음식을 파는 여자들과 모래바람 속에서 뛰어노는 아이들까지. 성벽은 아직 장막으로되어 있었지만, 방어 성채와 성벽 일부분은 완성되어 있었다. 새로 깎은 반듯한 돌들을 얹어 만든 성벽은 하얗고 견고했으며 아름답기까지 했다.

'차곡차곡 재건되는 모습을 지켜보는 기분이, 이거 썩 괜찮군……. 스승님, 레드포레스트가 훌륭하게 다시 태어나고 있습니다.'

그렇게 즐겁게 자신의 땅을 바라보던 젊은 영주는 도시의 중앙도로를 가로질러 달려오는 기수를 보게 되었다. 복장을 보니 전령이었다. 별생각 없이 보던 레이놀드는 그가 들고 있는 기를 보고 깜짝 놀라고 말았다. 그건 여섯 장의 검은 날개와 검이 그려진, 실버레이크를 상징하는 문장이었기 때문이었다.

실버레이크에서 연통이 온 것은 북부 전쟁이 끝난 후 고향에 레드포레스트의 영주가 되었다고 전했을 때 빼고는 처음이었다.

'무슨 일이지?'

왠지 예감이 좋지 않았다.

*   *   *

레이놀드는 심란한 기분으로 레드포레스트의 성벽 난간에 앉아 있었다. 이미 밤이 깊게 내려앉아 있었지만 그날따라 달빛이 유난히 밝아 성벽 너머의 평원이 보일 정도였다. 레드포레스트 앞을 흐르는 개천에도 달빛이 일렁였다.

쪼르르륵-.

그는 조용히 작은 잔에 위스키를 따랐다. 술잔으로 위스키가 떨어지는 소리가 꽤 듣기 좋았는데, 현자 라파엘로는 세상에서 가장 듣기 좋은 소리가 세 가지라고 했다. 하나는 여자가 옷을 벗는 소리, 또 하나는 술잔 위에 술을 따르는 소리, 그리고 마지막 하나는 어머니가 음식을 만드는 소리.

"음."

한 잔을 쭈욱 들이켜니 화끈한 것이 목으로 올라왔다. 살짝 머리가 어지러웠어도 술기운이 싫지는 않았다. 어쩐지 마실수록 달빛은 밝아지는 깃 같았다.

'제길.'

그러나 지금 그의 기분은 좋지 않았다. 사실 낮까지는 여러 모로 괜찮은 기분이었는데 고향에서 온 편지를 받고 이 상태가 되어 버렸다. 그는 다시 술 한 잔을 들이켜며 낮의 일을 회상해 보았다.

실버레이크에서 온 전령은 침통한 표정이었다. 레이놀드는 불길한 예감이 들어 일부러 활기 띤 목소리로 전령을 맞았다. 그러면 마치 불길한 소식이 바뀔 것 같다는 생각이 들었기 때문이었다.

"어서 오게. 고향에는 별일 없지?"

그의 친절한 태도에 전령은 난처한 얼굴이 되었다. 잠시간의 침묵 후에 전령은 대답했다.

"메이산 경께서 돌아가셨습니다. 자세한 소식은 여기……."

전령은 품에서 양피지 두루마리를 꺼내 내밀었다. 그 뒤로 뭐가 어떻게 된 건지 잘 기억이 나지 않았다. 레이놀드는 전령을 내보내고는 대충 술을 챙겨서 이쪽에 왔던 것 같다. 석양이 질 무렵까지는 아르디오넬이 곁에 있었지만, 그가 혼자 있고 싶다고 말하자 자리를 비켜 주었다.

내용은 간단했다.

실버레이크의 영주 메이산 경이 죽었으니 장례와 영지의 계승을 위해 후계자의 도착을 기다린다는 것이었다. 친부의 죽음은 그에게 충격을 줬지만 뭔가 막연하기만 했다. 아버지와 사이가 소원해서 그런 건지, 가슴이 저미는 고통은 느껴지지 않았다. 오히려 강철 같던 아버지가 정말로 돌아가신 건지 의심마저 피어올랐다.

'고향을 너무 오래 떠나 있었나.'

그는 잠시 눈을 감고 반짝이는 은빛 호수와 가족의 얼굴을 떠올려 보려 했으나, 좀처럼 되지 않았다. 게다가 지금 레드포레스트에서 일이 차곡차곡 진행되고 있는데 자리를 비워야 한다는 사실이 마음에 걸렸다.

'홉고블린들이 아직 신경 쓰이는데.'

화이트클리프 전투 이후 깨끗이 물러난 그들이지만 언제 또 이 땅에 죽음을 드리울지 알 수 없는 노릇이었다. 혹시라도 불운한 사태가 일어나고, 홉고블린을 향해 군기를 들게 되면 반드시 자신이 이곳에 있어야 한다는 생각이 들었다. 특히 이제 막 활기를 되찾고 있는 레드포레스트에 다시 재앙이 올까 봐 걱정스러웠다. 다행히 고블린 상단에서 보내온 보고서에 의하면 한동안은 이 땅이 안전할 것 같았다. 홉고블린들도 역시 자신들의 일만으로도 벅찬 모양이었다.

"하아."

레이놀드는 이제 결정을 해야 했다. 레드포레스트에 이대로 머물거나 실버레이크로 떠나야 한다. 그가 당분간 돌아가지 않아도, 호숫가의 고향은 어머니가 충성스러운 가신의 도움을 받아 질 유지할 것이다. 블랙우드 가는 뼈대 있는 가문이라 맹약을 한 수호자들이 다수 존재한다. 그래서 일단 마음이 놓이긴 하지만 가문의 후계자로서 북부의 일에만 정신이 팔려 있을 수도 없다.

'안 갈 수 없는 일이지.'

레이놀드는 장고를 거듭했다. 실버레이크와 레드포레스트는 둘 다 그의 것이었지만, 지금은 자신이 어디에 있어야 할지를 결정해야만 했다.

'현명하게 선택해야 해. 물론 복수가 가장 중요함을 잊어서도 안 되고.'

그때 문득 부스럭거리는 소리가 들려왔다. 그가 돌아보자 무언가 작은 게 재빨리 움직이는 게 보였다. 성벽의 모퉁이에 삐죽 튀어나온 꼬리가 보였다.

"하하하, 뭐해요? 넬."

"어? 들켰나?"

작은 용이 어색한 표정으로 얼굴을 내밀며 걸어 나왔다.

"언제부터 있던 거예요?"

"조금 된 것 같네."

"힘든데 뭐하러……."

레이놀드는 자신의 작은 친구를 살짝 책망했다.

"걱정되잖니."

그러면서 그녀는 다시 모퉁이로 들어가더니 입에 작은 바구니를 물고 나왔다. 안에는 치즈와 구운 육편, 말린 과실들이 들어 있었다.

레이놀드는 고마움에 절로 미소가 지어졌다. 그리고 혼자만 고민할 게 아니라 그녀와 이 문제를 상의해 봐야겠다는 생각이 들었다.

"저기, 시간 있어요?"

                    *   *   *

다음날 레이놀드는 관저에 가자마자 부관을 불렀다. 그는 생각이 깊어 여러 가지를 신중히 고려하지만, 어느 것에 마음이 가면 바로 결단을 내리는 그런 사람이다.

"이 양피지에 적힌 사람들을 부르게."

"알겠습니다, 영주님."

부관은 꾸벅 고개를 숙여 인사하고는 나갔다.

그리고 저녁 무렵, 영주의 집무실에는 레드포레스트의 주요 가신들이 다 모였다. 처음에 그들은 갑작스러운 소식에 당황했지만 일단 레이놀드의 부친상을 위로했다.

"애도를 표하오, 영주."

마운트해머는 드워프답게 격식을 차려 성의 있는 한마디를 건넸다. 그 뒤로 벨라벨로와 라 파뇰, 나인스카 등 주요 인물들이 위로의 말을 더했다.

지도자답게 머리가 좋은 편인 나인스카는 최근 제법 왕국어를 하게 됐다. 컹컹거리는 놀어를 섞어서 말하긴 했지만 정중하게 인사를 건네 왔다. 레이놀드는 그들의 위로에 감사를 표하고는 입을 열었다.

"고맙습니다. 전 내일 아침 일찍 실버레이크로 떠나려고 합니다. 로톤항에서 바닷길을 이용할 생각인데 대략 한 달 보름 정도 걸릴 것 같습니다. 하지만 언제 돌아올지 기약을 할 수 없겠군요."

갑자기 지도자가 자리를 비우겠다고 하자 다들 당황스럽다는 표정을 지었다. 드워프들은 그간의 약속이나 계약이 흔들리지 않을까 우려하는 것 같았다. 레이놀드는 일단 그들을 안심시킨 후 모두에게 할 일을 정해 줬다. 건축과 부대 관리는 마운튼해머, 행정과 내정은 벨라벨로에게 맡겼다. 그리고 놀들의 통제는 나인스카에게 부탁했다.

"벨라벨로 경, 도중에 시간이 나면 하이포레스트에 엘프들을 고용하러 한번 가 봐. 그들에게 관문 요새에서 근무하게 될 것이란 것도 말하고 이제부터 네가 영주대리야."

"알았어, 대장."

"그리고 빅토르도 잘 돌봐주고."

"응."

빅토르라는 이름을 얻은 거인의 아기는 잘 지내고 있었다.

마운튼해머는 여전히 빅토르를 싫어했지만, 예전처럼 쫓아내려고 하지는 않았다. 벨라벨로는 나중에 아기가 커서 훌륭한 용사가 될 것이라고 말하곤 했다.

"라 파놀."

"네, 영주님."

"전대장은 저하고 같이 갑니다. 실버레이크에서 여러 가지 일이 있을 테니 저를 도와주세요."

"알겠습니다."

레이놀드는 아무래도 한동안은 북부로 돌아오지 못할 것 같았다. 실버레이크에 가면 계승자로서의 의무가 기다리고 있을 것이다. 분명히 지금은 예상도 못할 이런저런 일거리가 자신을 괴롭힐 게 뻔했다.

'내키지 않는군.'

이제는 북부가 너무나 익숙해 떠나기 싫었다. 하지만 20살이나 된 그가 해야 할 일을 싫다는 이유만으로 모른 척할 수는 없었다.

어엿한 어른이 책임감 없이 행동하는 것만큼 꼴사나운 일도 없다. 그럼에도 많은 귀족 도련님들이 나잇값을 못하고 철부지에 이기적이고 남을 배려할 줄 몰랐지만, 레이놀드는 그렇지 않았다.

훌륭한 영주로 이름 높았던 제온 경은 사내로서도 본받을 만한 자였다. 덕분에 젊은 영주는 그에게서 남자의 미덕에 대해 배울 수 있었다.

"전대장님, 인원 편성을 맡기겠습니다."

"알겠습니다, 영주님."

젊은 영주는 이튿날에 라 파뇰과 약간의 병력을 대동하고 출발하기로 하였다. 그는 시원섭섭한 기분으로 주위를 둘러보았다.

"모두 신의 가호가 함께하길!"

레이놀드는 술잔을 들고 외쳤다. 그날 밤 송별연은 떠들썩하게 끝이 났다.

다음 날 아침, 그는 일찍 눈을 떴다. 전날 술을 꽤 마시긴 했지만 10년 만에 고향으로 돌아간다는 것이 싱숭생숭했는지 눈이 절로 떠졌다.

그는 단잠에 빠진 아르디오넬을 내버려 두고는 여행에 필요한 짐을 챙기기 시작했다. 그러다 꼭 해야 할 일이 생각났다.

가볍게 겉옷과 망토를 걸치고는 아직 고요함에 빠져 있는 영지를 조용히 빠져나갔다. 그의 군마는 이른 아침부터 움직여야 하는 게 귀찮은 듯 느릿하게 앞으로 나아갔다.

푸르르르-.

사방에 자욱한 안개 속을 지나며 말은 몇 번이나 불평하듯 크게 숨을 토해냈다. 풀들은 이제 제법 길게 자랐는데 그 위로 이슬이 보기 좋게 맺혀 있었다.

레이놀드는 말을 타면서 옛이야기를 떠올렸다. 아무도 없는 새벽안개 속으로 사흘을 나아가면 죽은 자들의 나라에 갈 수 있다고 했다. 그는 이대로 그녀가 있는 곳에 갈 수 있기를 소망했다. 레이놀드는 옛이야기를 믿지 않았지만 지금은 그것이 사실이길 빌었다. 하지만 잠시 후 그의 눈앞에 보이는 건 건조해 보이는 비석 하나뿐이었다. 가벼운 한숨이 흘러나온다.

"에이드리, 나 왔어."

그는 가져온 아마포 수건으로 그녀의 석재관에 맺힌 물방울을 닦아 냈다. 드워프들이 정교하게 조각한 관 위의 에이드리는 생전의 모습과 아주 흡사했다.

레이놀드는 마치 살아 있던 그녀에게 하듯 정성스럽게 볼을 닦았다. 말괄량이였던 그녀가 어릴 때, 들에서 달리다 더러워져 들어오면 그는 친오빠처럼 손이나 얼굴을 닦아 주곤 했던 것이다.

에이드리는 그의 손길을 좋아해서 놀다 오면 버릇처럼 그에게 달려오곤 했다. 살아 있었다면 소녀의 볼에 홍조가 어렸겠지만 지금은 그저 회색일 뿐이었다.

"나 있지, 미안한데 오늘 남부로 떠나."

에이드리는 아무런 대답이 없었다. 그는 죽는다는 건 어쩌면 대답할 수 없는 것이라는 생각이 들었다.

"언젠가 너와 꼭 같이 내 고향으로 가고 싶었어. 미안……. 그렇게 되지 못한 것 내 탓이야."

그는 석관에 걸터앉아 그녀의 조각상을 쓰다듬었다. 긴 머리칼을 쓸어내리며 내려온 손은 허리를 거쳐 작은 어깨를 부드럽게 만졌다.

다정한 손길이었지만 역시 손끝에는 차가운 대리석의 감각만이 느껴졌다. 그녀의 몸에서는 더 이상 심장이 힘차게 뛰는 고동이 느껴지지 않는다.

'이제 잘 기억이 나지 않는다.'

레이놀드는 눈물이 찔끔 날 정도의 고통을 느끼며 석관 뚜껑 위에 조각된 그녀의 몸을 만지는 일을 그만두었다. 분명히 사냥터 막사에서 보냈던 에이드리와의 밤은 그녀와의 기억 중 가장 강렬한 것이었다.

그런데 이제 에이드리와 입을 맞추고 껴안았던 일이 어떤 느낌이었는지 떠올려 지지가 않았다. 그는 애써 석관 위의 조각을 만지며 기억을 떠올려 보려고 했지만 소용없었다. 레이놀드는 그 찰랑거리는 갈색 머리칼을 다시 볼 수 없다는 데 좌절감을 느꼈다.

"언제나 널 잊고 싶지 않았는데, 불과 3년의 세월 만에 너무 많은 걸 잊었어. 나는 어떻게 하면 좋지? 에이드리."

그의 고통에도 불구하고 소녀는 이제는 말이 없었다.

"그래. 예전처럼 널 기억할 수 없다면, 내가 해줄 수 있는 건 하나밖에 없겠네. 반드시 홉고블린들의 땅을 불태워 버릴 거야. 눈 감은 네 앞에서 했던 그날의 약속을 반드시 지키겠어."

사랑했던 감정은 서서히 희미해지고 있었지만, 죽기 전 그녀가 비명을 지르며 자신에게 살려 달라고 소리치던 모습은 아직 생생했다. 무엇보다 레이놀드의 얼굴에 있는 선명한 흉터가 에이드리의 죽음에 대한 증거였다.

아픔을 느끼면서 그는 고개를 숙여 에이드리의 조각상에 키스했다. 그리고 마치 그것이 살아 있는 사람인 것처럼 볼을 맞대어 비비고 손으로 얼굴을 감싸 안았다.

레이놀드는 석관의 시린 듯한 차가움을 느끼고 있었지만, 일부러 더 다정하게 행동했다. 마치 에이드리와의 기억은 한 조각도 잊어버리지 않은 것처럼.

"남부에서 일이 끝나면 바로 돌아올게. 오래 걸리지 않을 거야."

그러나 그는 자신의 마음이 예전 같지 않다는 데 두려움을 느꼈다.

확실히 시간은 기억을 좀먹는 듯했다.

에이드리와의 짧은 사랑은 마치 첫눈과도 같았다.

기뻐하고 손을 내밀었으나, 그의 손끝에 닿자마자 녹아 버려 어디 갔는지 찾을 수 없는 것처럼.

그래도 젊은 영주는 웃으며 그녀에게 인사했다.

'안녕, 에이드리.'

레이놀드는 군마에 올라 레드포레스트 쪽으로 말을 몰았다. 안개는 어느덧 걷히고 태양이 떠오르기 시작했다. 멀리서 아르디오넬이 날개를 파닥거리며 자신에게 날아오는 것이 보였다.

성력 1216년, 5월 초.

레이놀드는 고향을 떠나온 지 10년 만에 귀향길에 오르게 되었다.

＊　　　＊　　　＊

성을 떠나서 열흘이 지나자 그들은 하드스톤 옆의 초목지대를 지나게 되었다. 대열은 길게 늘어져 있는데 레이놀드는 제일 선두에 섰다. 뒤에 있는 기사와는 좀 거리가 있어서 그는 아르디오넬과 편하게 대화를 나누었다.

"있지, 있지, 저것 좀 봐."

그녀는 카나리아처럼 귓가에서 계속 재잘거렸기에 젊은 영주는 심심할 틈이 없었다. 평화로운 풍경이 그들의 옆을 유유히 흘러갔다. 그는 시간조차 잊고 느긋하게 앞으로 나아갔다.

"레이놀드, 하드스톤이야."

문득 아르디오넬이 말했다. 사실 하드스톤의 모습을 처음 본 것은 반나절도 더 전의 일이었다. 이미 도시는 그들의 뒤에 있었다.

"……."

레이놀드가 아무런 대답도 하지 않자, 아르디오넬이 재차 말했다.

"지금이라도 돌아가면 만날 수 있어."

"대체 제가 누굴 만난단 말입니까?"

그의 목소리가 조금 격앙되었다.

"바보."

짧게 대답한 아르디오넬은 하늘로 날아가 버렸다. 그는 자유롭게 창공을 나는 그녀의 모습을 보고 한숨을 내쉬었다.

답답함이 몰려왔다.

'어쩔 수 없잖아.'

그러나 레이놀드는 하드스톤이 완전히 보이지 않게 된 후에도 한동안 심란한 기분을 버릴 수 없었다. 이따금 쉬는 시간이면 카엔의 책을 꺼내 보곤 했는데 새로운 글씨는 아무것도 보이지 않았다.

그는 '마치 눈이 먼 것 같군.' 이라고 중얼거렸다. 그러자 아르디오넬은 '그래, 자기기만으로 눈이 멀었지. 그건 맹인보다 더 앞이 보이지 않는 거야.' 라고 말했다. 하지만 그는 그녀의 말을 이해할 수 없었다. 레이놀드는 모닥불가에 누워 작은 용을 귀찮다는 듯 쫓아냈다.

여정은 계속 이어졌다.

젊은 영주는 에든버러 성에 들러 조르다노 파시의 환대를 받았고, 화이트클리프에서 라센과 오랜만에 술에 마시며 즐겁게 지냈다. 그는 지리상 멀리 떨어진 영지를 동시에 다스리는 문제에 대해 진지한 조언을 아끼지 않았다.

"다소 힘이 드는 일이긴 할 거야, 레이놀드."

"역시 그럴까."

"그래도 너무 걱정하지 마. 하드스톤의 아르디 가도 신성 벤타케 제국에 자신들의 영지를 가지고 있잖아."

그는 예상외로 후계자 수업을 확실히 받았던 건지 젊은 영주가 생각하지도 못했던 실무적인 부분들을 날카롭게 집어 줬다. 결국 그는 라센에게 감탄하지 않을 수 없었다.

"고마워, 네 조언을 들으니 앞으로의 방향이 좀 잡히는 기분이야."

"뭘, 하하하핫."

죽은 니메드 경을 대신해 북부의 기둥이 된 그는 벌써 대영주의 풍모가 나타나고 있었다. 레이놀드는 자신의 친구가 안 본 사이 훌쩍 성장했음을 느꼈다.

이틀 뒤, 그는 친구와 작별을 고하고 로톤항에서 배를 탔다. 항해는 일주일가량 걸릴 예정이어서 젊은 영주는 마음 편하게 선실에 틀어박혔다.

같이 온 북부인들은 멀미로 고생하는 모양이었지만, 그는 조금 속이 울렁거리는 것 빼고는 별문제가 없어 느긋한 기분이 되었다.

항해 도중, 밤이면 달빛이 흔들리는 바다를 보러 나갔는데 '숙녀의 바다'라고 불리는 왕국의 내해는 온화하고 파도가 적은 곳으로 유명했다.

특히 초승달이 뜨는 밤이면 유난히 별빛이 밝아졌다. 별들은 창공을 가득 채우는 걸로는 부족했는지 그런 날이면 잔잔한 바다 위로 수도 없이 쏟아져 내렸다. 위도 아래도 반짝임으로 가득해서 그야말로 사방이 별천지였다.

"아름다워."

그의 어깨 위에 올라타 있는 아르디오넬이 중얼거렸다.

"이곳은 말이야, 내가 살던 곳과도 비슷해."

아르디오넬의 고향은 끝도 없이 별이 있는 성신계라고 했다. 정확한 이야기인지는 알 수 없지만 어떤 천문학자는 밤하늘의 별들은 사실 성신계에게 투영된 빛에 불과하다고 주장하기도 했다. 그곳은 그 정도로 별이 많은 곳이다.

"레이놀드, 그러고 보니 네 고향의 밤도 이렇게 아름다워. 실버레이크의 아름다운 수면 위로 가끔 별들이 이렇게 내려앉곤 했지."

"저기 넬, 제 고향에 가본 적 있으세요?"

그녀는 한동안 말이 없었다. 다시 입을 열었을 때 그녀의 목소리에는 왠지 약간의 향수가 묻어나는 것 같았다.

"난 주물질계의 이곳저곳을 떠돌았으니깐……. 실버레이크도 오래전에 잠깐 들렸던 것 같아."

레이놀드는 대수롭게 생각하지 않았지만, 눈치 빠른 사람이라면 아드리오넬의 말속에 어떤 사연이 있다는 걸 알아챘을 것이다.

"에이, 그게 뭐예요? 하루만 봐서는 그곳의 아름다움을 알수 없다고요."

"그런가?"

짧게 대답한 용은 더 말하지 않았다. 그런 그녀에게 흥미를 잃은 레이놀드도 조용히 일렁이는 수면을 바라볼 뿐이었다. 그는 죽은 아버지에 대해 떠올렸다.

'엄한 분이셨지.'

실버레이크의 영주 메이산 블랙우드는 완고하고 사내다운 자로 자신의 아들을 대단히 엄격하게 키웠다. 레이놀드를 10살 즈음해서 그를 북방으로 보낼 때까지 한 번도 아버지로서의 살가운 정을 보여준 적이 없었다. 그런 탓에 어린 레이놀드는 가혹하게 검술 훈련을 시키고 영주의 소양을 가르치는 그를 미워했었다. 그렇지만 세월이 흐르고 머리가 굵어지자 아버지가 자신을 강한 남자로 키우고자 했다는 것을 깨달았다. 하지만 없던 정이 생기지는 않았다.

'솔직히 슬픈지를 모르겠군.'

그는 제온 영주가 죽었을 때 정신적 장애가 생길 정도로 충격을 받았지만, 정작 생부의 사망에는 덤덤한 기분이었다. 그러다 곧 별빛 속에 잠겼던 옛 추억의 한부분이 기억났다.

'맞아, 그래도 딱 한 번 다정하셨던 적이 있었지.'

무서웠던 영주가 자신의 아들에게 잠깐이나마 따뜻한 모습을 보여줬던 건 그와 북부로 동행했던 때였다.

'그러고 보니 그날도 이렇게 별이 쏟아졌는데.'

메이산 영주는 레이놀드를 레드포레스트로 직접 데리고 갔는데, 때는 한겨울이었다. 어머니 루비첼라는 봄이 오면 아이를 보내라고 간청했지만, 아버지는 단번에 거절해 버렸다. 항해는 곧장 시작됐고 부자는 추위를 견디며 겨울 바다를 지나야 했다.

배를 타던 일주일 내내 그는 평소처럼 아들과 별말이 없었는데, 마지막 날 밤에 곤히 잠들어 있던 레이놀드를 깨워 외투를 입혔다.

"일어나라, 레이놀드."

"네, 아버지."

어린 그는 자다 일어나는 게 괴로웠지만 엄한 아버지에게 감히 반항할 엄두도 내지 못하고 옷을 입었다. 메이산은 웬일인지 아들을 갑판으로 데리고 갔다. 지금껏 밤바다는 위험하다고 선실에만 있게 했지만, 그날은 예외였다.

"와아!"

어린 소년은 잠시 어리둥절해하다 곧 별이 쏟아지는 밤바다에 정신을 빼앗겼다. 소년은 잠시 귀족답지 못하게 품위 없는 소리를 낸 걸 깨달았다. 공연히 혼이 날까 싶어 아버지의 눈치를 봤지만, 그는 오히려 미소를 지으며 물 위를 가리켰다. 레이놀드의 시선이 그곳으로 향했다.

별들이 마법이라도 부린 걸까.

그날의 아버지는 평소와 달랐다.

"봐라, 별이 아름답기로 유명한 바다지만 이런 날은 일 년 중에서도 단 며칠뿐이란다."

다정한 아버지의 태도에 어린 꼬마는 설레는 기분으로 바다를 구경했다.

"헤헤."

웃음이 괜히 터져 나왔다. 소년은 기분이 좋아져 평소의 주눅이 든 태도와 다르게 아버지에게 먼저 말도 걸어 보았다.

"아버지, 밤바다는 어머니의 드레스 같아요."

"왜 어머니의 드레스 같다고 생각하니?"

"지난번에 수정으로 장식한 검은 벨벳 드레스를 입고 계셨어요. 저 검은 수면은 벨벳이고, 반짝이는 별이 수정이에요."

메이산은 아들의 순수한 상상력에 크게 웃음을 터뜨렸다. 어린 그는 엄격한 아버지가 소리 내 웃는 걸 처음 보고 어리둥절한 표정이 되었다. 그러나 놀랍게도 그날의 그는 끝까지 다정했다. 한동안 아들과 즐거운 수다를 떨던 메이산은 하늘을 가리켰다.

"레이놀드."

"네, 아버지."

"별똥별을 보고 소원을 비는 걸 알고 있지?"

아이는 아는 게 나오자 자신 있게 대답했다.

"그럼요. 저는 성에서도 가끔 빌었어요."

"그래, 뭘 빌었지?"

"어서 기사가 되게 해달라고요."

아버지는 궁금하다는 듯 물었다.

"빨리 기사가 돼서 무얼 하게?"

"그러면 이 고생스러운 훈련도 안 하고 놀고먹어도 되잖아요."

평소라면 그런 발언에 불호령을 내렸을 그였지만 이번에는 잔잔히 웃을 뿐이었다. 그리고는 별똥별이 떨어지면 소원을 빌고 자러 가자고 했다. 레이놀드는 이 즐거운 시간이 끝나는 것이 아쉬웠지만, 슬슬 견딜 수 없을 만큼 추워지고 있었기에 고개를 끄덕였다. 그때 마침 별똥별이 여러 개 떨어졌고 부자는 재빨리 소원을 빌었다. 잠시 뒤, 아버지가 아들에게 물었다.

"뭘 빌었니? 레이놀드."

어린 꼬마는 주뼛주뼛한 태도로 주저하다 대답했다.

"계속 이렇게 아버지랑 친하면 좋겠다고요."

아들의 말에 항상 아버지라는 얼굴에 쓰고 있던 영주라는 가면이 잠깐 흔들렸다. 살짝 입술을 깨물던 그는 다시 잔잔하게 미소 지었다. 그는 뭔가 결심한 듯 말했다.

"네가 훌륭한 기사가 되어 돌아오면 그때부터는 화도 내지 않고 사이좋게 지내기로 약속하마."

생각지도 못한 제안에 소년은 뛸 듯 기뻤다. 세상에! 아버지가 더는 화를 내지 않는다니. 이제 기사만 되면 마음 내킬 때 소시지를 빼먹고 호수로 수영하러 갈 수 있게 되는 것이다. 어쩌면 아버지와 함께 수영을 갈 수 있을지도 몰랐다. 소년은 기쁨으로 가득 차 세상 누구보다 순진하고 예쁜 미소를 지었다. 그러다 한 가지 궁금한 게 떠올랐다.

"그런데 아버지, 아버지는 뭘 비셨어요?"

"음, 그건 비밀이다. 만약 네가 무사히 돌아오면 알려주마."

그는 헛기침을 하며 선실로 내려가자고 말했다. 레이놀드는 아버지의 소원이 무엇인지 알고 싶어 졸라봤지만 영주는 결코 대답해주지 않았다. 어린 그는 왠지 속은 것 같아 분했지만 더 따지지 못했다. 그래도 아버지와 별을 본 지금의 시간을 소중히 간직하겠다고 마음속으로 다짐했다.

그리고 10년이 흘렀다.

"울어?"

어깨 위에 있던 아르디오넬이 조심스럽게 물었다. 레이놀드는 깜짝 놀라서 자신의 볼을 쓸어 보았다. 밤공기에 차갑게 식은 물기가 느껴졌다.

"이런, 뭔가 떠올렸더니 저도 모르게……."

시끄럽게 떠들기는 하지만 사려 깊은 성격을 가진 아르디오넬은 아무것도 묻지 않았다. 레이놀드는 그녀가 듣고 싶어 하든 말든 조용히 말했다.

"뭔가 잊고 있던 소중한 게 떠올랐거든요."

여전히 밤바다는 깊고 조용했다.

그는 아버지가 싫다는 생각이 들었다.

'기사가 돼서 돌아오면 살갑게 지내기로 했잖습니까. 그런데 말도 없이 떠나버리시면 그날의 약속은 어떻게 합니까.'

젊은 영주는 그제야 아버지가 돌아가셨다는 걸 실감하며 조용히 슬픔에 잠겼다.

계속 지루하게 이어진 항해 끝에 그들은 별 탈 없이 안달루시아에 도착했다. 항구에 들어오자 온갖 활기찬 기운이 그들을 반겼다. 계속 바다내음만 맡은 그들은 새삼 육지에 이런 많은 냄새가 있다는 사실에 놀랐다.

그 뒤로 다시 일주일을 육로로 나아가자 아름다운 고향인 실버레이크가 보였다. 남부는 이미 6월이 되자 한여름이었고 습기가 많은 더운 공기로 가득했다.

"이거 원…… 6월인데 벌써부터."

건조하고 서늘한 북부에 익숙한 레이놀드는 고향의 공기가 불편했다. 하지만 막상 거대한 호수인 실버레이크와 그 옆에 그림같이 세워진 하얀 성을 보고나니 가슴이 쿵쾅쿵쾅 뛰었다.

'고향에 돌아왔군.'

눈물을 흘리며 떠났던 소년이 10년 만에 기사가 되어 귀향했다.

＊　　　＊　　　＊

6월 셋째 주, 성(聖) 프리모 축일 이틀 전에 실버레이크의 영
주였던 메이산 블랙우드의 장례식이 거행되었다. 후계자인 레
이놀드가 도착하기까지 메이산 경의 시체는 성당의 지하에 보
관되어 있었다.

이제 그는 흑단 나무 관에 넣어져 성당 뒤쪽에 있는 묘지에
안장되었다. 많은 사람이 모여 있었는데, 이웃 영지에서 온 자
들이나 왕자가 직접 보낸 조문객들도 보였다.

장례식장이 대체로 그렇듯 분위기는 한없이 숙연했다. 평소
에 요란한 편인 아르디오넬도 말없이 레이놀드의 어깨에 앉아
있었다.

고향 사람들은 작은 용을 무척이나 신기해해서 장례식 중에
도 힐끔힐끔 쳐다보았다.

"성부와 성자와 성령의 이름으로……."

콜리니 밴텍스라는 이름의 주교가 성향(聖香)을 흔들면서 성
수를 뿌렸다. 관 위에는 금빛 십자가가 그려진 하얀 천이 덮여
있었다. 그의 아버지인 메이산 경은 죽기 전 성(聖) 루도비카
기사단에 입단했다고 한다.

숨을 거두기 직전에 교회 기사단에 입단하는 건 남부의 기

사들에게 흔한 일로 속되게 말하면 천국에 가고 싶어 종교의 이름에 밥숟가락을 올려놓는 행위이다. 물론 이 꼼수가 통할지는 신만이 아시겠지만.

어느 정도 성의를 표하고 입단을 하면 성 루도비카 기사단에 이름이 올라가고, 그 다음 해 성 십자가 축일(Holy Cross Day)에 기사단의 일원들이 망자의 무덤을 한 번 방문해 축복의 의식을 행한다. 어떻게 보면 별것 아닌 상품이지만 죽어 가는 사람에게는 이것조차도 간절할지 모른다.

"아버지의 이름으로 이 영혼을 구하시고……."

주교의 기도가 계속되는 동안 그의 어머니인 루비첼라 블랙우드만 조용히 눈물을 흘리고 있었다. 완고하고 고집스러운 메이산이었지만 부인과는 괜찮게 지냈다. 어머니의 모습을 물끄러미 바라보던 레이놀드는 살짝 입술을 깨물었다. 남편의 죽음 이후 감정을 애써 다스리고 있던 그녀는 10년 만에 집에 돌아온 아들을 보고는 결국 오열하고 말았다. 그녀는 상심이 큰지 많이 수척해져 있어 레이놀드의 마음을 아프게 했다. 그의 기억 속에 젊고 아름다웠던 어머니는 온데간데없어 레이놀드는 세월의 무상함을 실감했다. 안 본 사이 마음고생도 심하셨던 것 같았다.

'젠장! 이게 다 그놈 때문이야.'

콜리니 주교가 한 말이 계속 그의 마음속을 휘젓고 있었다. 그는 지금 겉으로는 평정을 유지하고 있었지만 속으로는 화가 치밀어 올라 죽을 것 같았다. 주교는 어제 레이놀드에게 조심스럽게 무언가를 알려왔다.

* * *

"젊은 영주님, 메이산 경께서는 독살당하셨습니다."

레이놀드는 갑작스러운 소리에 눈을 크게 떴다. 독살이라니, 생각도 못한 일이다. 당황한 그의 모습을 보며 콜리니 주교는 이해한다는 표정으로 차분히 말했다.

"처음부터 자세히 설명해 드리겠습니다."

아들인 그는 잘 몰랐지만, 아버지인 메이산은 죽기 전 성 루도비카 기사단에 들어갈 정도로 교회와 깊은 관계를 맺고 있었다고 한다. 그래서 교회를 위해 이런저런 일을 하곤 했는데 그중에서도 중요한 것이 스타폴의 대영주 로랭 캉브레와 관련된 일이었다.

남부에는 두 개의 거대한 세력이 있는데, 하나는 스타폴의 로랭 캉브레 대영주이고 또 하나는 악슬쏘나 대주교령의 옥타비누 베르트리몽 대주교이다.

종교와 세속의 선두주자인 그들은 남부를 이루는 거대한 두 개의 축이었다. 그런데 대영주와 대주교 사이는 원수란 말 외에는 적당한 단어를 찾아보기 힘들 정도로 최악이었다.

거기에 주위의 군소영주들까지 대영주와 대주교의 깃발 아래 들어가 이런저런 공작과 전투를 반복하고 있었다. 가신들에게 들어보니 레이놀드가 북부에 가 있는 동안 실버레이크는 대주교의 부대와 연합했다고 했다.

돌아가신 아버지가 진짜 신앙이 깊었는지는 모르는 일이지만, 대주교의 도움을 받으려고 했던 건 확실해 보였다. 실제로 옥타비누 대주교가 보낸 군대의 도움으로 그는 문글라스에서 벌어진 두 차례의 전투를 승리로 이끌며 캉브레 가의 압박에서 상당 부분 벗어나게 되었다.

"메이산 경은 교회와 합동해 싸웠고, 결국 대영주 로랭 캉브레의 눈 밖에 났습니다. 그러나 그는 메이산 경을 어떻게 하지는 못하고 있었습니다. 원래 음모에는 손이 많이 필요한 법이지요. 캉브레는 실버레이크까지 견제할 여력이 모자랐습니다. 그는 남쪽의 대주교님과 동남쪽의 자신의 조카와도 계속 싸워야 했습니다."

그러다 메이산 경이 새로운 위험 요소로 떠오르자 손을 썼다는 것이었다. 그들은 메이산이 먹을 음식에 독을 탔고 마침 수도로 가던 그는 중독된 채 실버레이크로 돌아왔다고 했다.

"대주교님은 메이산 경을 살리기 위해 백방으로 노력했습니다만, 무슨 독이었는지 백약이 무효였습니다. 결국 그렇게 억울하게 돌아가셨지요."

주교의 말은 젊은 영주에게 큰 충격을 줬다. 그는 한동안 파리해진 얼굴로 아무런 대답도 하지 못했다. 심장이 마구 뛰고 한기가 느껴지며 식은땀이 흘렀다.

갑자기 미쳐 날뛰고 싶은 기분이었다. 지금 당장 로랑 캉브레의 목을 벨 수만 있다면 뭐든지 할 수 있을 것 같았다. 분노와 슬픔으로 팔이 부들부들 떨렸다. 곁에 있던 주교가 걱정스럽게 젊은 영주를 보며 기도를 하자 그는 겨우 정신을 차릴 수 있었다. 힘이 담긴 그의 목소리는 레이놀드를 안정시켰다.

진정이 된 그는 정신을 혼란스럽게 만드는 당혹감과 슬픔을 애써 밀어냈다. 하지만 분노만은 심장에 역청처럼 달라붙어 떨어지지 않았다.

사실 그건 그날부터 그랬다.

레이놀드가 거대한 용의 마력을 홉고블린에 대한 분노로 다스린 후, 이따금 그의 마음속에서 미움과 증오가 한층 격렬하게 일어나곤 했다.

빠드득-.

절로 이가 갈렸다. 안 그래도 스타폴과는 그가 어릴 적부터 좋지 않은 관계였다.

'로랑 캉브레 이놈…….'

이 남부의 대영주는 언제나 주변의 군소영주들을 압박하곤 해서 실버레이크도 그런 군사적 위협을 걱정하는 처지였다. 그런데 아버지가 녀석들에게 당했다고 생각하자 말할 수 없는 분노가 치밀어 올랐다.

이런 줄도 모르고 북부에서부터 한가로움을 즐기며 터덜터

덜 고향에 온 자신이 경멸스러웠다. 그는 크게 심호흡을 한 뒤, 마음을 추스르고 콜리니 벤텍스를 마주 보았다. 동요하는 모습을 더 보여줘 봐야 좋을 것이 없었다.

"주교님, 나중에 마저 이야기할 수 있겠습니까?"

그가 간신히 평정을 유지한 채 말하자 콜리니 주교는 젊은 영주에게 위로의 말을 건네고는 방을 나갔다. 홀로 남겨진 레이놀드는 도저히 화를 참지 못하고 커다란 탁자를 한주먹에 부숴 버렸다.

퍽! 우당탕!

요란한 소리와 함께 튀어 오른 나무 조각이 얼굴에 생채기를 만들었지만 그는 조금도 신경 쓰지 않았다.

"이런! 빌어먹을!"

화가 머리끝까지 나 아무것도 못할 지경이라 그는 숨을 크게 내쉬며 정신을 차리려 노력했다.

'후회하게 해 주마, 캉브레.'

레이놀드는 마음을 다스리려 눈을 감았다. 슬프게도 남부는 그의 가냘픈 기대와 다르게 평화와 안정을 주지 않았다. 오히려 새로운 복수의 장을 선물했다.

5장
경솔한 정찰

검술 대가(Sword Master)란 관념적이고 추상적인 칭호다. 사실
국가에서 검술 대가가 되면 따로 영업 허가를 내주는 것도 아니
기에 무슨 기준이 있을 리 만무하다. 서대륙에는 여러 검술 대가
들이 있지만 모두 각양각색의 힘을 가지고 있다. 마력을 이용해
오러를 일으키거나 신격의 권능을 얻는 사람도 있으며 또 어떤
이는 초권세의 사명을 받기도 한다. 이뿐만이 아니라 신의 기사
(奇事)나 이적(異跡), 원소의 발현, 악마나 마족의 사악한 조력, 혈
통적 특이함, 초능력, 비전의 기술, 종족적 특성, 마법검, 아니면
온전한 검술의 극의 등, 자신만의 수많은 방법으로 일가를 이뤄
그 명예로운 칭호를 획득하곤 했다.

그가 상념에 빠졌던 사이 장례식은 막바지에 이르고 있었다. 콜리니 주교의 마지막 기도가 끝나자 관 위로 흙이 덮어졌다. 레이놀드는 어느새 누군가가 묻히는 걸 보는 일에 익숙해져 버린 것 같았다.

'편히 눈 감으십시오. 아버지의 억울함은 제가 꼭 풀어 드리겠습니다.'

비록 아버지를 위해 울고 있지만 레이놀드는 솔직히 그가 자신을 사랑했는지 잘 모르겠다고 생각했다. 별이 사방을 가득 채운 그날 밤은 의무감이나 미안함이 만들어낸 잠깐의 변덕일지도 몰랐다.

설령 그렇다 해도 상관없는 일이었다. 지금 가장 확실한 건 자신이 분노하고 있다는 것이다. 그는 흙을 다지는 모습을 보며 결의를 단단히 했다.

'다음에 흙을 파냈을 때는 적을 묻겠습니다.'

식이 끝나자마자 그는 영지의 수석서기관인 데오닉을 불러들였다. 그 자리에는 라 파뇰과 콜리니 주교가 함께했다. 신임 영주인 레이놀드는 영지의 모든 것을 파악해 나갔다.

실버레이크는 거대한 호수의 옆에 있는 도시로 인구는 1만 명 정도에 주요 산업은 어업과 농업에 의존하는 영지였다. 물론 레드포레스트보다 훨씬 규모가 큰 편이었지만 시골 영지란 사실은 비슷했다. 주변으로는 동쪽에 스타폴의 가신인 문글라스가, 북쪽에 라후너 더얼리가 다스리는 안달루시아가 있었다. 문글라스는 우만 그레스바르라는 음흉한 영주가 다스렸는데 메이산 경과는 최악의 관계였다. 그리고 안달루시아는 남부의 세력 다툼에서 비교적 중립적인 위치를 지켜왔으나, 최근 스타폴로 기우는 경향을 보여 실버레이크와의 미래는 불안했다.

"이거 주변의 정치적 구도가 영 꽝이군."

레이놀드의 불평에 데오닉은 고개를 끄덕였다.

"네, 그렇습니다. 하지만 최악은 아닙니다."

"그럼 군대는 얼마나 모을 수 있나?"

수석서기관은 신임 영주가 대뜸 군대에 관한 이야기부터 꺼내자 걱정스러운 표정이 되었다.

"일단 징집으로는 2천 명 정도 모집하실 수 있습니다. 전문병사를 고용하시려면 1천 명까지 가능합니다만, 각종 보급과 추가소요 될 전비를 고려하신다면 5백 명 정도가 한계입니다."

"갑작스러운 물음인데 꽤 구체적인 대답을 내놓는군?"

"네, 그게 사실 이 문제는 메이산 영주님께서도 늘 고민하던 문제였던지라."

그는 근처의 영지인 문글라스에는 실버레이크와 비슷한 규모의 군대를, 무역으로 번화한 안달루시아는 그 몇 배를 꾸릴 수 있다고 말했다.

"알았으니 나가 보게."

"네, 영주님."

수석서기관은 짧게 인사를 하고 나갔다. 물끄러미 그 모습을 보던 라 파놀이 걱정스러운 표정이다.

"혹시 전쟁을 하실 거면 쉽지 않아 보입니다. 저도 이곳에 와서 몇 가지 알아보긴 했습니다만 병력의 규모가 상당히 비슷하더군요. 게다가 만약 용병을 소집한다는 소식이 들리면 주변 영지에서 가만있지 않을 것 같습니다."

"그렇겠죠. 전쟁을 하겠다는 말인데 용병 모집을 소리소문 없이 할 수도 없고요."

묵묵히 그들의 말을 듣고 있던 콜리니 주교가 끼어들었다.

"그런 문제라면 대주교님께서 영주님의 고민을 덜어 드릴 수 있을 것 같습니다. 그분은 형제분들의 어려움을 결코 좌시하지 않으시는 분이십니다."

그리고 그는 놀라운 이야기를 꺼냈다. 머지않아 남부에서 커다란 싸움이 벌어질 것이며 대주교가 실버레이크에 부대를 지원할 수 있다는 것이었다.

"지금 대주교님과 대영주가 충돌한다는 말씀이십니까?"

레이놀드는 놀라움을 담아 묻자, 주교는 굳은 표정으로 끄덕였다.

"캉브레 경과 대주교님의 갈등은 어제오늘 일이 아닙니다.

그래도 대주교님께서는 평화를 위해 균형을 추구하며 지금까지 지내오셨습니다만, 교회로서는 도저히 참을 수 없는 일이 발생했습니다."

"도저히 참을 수 없는 일이란 게 뭐지요?"

그는 차마 입에 담기 어렵다는 표정이 되었다. 그러다 힘겨워하며 말했다.

"캉브레 경이 지금 악마와 거래한 혐의를 포착했습니다."

"악마라고요?"

"네, 자세한 이야기는 지금 해 드리기 곤란합니다만, 개괄적으로라도 말씀드리자면, 인간을 제물로 바친 뒤, 이름 높은 악마 중 하나와 거래를 한 것이 틀림없습니다. 교단 산하의 교리심판관들과 이단추격자들이 현재 꼬리를 잡은 상황입니다."

그의 말에 라 파뇰은 기가 막힌다는 표정이 되었다. 아무래도 교황이 있는 신성 벤타케 제국 출신이다 보니 이런 불경한 이야기를 납득하기 어려운 것 같았다. 그건 레이놀드도 마찬가지로, 보통 사람인 그가 악마에 대해선 구체적으로 생각해 본 적도 없다.

"그래서 대주교님께서는 스타폴을 공격하시기로 하신 겁니까?"

레이놀드가 조심스럽게 묻자 주교는 살며시 고개를 끄덕이며 말했다.

"네. 다만, 이 일은 엄중히 비밀로 해주셔야 합니다."

"물론입니다."

"이제 영주님께서는 어떻게 하시겠습니까? 대주교님의 깃발 아래서 정의를 위해 싸우시겠습니까?

주교의 말에 레이놀드는 잠시 고민했다. 그는 신이 있다고 생각은 하지만 그렇다고 그 신을 믿는다고 말하기까지는 어려운 사람이었다.

이러니 교회의 정의란 말이 공감되지 않았다. 그러나 복수를 위해서는 도움의 손길이 뭐든 상관없다는 생각이 들었다.

현실적으로 지금 그에게 손을 내밀어 줄 곳은 대주교 외에는 없다. 그래도 한순간의 결정이 영지와 그의 운명을 좌우할 것이다.

그는 일단은 신중해지기로 했다.

"며칠 생각할 시간을 주시겠습니까?"

"물론입니다, 영주님."

콜리니 주교는 당연하다는 듯 미소를 지으며 말했다.

"감사합니다. 대주교님의 영광과 교회의 정의를 위해, 심사숙고하겠습니다."

*　　　*　　　*

레이놀드는 호수가 내려다보이는 정원에 앉아 생각에 잠겨 있었다. 언덕 위에 만들어진 전망이 좋은 이 정원은 메이산 경이 아내를 위해 만든 곳이다.

그의 주변에는 붉은 데이지 꽃들이 피어 있었다. 마치 부산하게 움직이던 단추공이 초록빛 양탄자에 주머니 가득 있던 빨간 단추들을 실수로 쏟아 버린 것 같았다. 호숫가에서는 시원한 바람이 불어왔다.

6월의 실버레이크는 무덥긴 해도 기분 좋은 날씨가 이어졌다.

레이놀드의 곁에는 아르디오넬이 없었다. 그녀는 주위의 화사한 경관에 넋이 나가 어디론가로 놀러 가 버렸다. 홀로 생각에 빠진 레이놀드의 마음은 날씨처럼 맑지 않았다.

'어떻게 해야 하나?'

자신의 결정으로 이 평화로운 땅이 전란에 휩싸일 수도 있기 때문이었다. 최악의 상황으로 문글라스 군이 이 도시로 들어와 약탈과 방화, 강간, 살인 등의 온갖 패악스러운 짓거리를 할지도 모른다.

그는 복수심과 책임감을 동시에 느끼고 있었다. 생각 없이 천둥벌거숭이처럼 날뛰다가는 조상 대대로 내려온 영지를 잃어버릴 수 있다. 아무래도 고민이 깊을 수밖에 없다.

"하아……."

레이놀드는 땅이 꺼져라 한숨을 내쉬었다. 그때 등 뒤에서 다정한 목소리가 들려왔다.

"그렇게 한숨을 쉬는 게 아니란다, 레이놀드."

돌아보자 어머니인 루비첼라 블랙우드가 미소를 지으며 다가왔다. 그러나 얼굴에는 아직도 슬픔이 잔뜩 묻어 있었고 원래부터 말랐던 몸이 더 가늘어져 있었다.

"어머니, 몸도 편찮으신데 안에서 쉬시지 않고요."

"아니다, 그럴수록 오히려 약해질 것 같구나. 날이 좋을 땐 이렇게 산책이라도 하는 게 훨씬 좋잖니."

"네……."

레이놀드는 아버지가 독살된 사실을 어머니에게 비밀로 하고 있었다. 이미 그녀가 충격을 많이 받은 상태여서 일부러 사실을 숨겼다. 언젠가는 말할 날이 올지도 모르지만 적어도 지금은 함구할 생각이었다.

"네 작은 용은 어디로 갔니?"

"아, 하하하, 날씨가 좋아서 그런지 아침부터 그 조그만 날개를 파닥거려 어딘가로 갔어요.

루비첼라는 살며시 미소를 지었다. 아르디오넬은 예상외로 굉장히 살갑게 그녀에게 달라붙었다. 그런 친밀한 태도는 지금까지 레이놀드 외에는 누구에게도 보여 준 적 없는 모습이었다. 덕분에 부인은 작은 용을 금세 귀여워하게 되었다. 그래서 그런지 루비첼라는 아르디오넬이 없다는 소리에 조금 아쉬워하는 것 같았다. 레이놀드의 옆에 앉은 그녀는 잔잔한 풍광을 쳐다보았다.

"주인을 잃었는데도 호수는 변함이 없구나."

"그렇네요."

둘은 잠시 의자에 앉아 조용히 호수를 바라보았다. 멀리서 조업 중인 어부들이 보였다. 그들은 물고기 비늘처럼 반짝이는 호수 위에 검은 점처럼 떠 있었다. 오리들이 부산스럽게 날아다녔고 근처에서는 작은 물고기가 뭐에 놀랐는지 떼 지어 뛰어오르는 게 보였다. 정말 호수는 주인을 잃고도 어제와 같았다.

"네 아버지가 널 사랑했다고 생각하니?"

문득 그녀가 아들에게 물었다. 루비첼라는 자신의 아들이 아버지에게 어떤 감정을 품고 있는지 잘 알았다.

"글쎄요. 솔직히 전 잘 모르겠어요."

레이놀드는 망설이다 털어놓았다. 그는 음모와 거짓말에 꽤 익숙해졌지만, 어머니에겐 여전히 정직한 아들이었다.

잠시 루비첼라는 말이 없었다. 조금은 더운 바람이 그들을 훑고 지나갔다. 조용히 있던 그녀는 무언가 털어놓듯 이야기를 꺼냈다.

"세상에 아들을 사랑하지 않는 아버지가 어디에 있겠니. 넌 모르겠지만, 네가 처음 검을 연습한 날 네 아버지는 내게 한걸음에 달려왔다. 서두르는 탓에 숨을 몰아쉬면서도, 흥분된 목소리로 아이가 자질이 있는 것 같다고 기뻐하더구나."

"……"

"그런 일은 한둘이 아니었지. 겉으로는 가혹하고 엄해서 곁에서 지켜보는 나로서는 어린 네가 안타깝기도 했다. 그래도 네 아버지의 마음이 어떤지 알았기에 나서지 않았던 거란다."

"그런가요?"

레이놀드는 의외라는 듯 되물었다.

"네가 언젠가 독감에 걸려 며칠이고 정신을 못 차리고 있던 거, 혹시 기억하니?"

"잘 기억이 나지는 않네요."

"하긴, 아주 어릴 때니까. 아무튼, 그때 몸이 약한 나는 네 병이 옮을까 가까이 가지도 못했는데 그 양반은 사흘 밤낮 동안 널 간호하느라 네 곁을 떠나지 않았단다. 그토록 영지 일을 중요시하는 사람이 모든 걸 버려두고는 아들에게만 매달리더구나."

그는 알지 못하는 이야기였다. 왠지 냉철했던 아버지가 그랬다는 사실이 실감이 나지 않았다. 그렇다고 어머니가 꾸며낸 얘기를 하는 것이라는 생각도 들지 않았다. 어쩌면 정말 항해의 마지막 날 보여줬던 아버지의 모습이 진짜였는지도 모른다.

"그랬군요……."

담담히 대답하는 레이놀드는 마음이 아려왔다.

모든 걸 너무나 늦게 알게 된 것 같았다. '감사했습니다, 제가 당신의 마음을 모르고 원망했습니다.'라고 말할 대상은 이미 차가운 땅속에 묻혀 있을 따름이었다.

"널 북부의 레드포레스트에 데려다 주고 돌아온 아버지는 오랜 기다림 속에 살아왔단다."

"절 기다리셨나요? 아버지가?"

"그래, 정말 간절히 널 기다렸단다."

"……."

루비첼라는 잠시 말이 없었다. 시원한 호숫가의 바람이 몇 번이나 지나간 후 그녀는 조용히 과거를 회상했다.

"네가 '다녀왔습니다.'라고 하는 그 한마디 들을 날을 위해 아버지는 네가 탈 군마와 칼을 골랐지. 그리고 익숙하지도 않은 방 청소를 직접 하고, 사람들을 사서 네가 올 길을 정비했어. 그렇게 간절히 기다리면서…… 다른 누구도 아닌 자신의 아들에게 그 한마디를 듣기 위해서 말이야. 매정하게 대했던 자식이 멋지게 성장하여 인사해 주지 않을까 하고……, 그렇게 기다리고 또 기다리면서, 마치 기다리는 게 유일한 일인 것처럼 널 기다렸다."

눈물이 레이놀드의 뺨으로 흘러내렸다. 왜 그런지 모르게 아버지의 기분이 너무나 확실하게 느껴졌다. 갑자기 가슴팍이 아려 오는 기분이었다.

'차라리 몰랐으면…….'

그리고 루비첼라는 북부의 전쟁이 일어났다는 소식에 밤잠을 이루지 못하던 메이산 경에 대해서도 이야기했다.

"전란이 끝나고 북부의 젊은 영웅이라 불리게 된 네 명성이 이곳까지 닿았을 때 아버지는 얼마나 기뻐했는지 모른다."

그는 자신의 소식을 들었을 아버지에 대해 생각해 보았다. 아버지가 자신의 성공에 좋아했다는 이야기가 신기하기만 했다.

동시에 왠지 모를 슬픔도 느껴졌다.

'살아 계셨다면 더 좋아하실 일이 많으셨을 텐데.'

결국 그는 고개를 떨어뜨리고 말았다.

이제 느릅나무처럼 장성한 아들은 기사가 되어 고향으로 돌아왔지만, 옛말처럼 부모는 기다려 주지 않았다.

레이놀드는 어머니와 대화 후 슬픔에 빠졌지만, 비교적 침착함을 빨리 회복했다. 냉정하게 상황을 분석한 그는 대주교와 손을 잡기로 했다. 레이놀드는 곧 콜리니 주교의 주선 아래 대주교의 밀사들과 이야기하게 되었다. 그들은 최대한의 지원을 약속했다. 이제 그는 스스로를 남부의 혼란 속에 집어던진 셈이 되었다. 그래도 빠른 결정 덕에 두 손 놓고 전쟁에 휩쓸리기보다는 적극적으로 상황에 개입할 수 있게 됐다.

레이놀드의 나이 이제 21세.

북부의 젊은 용은 이제 남부에서도 웅비를 위해 기지개를 켜기 시작했다.

*   *   *

그로부터 얼마 뒤, 레이놀드는 비공개 마상창 시합을 열기로 계획했다. 이제 전쟁도 치러야 하니, 휘하의 기사들과 단합 대회의 효과도 내고 가라앉은 영지의 분위기를 쇄신하기 위해서였다.

다만, 아버지인 메이산 경이 돌아가신 지 얼마 되지 않은데다 주변의 눈도 있고 해서 자유민의 입장이나 귀부인의 초청은 없었다.

또 기타 문장 심사나 여러 복잡한 절차들은 생략했다. 부수적인 것들이 없어지자 마상창 시합의 원래 목적인 군사훈련의 느낌이 충실해졌다.

그리고 레이놀드가 승자를 위해 금을 준비했다는 소식이 전해지자 분위기는 제법 달아올랐다. 실버레이크 전역에서 기사와 종자, 부사관들이 시합에 참가하기 위해 몰려들었고 성 주위는 꽤 떠들썩해졌다. 그렇게 모인 참가자가 2백여 명이 넘었다.

레이놀드도 영주로서 시합에 참가했다. 그는 이미 종자로 지낼 때부터 마상창과녁(Quintain)을 때리며 연습했다. 그 후 일련의 실전들을 겪으며 익힌 기술 덕에 꽤 훌륭한 시합을 할 수 있었다.

그 때문에 자신들의 신임 영주의 기량에 대해 걱정하던 기사들은 마음을 놓게 되었다. 레이놀드는 종자와 부사관 그리고 몇몇 기사들을 연달아 격파하며 토너먼트의 위쪽으로 계속 진출했다.

그렇게 총 여덟 명의 기사만이 남았을 때 젊은 영주는 군터 군른갈드 경을 상대하게 되었다. 올해 54세인 그는 실버레이크 군이 소집될 때마다 기병대장을 맡을 정도로 승마술과 마창술에 능한 자였다.

"영주님이라고 봐 드리지 않겠습니다."

군터 경의 선언에 레이놀드는 웃어 보였다.

"물론입니다. 후회 없는 한판이 되길 바랍니다."

둘은 임시로 설치된 마상시합장의 끝과 끝으로 이동했다. 그 사이의 거리는 무려 80미터로 마상창이 서로의 몸을 때릴 때의 충격은 상상을 초월한다. 그 탓에 시합을 하다 보면 기절하는 선수를 쉽게 볼 수 있다.

'부하들이 보고 있는데 우스운 꼴이 되면 안 되지.'

상대가 아무리 고수라지만 영주의 체면이 있는지라 그는 각오를 다졌다. 그때 문장관이 시작을 알리는 나팔을 불었고 그는 즉각 말을 달렸다.

두두두두-.

멀리서도 창끝이 정확히 자신을 겨누고 있는 게 느껴졌다. 이 노고수는 돌격에 조금의 군더더기도 망설임도 없었다. 레이놀드는 몇 차례 싸움에서 익힌 얕은 수가 그에게는 통하지 않을 것이라 직감했다.

그는 방패를 단단히 끌어올리고는 충돌에 대비했지만 군터 경의 창은 먹이를 무는 뱀처럼 달려들었다. 마상창은 그 길이가 긴 까닭에 마상창 지지대(Lance Rest)에 걸친 손잡이를 조금만 움직여도 창끝의 각도는 무섭게 변한다. 군터 경은 창을 조금만 들어 올렸겠지만, 그 끝은 레이놀드의 방패를 타고 올라와 어깨를 강타했다.

퍼억!

포플러 나무로 만든 창대가 부서져 사방으로 튀었다. 그리고 레이놀드는 비명을 지를 새도 없이 공중으로 날아올랐다.

'망했다.'

짧은 한탄과 함께 낙마한 그는 그대로 흙바닥에 양팔을 벌리고 기절해 버렸다.

한 시간 뒤, 젊은 영주는 정신을 차리고 일어났다. 온몸 마디마디가 비명을 질러댔고 머리가 깨질 것처럼 아팠다. 다행히 하인이 건네준 포도주를 마신 뒤 선선한 바람을 쐬자 한결 나아졌다.

"케스핀 기사들은 정말 마상창 솜씨가 훌륭하군요."

옆을 보니 라 파놀이 와 있었다.

"하하하, 제 꼴이 꽤 엉망이죠? 부하들 앞에서 망신스럽군요."

"아닙니다. 다들 젊은 영주님 솜씨가 훌륭하다고 그러던데요? 마지막까지 남았던 분들은 다 이십여 년 가까이 전장을 누빈 숙련가였습니다. 그런 분들에게는 져도 부끄러운 일이 아닙니다."

"그렇습니까."

레이놀드는 그의 위로에 조금 마음이 풀어졌다.

"네, 그렇긴 한데 영주님의 모습이 꽤 꼴사납긴 했습니다. 양팔을 벌린 채 비참하게 날아오르셨거든요."

전대장은 억지로 웃음을 참느라 괴상한 소리를 냈다. 레이놀드가 노려보자, '곧 시상식이 있습니다. 다들 영주님을 기다립니다.'라는 말을 남기고 도망가 버렸다.

'어딘지 익숙한 성격인데, 저 녀석. 그러고 보니 친해질수록 슬슬 사람을 괴롭히는 게 딱 에이드리 같아.'

그는 앞으로 라 파놀을 좀 더 주의해야겠다고 생각하면서 임시 천막 밖으로 나갔다. 밖에는 우승자가 동료의 어깨 위에 올라 축하를 받고 있었다.

'결국, 군터 경이 승리했군.'

아마 상황을 보아하니 레이놀드를 한 방에 날려 버렸던 그가 우승한 모양이었다. 주위에 몰린 참가자 2백여 명이 군터를 향해 축하의 인사를 건네고 있었다.

그런데 레이놀드가 다가가자 약간 어색함이 감돌았다. 아무래도 주군이 낙마했다는 걸 신경 쓰는 듯해서 그는 일부러 더 쾌활한 목소리를 냈다.

"우승자에게 다시 한 번 박수를 보냅시다. 훌륭한 솜씨였습니다."

패배자의 뒤끝 없는 태도에 분위기가 좋아졌다. 천막 안은 즐거움으로 떠들썩했다. 참가자들은 하인들이 내온 위스키를 한 잔씩 하면서 즐겁게 대화를 나눴다. 레이놀드는 만족스럽게 주위를 둘러봤다. 일단 소기의 목적은 달성한 듯 보였다.

'뭐, 단합 대회로는 성공한 건가.'

그는 되도록 주위의 많은 기사와 대화를 하려 노력했다. 가신들은 영주의 식구이자 전투원들이다. 좋은 관계를 유지하는 게 중요하다.

그러나 처음에는 북부식 예절과 유머를 구사하는 젊은 영주의 화술은 좀처럼 이곳 남부에서 먹혀들지 않았다. 북부는 직설적이고 단조로운 데 반해 이곳 사람들은 조금 돌려 말하거나 유려한 미사여구를 사용했다. 덕분에 부하들은 그에 대해 좀 별나다고 생각하게 됐다. 레이놀드는 속으로 살짝 혀를 찼다.

'내 고향이지만 적응하려면 시간 좀 걸리겠는걸.'

레이놀드는 고개를 설레설레 저으며 작은 단상 위로 올라갔다. 사람들의 시선이 그를 향했다.

"먼저, 본 영주는 훌륭한 솜씨를 보여준 실버레이크의 참가자들에게 치하의 말을 건네는 바요. 이 정도 솜씨면 형편없는 문글라스의 깡통들을 걷어차기 충분하겠다는 생각이 드는구려."

기사들은 호탕하게 웃었다.

"하하하하."

"문글라스 놈들 벗겨 먹는 건 일도 아니죠."

레이놀드는 그들과 같이 웃다가 손을 들어 주변을 조용하게 했다.

"그럼 시합의 정당한 승자인 군터 경에게 금을 수여하겠소."

그의 손짓에 하인이 금화 주머니를 군터 경에게 건넸다. 추가로 영주의 사냥꾼들이 잡아 온 커다란 멧돼지도 포상했다. 승자가 환호를 받는 동안 레이놀드는 말을 이었다.

"그런데 내 한 가지 할 말이 있소. 군터 경은 훌륭한 무용을 보여주긴 했지만, 새로운 영주의 권위를 흙바닥에 처박았소. 마땅히 이 죄를 물어야 할 것이오."

갑자기 식장의 분위기가 급격히 조용해졌다. 곁에 있던 라파놀이 당황한 표정을 지었다. 그가 황급히 나서려고 하자 레이놀드는 손을 들어 저지했다.

"그러므로 난 군터 경에게 앞으로 2주 동안 내게 마상창 기술을 전수할 것을 명하겠소. 내 군터 경을 흙바닥에 떨어뜨릴 때까지 붙잡고 놓아주지 않을 것이니 각오하는 게 좋을 것이오. 하하하."

그의 말에 잠깐 긴장했던 사람들은 웃음을 터뜨렸다. 군터 경도 표정을 풀고 위스키를 들이켰다.

"기꺼이 영주님을 패대기친 죗값을 치르겠습니다. 그런데 다시 패대기쳐야 용서해 주신다니 너무 관대하십니다."

주변에서 웃음이 터졌다. 젊은 영주는 노기사의 입담에 고개를 내저었다.

"하하하. 이봐, 술을 더 가지고 와라. 갑자기 뒷목이 뻣뻣해지는 기분이야."

하인들은 구운 고기와 술통을 잔뜩 가져왔고 마상창 시합이 끝난 야외에서 떠들썩한 술자리가 벌어졌다.

*   *   *

시합 후로 군터 경은 기꺼이 레이놀드의 마상창 스승이 되어 주었다. 그는 열정이 넘치는 제자가 마음에 들었는지 자신의 기술을 정성껏 가르쳐 주었다.

"영주님, 마상창 시합에서 쓰는 찌르기 기법은 여러 가지가 있겠지만, 우선 제가 주력으로 삼고 있는 세 가지 기술을 알려 드리겠습니다."

"감사합니다."

"일단 가장 쉬운 방법은 흉판의 중앙부분, 그러니깐 방패의 끝 부분과 흉갑의 중심부의 절묘한 경계 부분입니다."

그는 자신의 몸을 이용해 설명했다.

"그 부분을 치면 무게 중심이 흔들리게 됩니다. 그리고 상대를 향하는 마상창의 각도는 25도에서 30도 사이가 모범적입니다."

추가로 그는 상대의 목을 조준하며 목가리개를 타고 올라가 마치 올려치는 효과처럼 낙마시키는 방법과 왕관 모양의 마상창을 사용했을 때 갑옷의 주요 부품에 창끝을 거는 방법 등을 열정적으로 지도했다.

"그밖에 시합 외의 것들을 익히는 것도 대단히 중요한 문제입니다. 규칙이나 예절을 아는 건 훌륭한 기사의 척도입니다. 원래 무식하면 멸시를 받는 법이죠."

마상시합에 참가한 경력이 풍부한 그는 선수 등록의 절차, 문장 심사의 과정, 승리 후의 예절과 숙녀에게 영광을 바치는 방법 등을 열렬히 강의했다. 그 뒤로 이 주일 동안 그들의 마상시합은 이어졌는데 언제나 낙마하는 건 레이놀드였다. 그동안 무려 350개의 창이 부러졌고 그때마다 젊은 영주는 좀비처럼 일어났다. 곁에서 지켜보던 라 파뇰은 매번 감탄을 금치 않았다.

"맙소사! 소집군주님은 진짜 죽지도 않는 겁니까?"

"전대장님, 정말 제가 일어나지 않았으면 좋겠다는 생각이십니까?"

"사실 이 정도로 안 쓰러지면 왠지 실험 정신이 생기기도

하지요. 군터 경에게 더 세게 찔러 보라고 말해봐야겠습니다."

"잠깐 이쪽으로 오실래요?"

레이놀드가 마상창을 휘두르며 연습을 권하자 라 파뇰은 부대 훈련을 핑계로 재빠르게 도망갔다. 그렇게 가끔 전대장이 자신의 소집군주를 보러 오는 점을 빼고는 별 특이한 일은 없었다.

젊은 영주는 계속 낙마했고 시합용 창은 끝없이 부러져 나갔다. 그리고 마지막 날, 레이놀드는 느긋하게 부러진 창 자루를 내려다보며 군터 경과 위스키를 나눴다. 시합장 한쪽 구석에는 못쓰게 된 창들이 산처럼 쌓여 있었다.

"땔감으로 써도 한참을 쓰겠군요."

"네, 다만 가벼운 미루나무라 오래 타지 않을 겁니다."

군터는 좋은 사람인데다 박학다식해서 배울 것이 많았다. 레이놀드는 그의 이야기를 듣는 걸 즐기게 되었다.

그날도 군터 경이 예전에 참가했다는 성전(聖戰)에 대해 듣고 있는데, 갑자기 못 보던 얼굴이 보였다. 갈색 피부에 긴 곱슬머리를 가진 귀여운 소년이었다. 눈망울은 송아지처럼 커다랗고 인상은 순진해 보였다. 뭔가 말 잘 듣고 사랑스러운 아이를 찾아야 한다면 이 소년이 딱 맞다는 생각이 들 정도였다.

"넌 누구지?"

레이놀드가 궁금하여 묻자 군터 경이 대신 대답했다.

"제 아들놈입니다."

"저…… 경, 연세가 어떻게? 혹시 제가 잘못 알고 있는 건가요?"

"아하하하, 민망합니다. 늘그막에 새로 얻은 부인 덕분에……."

그는 부끄러운 듯 말을 흐렸다. 그러고 보니 군터 경의 어린 부인은 예쁘다고 소문이 자자했다. 소년의 모습을 보아하니 어머니가 대단한 미인인 것 같았다. 레이놀드는 소년이 마음에 들어 육포를 몇 개 쥐여 주었다.

"아버지를 닮는다면 훌륭한 기사가 되겠구나."

"네, 전 꼭 아버님처럼 훌륭한 기사가 될 거예요. 그리고 마상시합에서 우승해서 공주님과도 결혼할 거고요."

군터 경은 늦둥이의 야심 찬 대답이 마음에 들었는지 큰 소리로 웃었다.

"그래 이 녀석아, 내 공주의 시아버지가 돼서 갖은 호사를 누려보자꾸나."

아이는 똘똘하고 영민해 레이놀드는 녀석과의 대화가 즐거웠다. 그때 군터 경이 조심스럽게 입을 열었다.

"영주님."

"네."

노기사는 결심한 듯 말했다.

"부족한 녀석입니다만, 종자로 거둬 주십시오."

젊은 영주는 왜 소년이 나타났는지 알게 되었다.

'그러고 보니 기사가 되었는데 종자 하나가 없군.'

보통 영주는 여러 명의 종자를 데리고 다닌다. 물론 그 수는 영주의 재력과 권세에 따라 다르다. 서넛밖에 없었던 제온 영주 같은 사람도 있는가 하면 하드스톤의 스랜도르 경에게는 1백여 명의 종자가 있었다. 레이놀드는 잠시 소년을 바라보고는 마음을 굳혔다.

"알겠습니다. 감사합니다, 경."

그가 허락하자 군터 경은 기쁜 듯 미소 지으며 아들의 머리를 쓰다듬었다.

"앞으로 영주님을 잘 모셔야 한다."

"네, 아버지."

어린 소년은 씩씩했다.

*　　　*　　　*

작전은 신속하게 진행되었다. 머지않아 대주교와 대영주의 전쟁이 시작될 예정이었다. 옥타비누 대주교는 병력 2천을 보내며 문글라스를 점령해 달라고 부탁했다. 문글라스 영주 우만 그레스바르는 캉브레 경의 오랜 가신이었고 실버레이크와는 악연이었다. 레이놀드는 주저 없이 대주교의 명을 따르려고 했으나 라 파뇰이 제동을 걸었다.

"소집군주님, 이런 세력 다툼에선 영원한 적도 영원한 친구도 없습니다."

레이놀드는 그의 의견에 의아해하며 물었다. 현명하고 뛰어난 전략가인 그가 허튼소리를 할 것 같지는 않았다.

"뭔가 다른 견해가 있으십니까?"

라 파뇰은 고개를 끄덕였다.

"대주교님이 우리의 든든한 지원자인 건 사실입니다만, 어디까지나 서로의 이득이 같기에 손을 잡고 움직이는 것뿐입니다. 물론 교회의 정의와 로랑 경의 악마 숭배는 이 분쟁에서 더할 나위 없는 명분이지요. 하지만 이런 세력 다툼에서는 최대의 이익을 얻는 게 우선입니다."

사실 레이놀드도 말 잘 듣는 어린아이처럼 순진하게 대주교가 지정한 곳으로 갈 생각은 없었다. 다만, 그런 행동을 어디까지 유지하느냐에 대해서는 아직 결론을 못 내린 상태였다.

"전대장, 그래도 도리에 어긋나는 일을 해서는 안 됩니다. 대주교님은 우리의 후원자입니다."

"물론 알고 있습니다. 하지만 지금 상황에서 문글라스를 공격하는 것은 상책(上策)이 아닌 중책(中策)입니다. 제가 알아본 바로는 문글라스는 차지하기 어려운 지역인데다 손에 들어와도 부유한 곳이 아니기에 별 이익이 없을 것입니다."

손가락을 동글게 말아 동전 모양을 만들었던 그는 검지를 펴 안달루시아를 가리켰다.

"만약 항구 도시인 안달루시아를 점령하면 이 부유한 도시의 막대한 이익을 취할 수 있습니다. 거기에 더 좋은 건 그다음입니다."

"그다음이요?"

레이놀드가 슬슬 흥미를 보이자 전대장은 자신 있게 말을 이어갔다.

"그렇습니다. 안달루시아 점령 후 내해를 이용해 불시에 이쪽 스타폴이나 캉브레 령의 주요 해안 도시들을 급습하면 어떨까요?"

"아!"

젊은 영주는 그의 혜안에 무릎을 쳤다. 잘만 하면 힘들고 소득 없는 싸움을 피해 노른자만 빼먹을 수 있을 것 같았다.

물론 대주교의 말을 무시한 것이 되지만 성과만 나오면 그도 크게 추궁하지 않을 것이다. 게다가 이 부유한 상업 도시들을 먹어 치우면 대주교가 불평하지 않을 만한 황금을 충분히 마련할 수 있을 것이다. 전대장은 소집군주가 만족스러운 표정을 짓는 것을 보고 미리 생각한 것들을 설명했다.

"게다가 이쪽 도시들에 자리를 잡으면 저희와 캉브레 령 사이의 방파제 역할을 하는 문글라스의 의미가 옅어집니다. 더욱이 문글라스의 우만 그레스바르도는 뒤에 있는 적에게 압박을 받겠죠."

모든 게 이해된 레이놀드는 유쾌한 기분으로 웃었다. 그는 곧장 한 도시를 가리켰다.

"상륙은 반드시 코르도바로 갑시다. 아마 이곳을 점령하면 그 뚱뚱한 우만이 아주 난처하게 될 겁니다."

젊은 영주가 원하는 코르도바는 콜드스트림 강 하류와 숙녀의 바다가 만나는 지점에 있는 커다란 무역도시로, 척박한 문글라스의 우만 영주는 대부분의 물품 수입을 이곳에 의존하고 있었다.

이곳은 캉브레 령이면서도 문글라스로의 입구이며 그의 생명줄이었다. 레이놀드의 결정에 라 파뇰은 고개를 끄덕였다. 그는 자신이 섬기는 군주가 점점 영민해지는 모습에 기분이 좋아졌다.

"훌륭한 결정입니다, 소집군주님. 그리고 안달루시아로의 진격은 소집군주님께 주워진 기회를 좀 더 효과적으로 이용할 수 있을 것입니다."

"기회를 능동적으로."

라 파뇰은 그 점이 중요하다는 듯 고개를 끄덕였다.

"그럼요. 같은 기회라도 수동적으로 대하느냐, 능동적으로 대하느냐는 천지차이가 납니다. 설령 코르도바를 위시한 캉브레 령의 해안 도시를 차지하지 못하더라도 부유한 안달루시아를 가질 수 있다면 그걸로 좋은 것입니다. 게다가 최근 안달루시아 영주 라후너 더얼리의 정치적 노선이 실버레이크의 근심거리였지 않습니까?"

소문에 의하면 더얼리 경이 최근 스타폴에 여러 번 왕래한 듯했다.

"다만, 명분이 없는 게 걸리는군요. 이래선 뭐라고 선전포고를 해야 할지 고민 좀 해 봐야겠는걸요?"

레이놀드의 고민에 라 파폴이 의아하다는 듯 물었다.

"뭐 하러 선전포고를 합니까?"

＊　　　＊　　　＊

7월 4일, 레이놀드는 전쟁을 개시했다.

그는 이미 징집병 2천을 소집하고 있었고, 대주교가 보낸 전문 병사 2천을 더해 4천을 이끌고 번개같이 안달루시아로 진격했다.

교회의 군사들은 목적지가 달라진 데 의문을 제기했으나, 레이놀드가 주요 지휘관들에게 뇌물을 건네며 이미 대주교님과 얘기가 되었다고 말했다.

그러자 그들 손에 쥐여 준 적지 않은 황금 때문인지, 대주교의 위엄 때문인지, 교회군 지휘관들은 그에게 전쟁이 끝날 때까지 충성을 다짐했다.

사실 레이놀드는 대주교에게 진격지의 변경을 요청하는 청원서를 보내 놓고 대답도 듣지 않은 채 부리나케 부대를 움직이고 있었다. 후원자가 자신의 결정에 어떻게 반응할지 마음

경솔한정찰 *185*

이 걸렸지만, 그는 남의 손에 얌전히 놀아날 생각은 없었다.

6일부터 바로 전투를 개시했는데 그야말로 기습전이었다. 상대방이 크게 당황한 탓에 작전은 잘 먹혀들었다. 물론 그의 비겁함을 지탄하는 편지가 날아들었지만, 레이놀드는 미안하기는 한데 내 알 바 아니라며 모르쇠로 일관했다.

덕분에 7월 중순쯤 레이놀드는 이미 더얼리 령의 47개의 마을과 9개의 관문 요새, 3개의 도시를 점령했다. 다급해진 안달루시아의 영주는 부랴부랴 징집병과 해상을 통해 지원받은 전문 병사들을 끌어모았다. 라후너 더얼리는 부유한 도시의 영주답게, 급하게 모았음에도 무려 6천의 병력을 마련했다. 그는 그 숫자에 자신감을 가졌는지 기세등등하게 성을 나왔다. 회전(會戰)이야말로 내습한 적을 일시에 격멸하기에는 최고의 방법이란 판단을 내린 듯했다.

그렇게 양측의 군대는 서로를 향해 전진했고 닷새 후면 안달루시아 근처에 펼쳐진 평야 지대에서 만날 것 같았다.

레이놀드는 기사가 된 후 여러 가지가 달라졌다. 그중 하나는 종자가 생겼다는 것이다. 그는 여태껏 내키지 않아 종자를 받지 않았지만, 영주 체면에 주변의 눈치도 있어 종자를 받았다.

바로 군터 경의 늦둥이로, 나이는 13살에 이름은 벤쟈민 구른갈드였다. 레이놀드는 처음에 그 소년이 종자로서의 일을 제대로 해낼까 걱정스러웠다. 그러다 자신은 더 어린 나이에 추운 북부로 떠났음을 기억해 냈다.

소년은 걱정과 다르게 맡은 일을 척척 해 나갔다. 무거운 쇠방패나 기병창을 들고 자신을 쫓아다니는 모습에 젊은 영주는 살며시 미소를 짓곤 했다.

레이놀드는 이제야 북부에 막 도착한 어린 자신을 바라보던 제온 영주의 눈빛을 이해하게 되었다. 묵묵히 과거를 회상하던 그는 자신도 스승처럼 종자를 강하게 단련시키기로 작정했다.

"벤쟈민, 더 빠르게 움직여라. 나는 기다리는 것을 좋아하지 않는다."

"네! 영주님!"

지위가 사람을 만드는 것인지도 모른다. 이제 레이놀드에게서 종자의 모습은 온데간데없고 군주의 위엄이 넘쳐 났다. 얼굴에는 기다란 흉터까지 있어서 어린 벤쟈민은 바짝 얼었다. 그럼에도 소년의 목소리는 작아지지 않았다. 레이놀드는 그 점이 마음에 들었다.

"서둘러라, 정찰을 나갈 것이다. 보세앙은 입고 가지 않겠다. 장궁과 썬더만 챙기도록."

"알겠습니다. 저…… 영주님."

"뭐냐?"

"저도 따라나서고 싶습니다!"

벤쟈민은 눈을 똘망똘망 빛내며 말했다. 그는 단칼에 거절하려다 소년의 적극적인 태도에 마음이 약해졌다.

'크게 위험할 것 같지도 않고 벤쟈민도 말은 잘 타니깐 별로 상관없으려나. 이것도 경험이 될 것인데.'

그는 잠시 숙고한 뒤 고개를 끄덕였다.

"알겠다. 대신 거치적거리면 용서하지 않겠다."

"감사합니다."

힘차게 대답한 종자가 신이나 말을 데리러 가는 모습에 그는 미소 지었다. 그리고 정오가 되기 전 레이놀드는 열 명의 기병을 데리고 출발했다. 경무장한 그들은 빠르게 전진했다. 그가 이번 정찰에 적은 숫자만 데리고 나아가는 것은 안달루시아군의 본대를 보러 가는 게 아니기 때문이었다. 그들은 회전(會戰)이 펼쳐질 것으로 예상되는 평지를 미리 답사하러 갈 계획이다.

"이 지역은 경치가 괜찮군."

"네, 예전에는 가끔 아버지와 이쪽으로도 놀러 오고 그랬어요."

딱히 물어본 것도 아닌데 종자 녀석이 쾌활하게 대답했다. 주변의 넓은 평지 양쪽으로는 산들이 기다랗게 이어져 있었다. 나무는 별로 없는데다 짧은 풀들이 사방을 덮고 있었다. 말들이 목을 축일 만한 실개천 근처에 있던 작은 동물들은 일행의 모습에 화들짝 놀라 도망쳤다.

"아름다운 곳이군."

레이놀드는 씁쓸한 표정으로 중얼거렸다. 이곳은 며칠 후면 사람의 시체로 덮일 것이다. 또 저 실개천에는 피가 흐를 게 틀림없었다.

그렇게 하루하고 반나절을 꼬박 달려간 후 일행은 회전을 하기 더없이 적당한 곳에 도착했다. 과연 그곳은 정찰병들에게 보고 받은 대로 군데군데 있는 덤불 말고는 방해될 만한 지형지물도 없었다. 게다가 지금까지와 다르게 땅바닥은 거친 모래와 메마른 흙으로 뒤덮여 있었다.

레이놀드는 부하들을 이끌고 주위를 이곳저곳을 둘러봤다. 그 뒤에 근처의 산에 올라 전체적인 모습을 보며 작전을 구상했다. 그러는 사이 해가 어느덧 뉘엿뉘엿 넘어가고 있었다.

"오늘은 여기서 묵어야겠군. 바람을 피해 저 덤불 사이에 야영한다."

그가 휘하의 기병들에게 명령하자 그들은 재빨리 모닥불을 피우고 잠자리를 만들었다. 레이놀드는 그 모습을 보며 생각에 잠겼다.

'적은 우리보다 2천이나 더 많아. 뭔가 확실한 대책이 필요해.'

일행의 가운데로 불이 일어났다. 후덥지근한 여름밤이었지만 모기를 쫓고 음식을 하려면 불이 필요했다. 그는 불가에서 조금 떨어져 앉아 부하가 건네준 음식을 먹었다. 소 혓바닥을 넣은 스튜(Tongue Stew)로 그런대로 괜찮았다.

왠지 즐거운 분위기여서 그들은 먹고 떠들기 시작했다. 남부 친구들의 말장난도 적응하니 새로운 재미가 있었다. 그중에 특히 필라보라는 이름의 젊은 기사의 입담이 좋았다. 그래도 레이놀드는 아직 병사들의 말장난을 금세 알아듣지 못하고 멍한 표정으로 있다가 곁에 있던 벤쟈민이 설명해 주면 그제야 웃곤 했다.

레이놀드는 최근 우울한 자신의 기분을 부정하듯 일부러 더 크게 웃었다. 그렇게 밤은 점점 깊어 가자 눈꺼풀이 무거워졌다. 그는 이제 검을 내려놓고 눈을 감으려고 했다.

그런데 그 순간.

뭔가 섬뜩한 감각이 느껴졌다. 아주 작은 발소리와 칼을 뽑을 때 나는 미세한 소리가 들리는 것 같았다. 곁에 있던 아르디오넬이 날카롭게 울자마자 그는 주저하지 않고 소리쳤다.

"전투 준비!"

그가 썬더를 뽑아 들고 일어나자 반쯤 몸을 누이고 있던 병사들은 급하게 병기를 챙겼다.

"와아아아! 쳐라!"

그 순간 함성과 함께 적들이 들이닥쳤다. 갑작스레 사방에서 몰려온 적군에게 아군은 일방적으로 밀려났다. 적군의 수는 그들의 몇 배가 되는 것 같았다. 레이놀드는 적병 하나를 베어 넘기며 후회했다.

'미쳤지, 여긴 우리만 오는 게 아니라 적도 정찰을 할 수 있었는데.'

그런데도 모닥불을 피우고 웃고 떠들어댄 걸로도 모자라 사방이 잘 보이지 않는 덤불 속에 자리를 잡고 있었던 것이다. 그는 자신의 무력을 믿고 응전할까 했으나 적이 너무 많은데다 어둠으로 상황이 불리했다. 잘못하다가는 부하들을 몰살시킬 수 있었다. 주위를 둘러본 레이놀드는 재빨리 명령했다.

"도망쳐! 도망쳐라!"

병사들은 허겁지겁 달아나려 했지만, 그것도 쉬운 일이 아니었다. 레이놀드는 시간을 벌기 위해 즉각 드래고닉 오러를 일으켜 주위를 후려쳤다.

콰콰쾅! 쾅! 쾅!

덤불과 모래가 튀어 올랐고 비명과 함께 적들의 몸이 잘려 나갔다. 그가 흉흉하게 오렌지빛 오러를 휘둘러대자 습격자들은 대경하여 주춤했다. 레이놀드는 사정을 봐주지 않고 연달아 용의 손톱을 뿌렸다.

쾅쾅쾅쾅! 쾅!

적군의 공격에 틈이 생겼다. 레이놀드와 부하들은 기회를 놓치지 않고 즉각 말을 향해 달렸다. 그들은 아슬아슬하게 탈출하는 게 가능할 것 같았다.

"서둘러!"

병사들이 말에 올라타는 것을 보면서 레이놀드는 소리를 질러댔다. 그러다 무언가 허전한 것을 깨달았다.

"벤쟈민!"

그는 애타게 종자를 부르다 적들의 틈바구니에서 허겁지겁 달려오는 벤쟈민을 발견했다. 아무래도 어린 탓에 발이 느렸다. 레이놀드는 그를 구하기 위해 즉각 달려 나갔다.

"안 됩니다! 영주님!"

뒤에서 기사 필라보가 다급하게 소리쳤으나 그는 신경 쓰지도 않았다. 용의 손톱을 뿌리려 했으나, 연달아 두 번이나 사용한 탓에 아직 여의치 않았다. 그는 급한 대로 벤쟈민을 쫓아오는 녀석의 머리에 검을 박아 넣었다.

퍽!

명검 썬더가 적의 투구를 단번에 잘랐다. 그때 화살이 날아들었고 레이놀드는 검으로 그것을 단번에 쳐냈다

캉!

단단한 썬더에 부딪힌 화살이 충격을 이기지 못하고 부러져 공중에 튀어 올랐다. 뒤에서는 아군이 다급한 목소리로 재촉하고 있었다.

"영주님! 위험합니다!"

그들은 엄호를 위해 말 뒤에 숨어 활을 쏘아 댔다. 주인 대신 안장에 화살을 얻어맞은 군마가 놀라서 제자리에서 펄쩍 뛰어댔다. 그사이 레이놀드는 벤쟈민을 말에 태우고 자신도 급하게 올라탔다.

"이랴!"

다급함에 있는 힘껏 박차를 가해 앞으로 튀어 나갔다. 그러자 애만 태우고 있던 정찰병들도 활을 집어던지고는 급하게 승마했다.

"하앗!"

말을 달리던 레이놀드는 간신히 탈출에 성공했음을 알았다. 미처 도망가지 못하고 죽은 자들도 있으나 일단 안도의 한숨이 나왔다.

그러나 그 순간.

등 뒤에서 충격이 느껴졌다. 동시에 고통스러운 신음이 흘러나왔다.

"윽! 으으……."

레이놀드는 놀라 다급하게 돌아보았다. 눈앞의 광경은 마치 시간이 느리게 가는 것 같았다. 충격으로 동공이 커진 종자가 등에 화살을 박은 채 안장에서 떨어지고 있었다. 놀란 그가 정신을 차렸을 때 이미 말은 15미터 이상 달려 나갔고 쓰러진 벤쟈민에게 적들이 이리떼처럼 달라붙고 있었다.

"안 돼!"

레이놀드는 황급히 말을 멈추려고 했다. 그런데 그 순간 누가 번개처럼 다가와 영주의 말고삐를 잡아챘다. 그 탓에 양쪽에 고삐를 잡힌 말이 방향을 잃고 날뛰어 레이놀드는 거의 낙마할 뻔했다. 하지만 용케 균형을 잡았다.

"안 됩니다!"

말고삐를 잡은 사람은 필라보였다. 대단한 승마술을 가진 이 젊은 기사는 자신의 말과 레이놀드의 말을 동시에 끌었다. 레이놀드는 분통이 터졌지만 필라보가 왜 그러는지 알았기에 이를 악물었다. 대신 급히 아르디오넬에게 소리쳤다.

"가서 어떻게 되었는지 봐 주세요!"

작은 용은 대답도 없이 짧은 울음소리만 남기고 어둠 속으로 사라졌다.

"제길."

욕설을 내뱉은 레이놀드는 이제 말을 달리는 데만 집중했다. 필라보도 자신의 군주가 더 이상은 무모한 짓을 하지 않으리라고 생각했는지 말고삐를 놓고 떨어졌다. 열심히 달리는 그들의 앞으로는 달빛에 드러난 평야가 펼쳐졌고, 실개천에는 일렁이는 보름달이 비추고 있었다.

'나 때문이야, 나 때문에 아무것도 모르는 벤쟈민이!'

레이놀드는 말할 수 없이 비참한 기분이었다. 곧 그는 군마를 몰아 개천에 내려앉은 달을 신경질적으로 부숴 버리고는 어둠 속으로 사라졌다.

6장
앞만 보니 별이 보이지 않지

DRAGON
KNIGHT

드워프들은 고대의 마법과 강철, 화로와 모루를 다룬다. 또한 엄청난 주량, 강한 인내심, 쉼 없는 노동과 보석과 철에 대한 집착으로 유명하다. 다부지고 체격이 좋으며 130센티미터 정도의 키에 300세까지 살 수 있다. 그들에게 제일 존경 받는 자는 훌륭한 대장장이와 용이나 거인을 살해한 전사이다. 홉고블린과는 사이가 안 좋아 그들 세계에서 군사적 업적을 쌓으려면 홉고블린 전진 기지를 공격하는 것도 아주 좋은 방법이다. 드워프는 손재주가 뛰어나 여러 가지 물건을 만든다. 특히 그들이 만든 검은 뛰어난 품질을 자랑한다. 뜨겁게 달군 철을 수백 수천 번 두들겨 쇠심줄처럼 질기게 만든다. 그렇게 만든 검의 날은 탄력이 있고

충격을 잘 흡수하기에 어지간해서는 부러지지 않는다.

—킨세린의 『서대류의 종족들』 中

　몇 시간 뒤, 레이놀드는 필라보와 스탕달이란 이름의 기사
만 남기고 나머지 인원은 부대로 돌려보냈다. 물론 그 과정에
서 레이놀드가 안전 지역으로 가야 한다며 실랑이가 있었지
만, 그는 벤쟈민을 구출하러 가겠다고 단호하게 말했다. 그는
처음엔 자신의 종자에 대해 거의 포기하고 있었는데, 어둠 속
으로 날아가 적을 살폈던 아르디오넬이 벤쟈민이 살아 있다는
소식을 가지고 왔다.

　그녀는 적들이 종자를 살해하지 않고 포로로 잡았다고 했
다. 그 말은 들은 레이놀드는 기사 둘을 데리고 몰래 적지로
잠입하기로 한 것이다. 출발하기 전 육포로 요기하던 필라보
가 말했다.

　"지금이라도 포기하시는 게 어떻습니까? 군대의 틈바구니
로 파고 들어가 사람을 구한다는 건 아무나 할 수 있는 일이
아닙니다. 영주님께서 강한 건 알고 있지만, 수백 명이 달려들
면 꼼짝도 못하실 겁니다."

　옆에서 스탕달도 거들었다.

　"살려둔 걸 보니 몸값을 요구하려고 한 것 같습니다. 차라
리 돈을 주고 구해내는 게 훨씬 유리합니다. 부디 헤아려 주십
시오"

사실 스탕달의 말이 맞았다. 그러나 레이놀드는 지금 자책감과 분노에 사로잡혀 있었다. 반드시 종자를 자신의 손으로 구하고 적들에게 상당한 타격을 줘야 마음이 풀릴 것 같았다. 그는 부하들이 제시한 문제에 대하여 이번 일이 진군해 오고 있는 아군에 도움이 될 것이라고 변명했다.

'잘만 하면 회전 전에 적의 사기를 꺾을 수도 있을 것이다.'

대체로 현실적인 그지만 레드포레스트에서 제온 경이 죽는 등의 충격을 겪은 후로 흥분하면 때때로 공황장애 같은 증상이 왔다. 그 때문에 지금처럼 사태를 냉철하게 파악하지 못하는 일이 있곤 했다. 심장이 주체하기 힘들게 두근두근 뛰었고 분노가 계속 일어났다. 도저히 현실적인 결정을 내릴 수 없던 레이놀드는 오히려 스탕달에게 면박을 줬다.

"자네의 용기가 그 정도라면 당장 말을 돌려 본영으로 돌아가게. 난 반드시 벤쟈민을 구하러 가야겠어."

영주의 태도가 완고하자 결국 두 기사는 고개를 숙였다.

"메이산 경의 후계자에 대한 저희의 충성은 변하지 않았습니다. 끝까지 영주님과 함께하겠습니다."

"좋다."

곧 그들은 말을 움직였다. 이대로 하루하고 반 정도를 꼬박가면 안달루시아 군의 주둔지에 도착할 수 있을 것이다. 레이놀드는 어깨 위에 앉아 있는 아르디오넬에게 부탁했다.

"넬, 가서 적의 위치와 벤쟈민이 어디에 잡혀 있는지 가능하면 확인해 주세요."

"응."

짧게 대답한 그녀는 점점 높이 솟아오르더니 빠른 속도로 사라졌다. 다음날 밤, 셋은 안달루시아군의 천막들이 보이는 곳까지 도착했다.

아르디오넬은 몇 시간 전 그들이 바위틈에 자고 있을 때 돌아와 여러 정보를 들려줬다. 그녀가 말을 하는 건 비밀이었지만 상황이 상황인지라 더는 숨길 수가 없었다. 레이놀드는 놀라서 입이 딱 벌어진 필라보와 스탕달에게 묵언의 맹세를 요구했다.

"기사의 명예를 걸고 약속하겠나?"

"물론입니다, 영주님."

"좋아, 궁금하기도 하겠지만 일이 끝날 때까지 질문을 받지 않겠다."

"네!"

"자, 그럼 넬, 본 걸 말해 주세요."

그녀는 운이 좋게도 벤쟈민이 잡혀 있는 곳을 알 수 있었다고 했다. 하늘 위에서 계속 막사의 수많은 건물을 살피던 아르디오넬은 등에 붕대를 잔뜩 감은 소년이 어디론가로 끌려가는 장면을 목격한 것이었다. 그 덕분에 구출 작전에는 파란불이 켜졌다.

"넬의 인도를 받아 신중하게 접근한다."

선두에 선 레이놀드는 작은 목소리로 명령했다. 그도 그랬지만 다들 무장상태가 훌륭하지 못했다. 가죽옷에 검 한 자루씩만 들고 있어서 중무장한 보초들과 싸움이 붙으면 힘들어질 게 뻔했다.

그 사실을 우려한 레이놀드는 가급적 몰래 일을 끝낸 뒤, 막사에 불을 지르며 빠져나온다는 계획을 세웠다. 물론 그 이상적인 작전이 성공할지는 알 수 없었지만, 그는 망설이지 않았다.

근접할수록 시끄러운 노래와 사람들이 즐겁게 떠드는 소리가 들려왔다. 스탕달이 조용히 말했다.

"흥에 겨운 목소립니다. 아마도 그 작은 승전에 들떠 술을 마시고 있는 것 같습니다. 저희에겐 잘되었군요."

"그럼, 이제부터 적은 숫자긴 하지만 습격자들이 있다는 사실을 똑똑히 가르쳐주자."

일행은 말을 안전한 곳에 숨겨 두고 그림자처럼 어둠에 녹아 들어갔다. 그들의 움직임은 아주 조심스러웠다. 신중을 기해 움직였기에 시간이 오래 걸렸고, 자정이 넘도록 침투는 계속되었다. 그사이 점점 막사의 활기참과 시끄러움은 사라지고 있었다. 일행은 부대의 측면으로 한참 우회한 뒤 그곳에서 적들이 완전히 조용해질 때까지 기다리기로 했다.

"잠깐 눈을 붙이는 게 좋겠습니다."

스탕달의 제안에 젊은 영주는 고개를 끄덕이며 바위에 몸을 기댔다. 그의 품으로 아르디오넬이 파고들었고 레이놀드는 그녀의 몸을 손가락으로 쓰다듬었다. 보석같이 빛나는 그녀의 비늘이 손톱에 걸려 차르르륵 하는 소리를 냈다. 그는 그 느낌에 감탄하며 잠시 하늘을 올려다봤다.

"와!"

그곳에는 절로 탄성이 나올 정도로 멋진 별 무리가 있었다.

'어둠이 깔릴 때부터 머리 위에 수도 없이 떠 있었는데 왜 보지 못한 걸까.'

레이놀드는 지나친 집착이 정작 소중한 걸 보지 못하게 하는 건가 하고 걱정스러웠다. 그리고 복수만을 위해 내달리는 자신의 모습이 나중에 후회를 만들지 않을까 염려스러웠다.

'생각이 많으면 몸이 굼뜨게 되는 거야. 그만하자.'

다소 철학적인 생각을 하던 그는 눈을 감았다. 그리고 곧 누군가 자신을 흔드는 것을 느꼈다. 목소리를 들어보니 필라보였다. 의식하지 못했는데 잠깐 사이 잠이 든 것 같았다. 정신을 차리고 보니 시간이 꽤 지난 모양이었다.

적 주둔지의 소음은 완전히 사라졌고 야행성 동물들이 만드는 소리도 전혀 들리지 않았다. 아직 깜깜했지만, 아마 여명이 몇 시간 남지 않은 것 같았다. 요정도 잠드는 깊은 새벽이었다.

"서둘러야 합니다."

이미 준비를 마친 스탕달의 말에 레이놀드는 뻣뻣하게 굳은 몸을 이리저리 풀었다. 한기가 뼛속까지 파고든 듯 입에서는 고통스러운 신음이 흘러나왔다.

"가자."

준비를 마친 레이놀드가 짧게 명령한 뒤 앞장섰다. 필라보와 스탕달도 조용히 그를 따랐다. 아르디오넬이 날아올라 그들의 안내자가 되었다. 먼저 가서 주위를 살피고 온 그녀의 말에 따라 주둔지의 한쪽 면으로 다가갔다.

막상 그렇게 적의 진지까지 오게 되자 그는 새삼 자신이 얼마나 위험한 일을 하는지 깨닫게 되었다. 그러나 돌아갈 생각은 없었다.

"여기서 막사를 일곱 개 더 지나가야 해."

아르디오넬 작게 속삭였다. 그들은 어둠 속에 미끄러져 이동하는 중 말 울음소리가 들렸다. 근처에 임시로 만든 마구간이 있는 게 틀림없었다.

"잠시 정지."

레이놀드는 모두를 멈추게 한 후 명령했다.

"벤쟈민의 구출도 중요하지만 적을 타격하는 것도 중요하다. 필라보."

"네, 영주님."

"가서 군마들을 풀어놓은 다음에 불을 놓는다."

마침 근처에는 불길이 사그라지는 중이었지만 불을 피웠던 양철통이 보였다. 옆에는 군인들이 쓰는 횃불이 여러 개 놓여 있었다.

"알겠습니다."

"스탕달."

"네, 영주님."

"자네는 저 오른쪽에 보이는 보급품을 보관하는 막사에 불을 지르게. 아르디오넬의 말로는 안에 밀이나 보급품들이 잔뜩 있다고 하네."

"알겠습니다."

"그리고 둘은 일단 자리에서 기다리다 15분 후 시작하게. 하지만 만약 소란이 일어나는 것 같으면 바로 불을 지르고 도망가."

"네."

기사들의 대답을 듣고 레이놀드는 정령용의 안내를 받아 나아갔다. 만약의 사태를 대비해 이미 썬더를 손에 단단히 쥐고 있었다.

그렇게 몇 개의 막사를 지난 뒤 아르디오넬이 어느 막사의 위로 올라가 내려앉았다. 레이놀드는 알겠다는 듯 고개를 끄덕였다. 조심스럽게 안으로 들어가니 포로수용소라기보다는 환자들의 병동이라는 느낌이 들었다.

아직 전쟁이 나기 전이라 침상에는 사람이 거의 없었고, 바닥에 잠든 병사 한 명과 간이 침상에서 잠든 의사로 보이는 자가 있었다.

조심스레 주위를 두리번거리던 레이놀드는 잠들어 있는 벤 쟈민을 발견했다. 그런데 반가운 마음에 조금 서두르다 검집이 막사의 기둥에 부딪혔다.

캉.

짧고 큰 소리가 주위를 울렸다. 그 소음에 누워 있던 의사가 어리둥절한 표정으로 몸을 일으켰다. 놀란 레이놀드는 주저 없이 검을 그의 심장에 박아 넣었다.

푹!

큰 소리가 나진 않았지만 음산하고 끔찍했다. 늙은 의사는 충격으로 눈동자가 커져 레이놀드는 쳐다봤다. 그 눈에는 공포가 가득 담겨 있었다.

그는 입에서 피를 토하고 뒤로 쓰러져 일어나지 못했다. 꽤 시끄러웠는데 다행히 자고 있는 병사는 일어나지 않았다.

'안 들켰군.'

그는 안도의 한숨을 내쉬다가 무언가가 퍼뜩 생각났다. 자신이 처음으로 살인을 했다는 사실을. 죽은 의사는 홉고블린이 아니라 같은 인간이었다.

레이놀드는 그를 홉고블린처럼 아무 거리낌 없이 죽였음을 깨닫고는 갑자기 피어오르는 섬뜩함에 몸을 떨었다. 그는 조심스럽게 죽은 의사의 얼굴을 쳐다보았다. 눈을 감고 있는 노인의 인상은 선량해 보였다.

'내가 이런 사람을 아무렇지도 않게 찔렀다. 누군가의 소중

한 가족일 텐데.'

그리고 그는 이런 선량한 남자들 수백 수천 명이 쓰러져 죽을 것임을 인식했다. 자신이 하고 있는 전쟁은 자유를 위해 홉고블린과 싸우는 게 아니라, 복수라는 미명 아래 벌어지는 정치와 권력의 어두운 향연일지도 모른다는 사실이 그를 두려움에 떨게 했다.

'아니다. 나는 아버지의 복수와 정의로운 대주교님을 돕는 것뿐이다.'

그렇게 생각하며 고개를 젓자 조금 마음이 나아졌다.

'그래, 이건 올바른 싸움이야.'

마치 하늘 위에 있던 별을 쳐다보지 못했던 것처럼 보고 싶은 것만 보려 하자 다른 면은 보이지 않게 되었다. 편리한 기만이 레이놀드의 눈을 감겨주자 공포심은 빠르게 사라져 갔다. 냉철함을 되찾은 그는 시간이 없다는 걸 상기하고는 재빨리 벤쟈민을 깨웠다.

"누구?"

뒤척이며 일어난 소년은 주인을 보고 놀란 듯 눈을 크게 떴다. 레이놀드는 재빨리 벤쟈민의 입을 막고 말했다.

"구하러 왔다. 움직일 수 있겠나?"

영민한 종자는 사태를 금세 이해하고는 고개를 끄덕였다. 곧 둘은 막사를 나와 조심스럽게 이동했다. 하지만 벤쟈민은 활에 맞았기 때문에 걷는 게 부자연스럽고 힘들어 보였다.

"불편한가?"

"아닙니다, 영주님."

"업혀라."

"제가 어찌 감히……."

벤쟈민이 감히 그럴 수 없다는 태도를 고수하자 레이놀드는 반강제로 소년을 둘러업고 달렸다. 이미 스탕달과 필라보가 일을 수행하고 있을 시점이었다. 서둘러야 했다. 그때 여기저기서 사람 목소리가 들려왔다. 아무래도 수하들이 행동에 나선 게 틀림없었다.

"넬, 혹시 불을 뿜을 수 있으세요?"

레이놀드가 다급하게 묻자 작은 용은 짧게 대답했다.

"물론이지. 난 용이라고."

"그럼 이 근처 막사들에 불을 뿜어 주실 수 있으세요?"

그녀는 조금 망설였다.

"아, 그건 협정에 어긋날 것 같은데."

"아니에요. 어디까지나 간접적인 도움이라고요. 난 안달루시아 군에게 불을 뿜어달라고 한 적 없어요. 막사를 태워 달라고 했지."

짧게 고민하던 그녀는 긴 목을 끄덕였다.

"알았어. 불을 지르고 따라갈 테니 먼저 도망가. 내가 시간을 벌어 볼게."

"고마워요, 넬."

아르디오넬은 레이놀드와 얘기하다 벤쟈민이 자신을 놀란 눈으로 쳐다보는 것을 보고 웃었다.

"호호호, 레이놀드, 여기 묵언의 맹세를 시킬 친구가 하나 더 늘었구나."

그 말을 하고는 그녀는 사뿐히 날아올랐다. 그리고 작은 몸뚱이에 어울리지 않는 무시무시한 불꽃을 사방에 토해 내기 시작했다. 그 사이 레이놀드는 벤쟈민을 엎고 약속된 장소로 달려갔다. 이미 주변은 고함으로 가득했다.

"영주님!"

짧은 외침이 들려왔다. 구석에서 숨어 있던 필라보가 일어나 그를 불렀다. 레이놀드는 급히 기사를 향해 달렸다. 그때 옆에서 적들이 나타나 소리쳤다.

"웬 놈들이냐!"

덩치 큰 경비병 세 명이었다. 레이놀드는 벤쟈민을 내려놓고 재빨리 베어 넘기려고 했으나 그럴 틈도 없었다. 막 나타난 스탕달이 순식간에 두 명을 쓰러뜨렸고, 필라보가 장검을 그대로 던져 나머지 녀석의 배에 박아 버렸다.

"대단하군!"

레이놀드는 놀랐다는 표정으로 엄지를 올려주고는 재빨리 앞으로 달려나갔다. 말이 숨겨진 곳까지는 한참 걸렸기에 적들이 혼란을 수습하기 전에 기민하게 움직여야 했다.

"서둘러!"

급하게 편성된 추적자들이 발자국을 쫓을 무렵, 이미 세필의 말이 실버레이크의 본영을 향해 신 나게 달리고 있었다.

*   *   *

"도대체 저는 영주님께서 무슨 생각으로 그러신 건지 모르겠습니다."

라 파뇰이 자신의 고용주에게 계속 잔소리를 했다. 잘못을 절감하고 있는 레이놀드는 미안하다는 표정을 짓는 것 말고는 도리가 없었다. 하마터면 전쟁을 앞두고 지휘관이 전사할 뻔한 것이다.

그런데 그걸로 모자라 벤쟈민을 구하러 갔다는 이야기를 듣고 라 파뇰은 그답지 않게 길길이 날뛰었다. 레이놀드는 처음 보는 그의 태도에 조금 주눅이 들어 다음부터 조심하겠다고 사정을 했다

"차후로 이런 행동은 용납할 수 없습니다. 또 이러시면 계약을 해지하고 나갈 테니 알아서 하십시오."

전대장이 엄포를 놓자 그는 많이 반성한 표정을 상대에게 보여주기 위해 열심히 노력했다. 결국 수고가 가상했는지 라 파뇰은 보병부대의 지휘를 위해 가 버렸다. 그는 급하게 가르친 장창 전열이 요번 싸움에서 빛을 발휘할 것이기에 여러 가지로 신경을 쓰고 있었다.

지금 그들은 이틀 전 벤쟈민이 납치되었던 그곳에서 안달루시아군과 대치하고 있는 있었다. 양 부대는 서로를 향해 차곡차곡 전진했고 결국 어젯밤 늦게 서로를 마주하고 행군을 멈췄다.

그리고 다음날 정오가 지난 지금 두 진영은 전투를 개시하기 직전이었다. 그야말로 폭풍 전야, 지나가던 새조차 울지 않았다.

"영주님, 전 부대의 기동 준비가 끝났습니다."

늙은 군터 경이 말을 몰고 다가와 보고했다. 레이놀드는 벤쟈민의 일 때문에 그를 볼 면목이 없었으나, 지금은 영주로서 얼굴에 철판을 깔기로 했다.

그는 고개를 끄덕인 뒤 큰 소리로 명령을 내렸다.

"부대 앞으로!"

뿔나팔 소리가 울려 퍼졌다. 동시에 군악대의 힘찬 북소리가 사방을 울렸다. 박자에 맞춰 4천 명이 넘는 실버레이크군이 천천히 전진했다.

그 앞에는 레이놀드가 앞장섰는데 어깨에 용을 올려놓고 화려한 보세앙을 입은 그는 누가 봐도 위엄 있어 보였다.

젊은 영주는 햇빛 아래 유난히 노란빛으로 반짝이는 썬더를 빼 들고 선두에서 말을 몰며 소리쳤다. 그의 목소리에 군악대가 일제히 멈췄다.

"우리는 오늘! 대주교님의 의지를 거스르는 저 사악한 자들에게 죄를 물으려 한다. 반드시 교회의 정의와 왕의 평화는 지켜져야 한다. 우리가 정의를 위해 모든 형제를 대표해 이 자리에 있음을 자랑스러워해야 마땅하다. 앞으로 일주일 후면 함께하지 못한 동료와 친구들이 지금 우리를 부러워하게 될 것이다. 그들이 가질 수 없었던 명예와 긍지에 대한 아쉬움을 후회하면서 말이다."

레이놀드의 목소리가 사방을 쩌렁쩌렁 울렸다. 그는 이제 제법 괜찮은 연설을 해서 병사들의 마음에 사기를 고양시켰다. 하지만 자기 버릇은 못 버리는 법. 거기까지 하면 좋았을 텐데 쓸데없이 몇 마디 덧붙이고 말았다. 표범이 제 무늬를 지우지 못하듯 사람 성격이란 게 좀처럼 변하는 게 아니다.

"또한, 이 전투에서 승리하면 안달루시아의 부유한 창고를 제군들을 위해 열겠다. 최근 입수한 정보로는 안달루시아 항에는 부유층을 위해 수입해 온 미모의 여자 노예들이 있다고 한다. 적의 주요 장교나 지휘관을 살해한 자에게 노예를 나눠주겠다."

지휘관의 갑작스러운 말에 병사들은 당황했다. 방금까지 교회와 정의, 평화가 어쩌고 하던 양반이 갑자기 노예와 금에 대해 얘기하고 있는 것이다.

케스핀에서는 교회법에 따라 노예란 말은 지독한 금기 사항이었다. 안달루시아에 불법적으로 수입된 여자들은 사실 전란의 소용돌이에 말려 약탈당한 불쌍한 여자들로, 노예라고 불릴 존재들은 아니었다.

그러나 레이놀드는 이미 이런 이야기로 하드스톤 전투에서 한 번 재미를 본 적이 있다. 그는 미소를 잃지 않고 추가적인 포상을 제안했다.

"부족한가? 알겠다. 여자 노예에 추가로 금화 스무 개를 주겠다!"

짧은 침묵이 흐르고 열광적인 호응이 터져 나왔다. 물론 소리를 지른 건 실버레이크의 징집병들뿐이었다. 교회군은 점잖을 떨고 있으나 표정은 상기돼 있었다. 원래 금기란 매력적인 법이다. 이제 그들은 안달루시아군을 박살 내지 않고는 견딜 수 없을 정도로 기세가 올라갔다. 지휘관인 레이놀드는 흡족한 미소를 지었다.

"이거 엄청 잘 먹히네. 북부나 남부나 똑같군."

갑자기 아르디오넬이 화난 목소리로 말했다.

"너 말이야, 정말 여자 노예들을 부하들에게 나눠 줄 거야?"

"갑자기 그건 왜 물어요?"

젊은 영주가 뭘 그런 걸 묻느냐는 투로 대답하자 그녀는 조금 머뭇거렸다.

"왠지 너답지 않아서."

"하하하, 저 다운 게 뭔지 모르겠지만, 나눠주지 않습니다. 노예라니 당치도 않은 말입니다. 그냥 사기진작 차원에서 전술적인 뻥을 좀 쳐 본 거죠. 그들은 자유민으로 풀어 주려고요. 부하들에겐 모두 도망가서 없다고 하면 되겠죠."

"불평이 나올 텐데?"

"금을 더 쑤셔 주면 금방 불만을 잊어버릴 겁니다. 원래 공약이란 게 다 그런 겁니다. 약속한 거 제대로 지키는 영주 봤어요?"

작은 용은 기가 막힌다는 표정이 되었다.

"아무튼, 그 재물로 해결하는 버릇을 고쳐. 안 그러면 나중에 큰 낭패를 볼 거야."

"명심하겠습니다."

아르디오넬은 심드렁한 표정으로 말을 이어갔다.

"그건 그렇고 정말 한심해. 어째서 인간 남자들은 인간 여자 이야기만 나오면 저렇게 흥분하는 거야? 마치 원숭이들 같잖아."

그 말에 레이놀드는 불경한 변명을 했다.

"신께서 그렇게 창조하신 걸 어떻게 합니까?"

"핑계 대기는! 내가 본 남자 인간들은 거의 다 여자의 엉덩이와 가슴에 인생의 반을 걸고 있는 것 같았어."

레이놀드가 조심스럽게 물었다.

"그 말씀에는 저도 포함입니까?"

"당연하지. 난 알 속에서도 네가 아리엘의 주책없게 큰 가슴을 몰래몰래 쳐다보는 걸 봤다고."

"주책없다니요! 아, 그건 그렇고 알에서 어떻게 그런 걸 봐요!"

"말 안 했나? 난 봉인된 상태에선 눈으로 무언가를 본 것이 아니야. 의식과 마법의 힘이었지. 그건 그렇고 너 꽤 흘깃거리더구나, 이 음흉한 놈."

"으으."

"좋았냐? 어? 훔쳐보니깐 좋았어?"

레이놀드는 얼굴이 달아올랐다. 그리고 곧바로 이 동부식 투구의 맹점을 알게 되었다. 투구의 챙 아래 얼굴이 훤히 들어나 표정을 감출 길이 없는 것이었다. 아르디오넬은 능글맞은 목소리로 그의 투구를 깨물었다.

"왜, 부끄럽니? 하지만 더 부끄러운 건 그게 아니란다. 아마 아리엘도 그걸 알았을걸? 네가 몰래 자기 가슴을 쳐다본다는 걸 말이야."

"윽!"

이제 그는 현기증이 나는 느낌이었다.

"그 아이는 민망하긴 했겠지만 그냥 모른 척한 거야. 왜냐하면 널 좋아했으니까."

그 말에 레이놀드는 갑자기 가슴이 아파왔다. 반짝이는 선명한 녹색 눈동자가 생각났기 때문이었다. 잊은 줄 알았는데, 잊고 있는 건 아무것도 없나 보다. 그의 표정에 떠오른 혼돈을 보고 작은 용은 달래는 듯한 어투로 말했다.

"내 말 들어. 전쟁이 끝나면 그녀를 찾아가. 지금이라도 사과하면 모든 게 괜찮아질 거야."

그때 적의 기병대가 앞쪽으로 나섰다. 아무래도 적들은 기병전부터 시작할 생각인 것 같았다. 레이놀드는 재빨리 그녀에게 말했다.

"자, 하늘로 피해 계세요. 그리고 앞으로 제 앞에서 아리엘에 대해 이야기하지 말고요."

그녀는 군말 없이 자신의 날개를 폈다.

"내 친구가 이렇게 용기 없는 남자라는 것에 실망했어. 넌 젊어, 레이놀드. 그러니깐 네 옆을 지켜 줄 아내가 꼭 필요해. 물론 죽은 자에 대한 추모도 중요하지만 그건 널 행복하게 만들어 주지 않아."

그렇게 말한 그녀는 이번에는 작은 입으로 그의 코를 물어 버렸다. 날카로운 이빨에 레이놀드는 몸을 움찔했다.

"윽!"

작은 용은 밉살맞게 "멍청이."라고 말하며 혀를 내밀고는 창공으로 사라졌다. 그는 하늘로 사라지는 아르디오넬을 보고 살짝 한숨을 내쉬었다.

'지금은 일단 전투에 집중하자.'

레이놀드는 기병대장을 맡은 노기사를 불렀다.

"군터 경."

"네, 영주님."

"적들이 기병전으로 나오려나 봅니다. 우리도 똑같이 응수합니다. 준비해 주세요."

그는 우려를 표시했다.

"적의 수가 우리보다 많습니다."

안달루시아의 기병들은 5백여 명이었고, 실버레이크 군은 3백여 명에 불과했다. 그러나 레이놀드는 밀릴 때 밀리더라도 처음부터 한 수 접고 들어갈 수 없다고 생각했다. 그가 그 점에 대해 설명하자 노기사는 고개를 끄덕였다.

"영주님의 뜻은 잘 알겠습니다. 기병들을 준비시키겠습니다."

실버레이크와 교회군의 기병들은 마상창을 꼿꼿이 세우고 앞으로 나섰다. 안달루시아의 기병들도 이미 준비를 마치고 있었다. 두 편은 서로를 향해 천천히 말을 몰아갔고 양측의 수많은 눈이 회전의 첫 전투에 쏠렸다.

*   *   *

심장에 격렬한 요동을 느껴졌다. 상대방과의 거리가 50미터 정도 남았을 때 레이놀드는 우렁찬 목소리로 명령했다.

"전속!"

그들은 창을 수평으로 내려 상대방을 겨냥한 채 말의 속도를 높였다. 동시에 적들도 날카로운 창날을 내려 실버레이크

군을 겨냥했다.

"이야야얏!"

기병들의 비명에 가까운 기합 소리가 절정에 달한 순간, 다발적인 충돌음이 전장을 울렸다.

쾅! 콰앙! 퍼퍼퍽! 캉!

수백 자루의 마상창이 충돌하자 갑옷이 뚫리는 소리, 탄력 있는 창대가 우지끈 부러지는 소리, 울부짖음, 낙마한 기사가 바닥을 구르는 소리 등 그야말로 사방은 난장판이 됐다. 레이놀드도 상대의 흉판에 정확히 창을 찔러 넣었다. 단련한 솜씨가 빛을 발하는 순간이었다. 단단한 갑옷에 막혀 창날이 반쯤 파고들 때 창대가 부러지고 말았지만, 적에게 죽음을 단호하게 선고할 정도로 치명적인 일격이었다.

"커헉!"

짧은 비명만 남기고 창을 맞은 적은 몰려 있는 말들 아래로 사라져 보았다.

레이놀드는 반 토막 난 마상창을 집어던지고는 썬더를 뽑아 들었다.

"공격!"

이제 기사들은 부러진 창을 버리고 한쪽 손에 든 무기로 눈앞에 걸리는 것을 마구 두들겨 댔다. 사방에 병기와 갑옷이 부딪히는 소리로 가득 찼다. 레이놀드는 그의 주특기인 용의 손톱을 사용해 적을 공격하기로 했다.

"이야얏!"

콰쾅! 쾅!

잠깐 그는 당황했다.

"어?"

기술이 나가긴 했다. 사실 한두 번 쓰는 용의 손톱도 아니고 실패할 리가 없다. 그런데 부족하다는 느낌이었다.

아무래도 마상이라 하체가 흔들려서 그랬는지 위력이 평소만 못했다. 그저 앞에 있던 두 명의 기사가 비명과 함께 낙마했을 뿐이었다. 그때 섬뜩한 도끼날이 그의 안면을 향해 날아왔다. 그는 재빨리 고개를 숙여 투구로 도끼를 받아 냈다.

캉!

요란한 쇳소리와 함께 머리가 울렸다. 그는 즉각 자신을 공격한 적을 내려찍었다. 상대방은 급하게 방패를 들어 올렸으나 드래고닉 오러까지 머금고 있는 썬더는 쇠장갑까지 뚫고 들어갔다.

"으아악!"

팔을 잃은 그는 즉각 말머리를 돌려 달아나려 했다. 레이놀드는 재빨리 쫓아가 말의 허벅지를 베었고, 고통에 말이 날뛰자 상대방 기사는 낙마하며 투구가 벗겨졌다.

"이랴!"

레이놀드가 즉시 고삐를 잡아당기자 군마는 놀라 앞발을 들고 일어났다. 그리고 그가 말고삐를 조금 오른쪽으로 당긴 뒤

놓자 말발굽이 쓰러진 기사의 얼굴을 내리찍었다.

퍽!

결국 기사는 코뼈가 부러지고 얼굴이 피투성이가 되었다. 레이놀드는 그를 내버려 두고는 또 다른 적과 싸움을 계속했다.

"덤벼라, 겁쟁이들!"

"내가 상대해 주마!"

한 기사가 레이놀드에게 호응해 창을 찔러 들어왔다. 상당히 위험하긴 했지만, 그는 재빨리 그걸 낚아챘다. 상대방은 힘을 줘 창을 빼내려고 했지만 레이놀드는 괴력을 이기기엔 무리였다.

딱히 붉은용의 힘을 사용하지 않아도 오거와 주먹다짐을 할 만큼 강한 그다. 기사는 창을 빼앗기자마자 썬더를 맞아 절명했다. 레이놀드가 그렇게 여러 명을 쓰러뜨리고 있었지만, 전황은 여전히 불리했다. 아무래도 머릿수를 극복하기는 어려웠다. 그는 망설이다 퇴각을 명했다.

"후퇴하라!"

기병대의 군기가 내려졌고 그들은 말을 돌려 물러났다. 적들은 잠시 추격했으나 이내 멈춰서 대열을 정비했다. 보통 기병 대 기병으로 하는 전투에서 승자는 적의 보병을 뭉개기 위해 패퇴하는 기병들에게 별로 관심을 두지 않는다. 내심 레이놀드는 그들이 무질서하게 추격해 오길 바랐지만 원하는 대로 되지 않았다. 그는 속으로 혀를 차며 기병들에게 창을 보급받으라고 지시했다.

그러는 사이 라 파뇰의 지휘를 받는 실버레이크의 보병들이 전투를 준비했다. 상대 기병대가 마상창을 들고 보병들에게 돌격할 모양새를 보였기 때문이었다. 옆으로 빠져 숨을 고르던 젊은 영주는 간절히 아군의 방진이 버텨 주길 기원했다. 전투 전, 라 파뇰은 훈련도가 미비해 기병들을 상대로 견딜 수 있을지 알 수 없다고 했다.

'부디 제발.'

레이놀드의 간절한 염원이 무색하게 적들은 무서운 기세로 돌격하기 시작했다. 지켜보던 레이놀드는 긴장에 숨을 몰아쉬었다. 적이 몰려드는 모습이 예사롭지 않았다. 실버레이크 군이 쏜 투사체들이 쏟아졌다. 대부분은 그걸 견뎌 냈고 장비가 좋지 않은 가난한 기사만이 화살에 당했다.

남부식 둥근 형태(Rounded Style)의 갑옷은 대량 생산과 강력한 방어력으로 이름이 높다. 적의 기사들은 묵묵히 그 화살 세례를 견뎌 냈다. 이미 남부의 갑옷은 장력이 45킬로그램에 이르는 군용활(Warbow)의 공격을 견딜 만큼 발전한 상태였다. 그리고 더 이상의 화살이 떨어지지 않을 때쯤, 안달루시아의 기병들이 실버레이크의 보병들과 충돌했다. 멀리서도 창대가 부러지고 선두의 기사들이 넘어지는 모습이 생생히 보였다.

"흐!"

레이놀드의 곁에서 전황을 지켜보던 실버레이크 기병들은 끔찍한 광경이 연출되리란 생각에 신음을 흘렸다. 그러나 곧 환성으로 바뀌었다.

"와아아아아!"

보병 방진이 기사들의 공격을 잘 견뎌 낸 것이다. 장창이 부러지고 일부 병사들이 창에 꿰뚫리긴 했지만, 빽빽하게 서 있던 그들의 대열은 무너지지 않고 충격을 견뎌 냈다. 순간적으로 전열이 무너졌음에도 후열이 굳건하게 버티자 방진은 형태를 유지했다. 이런 보병의 강력한 저항을 처음 겪어 보는 안달루시아의 기사들은 당황하는 기색이 역력했다.

"좋아, 버텼어!"

레이놀드는 환호성을 질렀다. 그러나 보병들의 실상은 밖에서 보는 것과 달랐다. 멀리서 보면 실버레이크 군이 제법 의연하게 싸움을 하고 있는 것 같았지만, 실제로 방진 안에서는 흥분과 혼란이 마구 뒤섞여 있었다. 철갑으로 중무장한 기사들이 커다란 군마를 타고 달려오던 순간에 병사들은 공포로 비명을 내질렀다.

"견뎌야 한다! 무너지면 전멸이다!"

중진의 지휘관인 라 파뇰은 무대를 독려하느라 목이 쉴 지경이었다. 곁에 있는 보병장교들은 돌기창으로 적이 아니라 아군을 겨냥하고 있었다. 그들은 탈영병의 목덜미를 즉각 찌르겠다고 아군을 향해 쌍욕을 하며 협박을 하고 있었다.

"도망가는 새끼들은 내가 먼저 팔다리를 거꾸로 붙여줄 테니 각오하는 게 좋을 거다!"

그런 눈물 나는 투혼 덕분에 충돌의 순간 방진 안은 성난 황소 떼에 받힌 것 같이 혼란스러웠지만 빠르게 안정을 되찾았다. 충격으로 넘어진 자들도 뒤에 있는 동료의 도움으로 다시 굳건히 땅을 딛고 창을 세웠다. 물론 그 와중에 사망자가 속출했지만 중요한 건 방진이 무사하다는 것이었다. 기민하게 진형을 살피던 라 파놀은 재빨리 명령했다.

"전진!"

장창 방진의 운용 중에 가장 어려운 훈련의 하나는 부대가 일정한 속도로 나아가는 법을 익히는 것이었다. 이것을 능숙하게 하려면 단일한 부대를 긴 시간 동안 가르치는 것밖에는 방법이 없었다. 때문에 얼마 전진하지 않아 훈련시간이 일천한 실버레이크 군의 진형은 흐트러져 갔다. 고용된 전문병과 민간인인 징집병의 손발이 도무지 맞지를 않는 것이었다.

아무래도 전진해서 기사들을 압박하려는 라 파놀의 계획은 무리수였다. 오히려 그것이 적들에게 도움이 되었고, 이리저리 튀어 나갔던 장창병들은 앞쪽에 포진한 상대 기사들의 먹이가 되었다.

잠시 장창에 막혔다지만, 기사들은 이 시대 최고의 살인 기계들이다. 전문 싸움꾼 중에서도 정점에 있는 그들은 금세 수

십 명의 병사를 도륙해 버렸다. 라 파뇰은 혀를 차며 부대를 즉각 정지시켰다. 그는 무리하지 않기로 하고 방어에 치중했다.

"그대로 버틴다! 장교들! 방진 열을 맞춰!"

전대장의 명령에 산전수전 다 겪은 노련한 용병 장교들이 돌기창을 이용해 진열의 줄을 맞추어 갔다. 그들이 상스러운 욕을 뱉으며 병사들을 두들겨 패대자 전열이 빠르게 복구되었다.

"이런 썩을 놈들! 꼭 내가 두들겨 패야 말을 들어 처먹나! 개돼지 새끼들도 아니고! 너희들이 사람이냐? 거지같은 놈들아!"

전대행정관 콜레가 악을 써 댔다. 하지만 그의 주위에 있던 경험 많은 용병들은 그의 욕설에 기분이 상하기보다 전황이 생각 이상으로 좋지 않다는 것을 걱정했다. 그들이 속한 적색 전대에 내려오는 이야기로는 콜레 행정관이 욕을 많이 한 싸움일수록 살아 돌아가기 힘들다고 했다. 이제 선임 용병들은 신에게 기도를 시작했다.

"구원하소서, 앞으로 교회 열심히 다니겠습니다."

교회에 고용되었지만 정작 교회는 가 본 적 없는 한 용병은 급조한 듯한 기도를 빠르게 읊조렸다. 그러다가 놀라서 욕설과 함께 비명을 질렀다.

"저기 거지 같은 깡통 새끼들이 다시 몰려온다!"

믿음이 부족한 자들이 다 그렇듯 당장 현실 앞에 신을 향한 갈구는 금세 사라져 버렸다.

"버텨라! 버텨! 개자식들아!"

부대의 동요를 느끼며 콜레 행정관은 악을 썼다. 그러면서 딸의 지참금 때문에 다 늙어서 전쟁터로 나오게 된 자신의 처지를 원망했다.

"온다! 여기서 견디면 금화를 얻고, 여기서 무너지면 죽음을 얻을 것이다!"

콜레 행정관의 악다구니를 시작으로 장창을 든 전사들이 개미 떼처럼 몰려 있는 방진은 재차 비명으로 가득 찼다.

7장
이제 그대 가는 길에 죽음을

북부에서는 귀족의 결혼이란 명예와 재물, 그리고 권력을 나누거나 재편하는 개념이었다. 여자들은 가문의 재산이란 생각이 강해 상품 가치를 위한 처녀성이 매우 강조되었다. 딸들의 소유권을 가지고 있는 아버지는 주의 깊게 가문의 사업 동반자가 될 사위를 물색했다. 그리고 그 사위들은 아내의 정숙함을 원했다. 덕분에 북부의 숙녀들은 어린 시절부터 귀에 못이 박이게 품위와 순결에 대한 세뇌를 당했다. 이것들은 매우 엄격하게 강요되었고 일탈이 있을 시에는 징벌이 따랐다. 실제로 하룻밤의 유혹에 빠졌던 많은 귀족 숙녀들이 결혼 대신 수녀원에서 성직의 길을 걸었다(수녀는 봉사와 헌신을 하는 아름다운 일이었지만 원치

않는 자에게는 끔찍한 일이다). 그래서 처녀성은 숙녀의 명예였다. 따라서 고상하고 교육 받은 남자라면 그것을 지켜 줘야만 했다. 지금 시대의 시각으로 보면 대단한 성차별이었는데, 이건 남자들이 목욕탕에서 천박한 여자를 돈 몇 푼에 사는 동안에도 수백 년간 지속되었다. 이 관습은 1783년 대북방전쟁이라는 피의 혁명이 일어나고 나서야 완전히 사라졌다. 반면, 당시의 연애시를 통해 본 자유민들의 삶은 훨씬 인간적이었다. 지금과 비슷하게 사랑하는 사람과 연애를 했다. 연애 중에는 질투하고 삼각관계는 물론 배신도 있었다. 또한 남자는 아내의 결혼 전 일에 대해 묻지 않는 게 관례였다. 만약 그것을 캐묻는다면 속이 좁은 녀석이라고 손가락질 당하기 일쑤였다.

—레지널드의 『북부사』 中

긴장한 채 상황을 지켜보던 레이놀드는 기병대장 군터에게 큰 소리로 말했다.

"마상창 보급 등 전투 준비를 완비하고 대기하십시오. 그리고 제 명령이 떨어지면 즉각 최고 속도로 적 기병을 향해 돌격합니다."

"하지만 적과의 거리가 거의 3백 미터입니다."

군터는 먼 거리를 우려했다. 물론 커다랗고 힘이 좋은 군마들은 3백 미터 거리를 전속력으로 질주할 수 있다. 다만, 문제가 있다면 그 후 말이 급속도로 지쳐 2차, 3차 공격이 사실상 어렵게 된다는 데 있다.

말의 속력과 힘은 기사가 가진 전투력의 9할이다. 그래서 레이놀드는 북부에서 줄곧 1백 미터 전후에서 전속 돌진을 명해왔는데, 기병 전술에는 여러 번 공격할 것을 고려해 50미터 정도에서 전속 돌진을 하는 방법이 더 정석이다. 그러나 젊은 영주는 단호하게 말했다.

"우리에게 두 번의 기회는 없을 겁니다. 돌격 후 말이 지치면 하마(下馬)해서 싸움을 계속하는 한이 있더라도 제 의견을 따라 주십시오."

"알겠습니다. 늙은 몸이지만 영주님을 위해 최선을 다해보겠습니다."

"고맙습니다."

고개를 끄덕인 레이놀드가 주저 없이 말머리를 돌리자 군터가 깜짝 놀랐다.

"영주님, 홀로 어딜 가십니까!"

"나는 보병 방진으로 가겠습니다. 군터 경, 명령한 것은 확실하게 지켜 주기 바랍니다. 아, 그리고 지금 방진 옆에 마상창과 지치지 않은 군마를 한 마리 가져다 놓으세요! 빨리!"

"하지만 어떻게 홀로!"

그러나 실버레이크의 신임 영주는 대답도 하지 않고 번개같이 말을 몰아갔다. 이미 2차 충돌이 보병들에게 가해지는 중이었다. 제국의 정예병도 아니고 급조된 실버레이크 군이 언제까지 충격을 견딜 수 있을지 알 수 없었다. 만약 도주자가 나와 방진이 무너진다면 때를 노리며 대기하고 있는 안달루시아 보병들에게 박살이 날 것이다. 레이놀드는 지휘관으로서 어떻게든 이 상황을 타개해야만 했다.

'그래, 어쩌면 가능할지도 몰라.'

그는 홀로 적 기병대를 향해 빠르게 말을 몰아갔다. 누가 봐도 매우 무모해 보였지만 레이놀드는 한 가지 믿는 구석이 있었다. 마상창을 보급받으면서 든 생각인데 자신이 마상에서 용의 손톱을 제대로 쓰지 못한 것은 말 위에서의 검술이 익숙하지 않은 까닭인 것 같았다. 만약 그게 사실이라면 마상에서 능숙한 무기를 쓰면 기술을 확실히 사용할 수 있을지도 모른다.

'마상창이라면 이제 징글징글하다.'

레이놀드는 얼마 전의 특훈을 떠올리며 이를 갈았다.

'꼭 지금을 위해 수련했던 것 같군.'

피식 웃음이 다 나온다.

"후우."

길게 숨을 몰아쉬며 마음을 다잡은 그는 단신으로 적을 향해 돌격했다. 사방에 그가 내지르는 전투 함성(War Cry)이 쩌렁쩌렁하게 울렸다.

"실버레이크!"

화려한 갑옷을 입고 홀로 적들을 향해 돌격하는 그의 모습은 모두의 시선을 끌었다. 그건 정말이지 너무도 무모해 보였다. 방진 안에서 지휘하던 라 파뇰은 거의 비명을 질렀다.

"소집군주님!"

그러나 야속하게도 그의 고용주는 전혀 멈출 생각이 없는 것 같았다. 레이놀드는 바람처럼 그대로 안달루시아들의 기사들을 향해 말을 달렸다. 그때 그를 노리고 화살이 몇 개 날아들었으나 갑옷에 맞고 튕겨 나갔다. 적어도 지금 그의 돌격을 저지할 것은 아무것도 없어 보였다. 지켜보던 병사들 사이에서 탄성이 터져 나왔다.

"저것 봐!"

"세상에! 저게 뭐야!"

놀랍게도 실버레이크 영주 레이놀드가 가진 마상창은 선명한 오렌지빛으로 빛나고 있었다. 그건 그야말로 빛의 창이었고, 누구도 이전에 그런 광경을 보지 못했었다. 그는 빛처럼 쏘아져 앞으로 나아갔다. 오러에서 부서져 내린 빛의 잔영들은 말이 일으키는 먼지와 함께 그의 뒤로 길게 이어졌다. 마치 선명한 오렌지빛 하나가 적을 향해 쏘아진 느낌이었다.

"부딪친다!"

지켜보던 자들이 참지 못하고 소리를 질렀다. 그리고 젊은 영주가 충돌의 순간 창을 내뻗자 더 극적인 상황이 펼쳐졌다. 무려 다섯 줄기의 오러가 뻗어 나와 몰려 있던 안달루시아의 기사들을 때린 것이다.

콰쾅쾅! 쾅쾅!

"세상에! 성부신이시여!"

라 파뇰은 경악하지 않을 수 없었다. 폭발음과 함께 나타난
결과는 정말 끔찍하고도 놀라웠다. 한 번의 충돌로 이십여 명
의 기사들이 공중으로 날아오른 것이다. 동시에 말들은 우르
르 쓰러졌다. 지켜보던 그는 기가 막혔다. 자신의 소집군주가
만든 빛의 창들이 철갑을 입은 그들을 한 뭉텅이나 날려 버린
것이었다.

"사기야, 이건⋯⋯."

그뿐 아니라 전장에 있던 모두가 그 초인적인 위력에 경악
을 금치 못했다. 적들은 놀라서 입을 벌렸다.

"아아, 이건 정말!"

"말도 안 돼! 어떻게 이런 일이!"

당황하긴 아군도 마찬가지였다. 병사들은 얼이 빠져서 자신
의 군주를 쳐다보았다. 마치 어릴 때 이야기로만 듣던 영웅이
실제로 나타나자 어떻게 받아들여야 할지 몰라서 허둥대는 아
이 같았다.

하지만 아직 끝이 아니었다. 레이놀드는 충돌을 준비하며
회심의 미소를 지었다. 확신이 없었는데, 마상창으로 용의 손
톱을 사용하는 게 성공한 것이다.

'깜짝 놀랐을 거다.'

그는 이미 충분히 휴식을 취한 상태였다. 용의 손톱이라면

한 번 더 나갈 여력이 있었다. 그때 레이놀드의 눈에 어떤 자가 보였다. 적의 기병들의 지휘관으로 보였는데 옅은 푸른 눈에 쥐 같은 수염을 기르고 있었다. 말에는 가문의 문장인 갈색 바실리스크가 그려진 코트를 입혀 놓았다. 잊으려야 잊을 수 없는 얼굴이었다. 레이놀드는 흥분으로 온몸에 소름이 돋는 것 같았다.

"보니첼!"

레이놀드의 눈에 증오의 핏발이 섰다. 그날 화이트클리프에서 도망간 후로 무얼 하고 있나 했더니 용병이 된 게 틀림없어 보였다.

"네, 네놈!"

보니첼은 레이놀드를 보더니 놀란 얼굴로 허둥댔다. 게다가 그의 초인적인 일격에 무척이나 당황한 기색이었다. 보니첼은 급기야 도망가려는 듯 말머리를 뒤로 돌렸다. 지켜보던 레이놀드는 마음이 급해졌다.

'창이 필요해.'

보니첼이 도망가기 전에 일격을 날려 사로잡아야 했다. 다급하게 주위를 둘러보던 그는 보병 방진 뒤쪽에 와 있는 기사를 발견했다. 군터의 명을 받은 자가 틀림없었다. 레이놀드는 즉시 말을 돌려 보병 방진으로 향했다. 급한 맘에 박차를 가하는 게 사정없었다.

다그닥다그닥—.

먼지를 일으키며 달려간 그는 기다리고 있는 기사에게 소리쳤다.

"말과 창을!"

"네! 영주님!"

기사는 즉각 하마(下馬)해 레이놀드가 군마를 바꿔 타는 것을 도왔다.

"여기 창이 있습니다."

"고맙다."

레이놀드는 받은 마상창을 꼿꼿이 세우고는 기사에게 명령했다.

"내가 다시 충돌하는 순간 군터 경에게 기병대를 움직이라 전하라!"

"넷!"

"그리고 만약 갈색 바실리스크 문장을 가진 기사를 발견하면 즉각 죽이든가 사로잡으라고 하라! 절대 놓쳐서는 안 된다!"

"알겠습니다!"

레이놀드는 기사가 돌아가는 것을 보고 돌격할 위치로 이동했다. 지치지 않은 쌩쌩한 말이라 발걸음부터 힘이 느껴졌다.

"저 미친놈이 또 돌격해 올 거야!"

"어떻게 하지?"

지켜보던 안달루시아의 기사들은 공황 상태에 빠졌다. 방금

봤던 비현실적인 충돌이 다시 그들을 덮쳐 올 것이란 사실에 어떻게 대처해야 할지 곤란한 모양이었다. 그러든지 말든지 레이놀드는 전투 함성을 질렀다.

"실버레이크!"

그는 창을 수평으로 내리며 드래고닉 오러를 주입했다. 햇살 같은 오렌지빛이 마상창을 덮자 말 그대로 빛의 창이 완성되었다. 그런 그가 말을 전력으로 달리자 공포가 상대방을 사로잡았다.

"으아악!"

"피해!"

급기야 안달루시아 기사들의 일부가 이탈하기 시작했다. 단한 사람 때문에 적의 전열이 흔들리며 출렁이는 것이었다. 사실 따져 보면 수백에 그들 중 이십여 명이 날아간 것뿐이다. 그러나 레이놀드는 적들의 용기를 박살 냈다. 기병대는 공포에 빠졌고 홀로 빛나는 창을 들고 재차 달려드는 실버레이크의 영주를 보고는 너나 할 것 없이 말을 돌렸다. 그리고 도망가는 그들의 뒤편으로 커다란 목소리가 울렸다.

"영광을!"

동시에 다섯 갈래로 갈라진 마상창의 오러가 기사들을 때렸다.

쾅쾅쾅! 콰쾅!

말들이 우르르 쓰러지며 이십여 명의 기사가 하늘로 날아올랐다. 깨진 철갑의 쇳조각이 사방으로 튀었다. 레이놀드는 부러진 창을 대신하여 즉각 썬더를 빼 들었다. 흥분한 말이 앞다리를 들며 울음을 터뜨렸다.

히이이이잉-.

그 순간은 마치 전설을 담은 테피스트리의 한 장면 같은 모습이었다. 안달루시아군은 그 광경을 공포에 질려 바라보았다.

두두두두두두-.

그리고 뒤로 실버레이크의 기병들이 쇄도하고 있었다. 레이놀드는 자신의 뒤에서 나는 소음을 느끼고 즉각 보병 방진 안으로 말을 몰아가 피했다. 그가 아군의 충돌을 방해하면 안 되기 때문이었다.

'쳇, 비겁자답게 운도 좋군.'

마음 같아서는 그대로 보니첼을 잡으러 들어가고 싶었지만 잘못하다가는 적과 함께 아군의 충돌에 찌그러지는 수가 있었다. 빠질 때는 빠져야 한다. 레이놀드가 아무리 강해도 적의 사기를 꺾을 힘은 있지만 적을 전멸시킬 힘은 없었다.

"실버레이크를 위해!"

힘찬 전투 함성과 함께 실버레이크 기병의 공격이 적을 때렸다. 그 거센 압박에 안달루시아 기병대는 완벽히 무너져 내렸다. 많은 자들이 창에 맞아 쓰러졌고, 살아남은 자들은 말머리를 돌려 허겁지겁 달아나느라 정신이 없었다.

"비켜!"

"으아아악!"

안달루시아 기병대의 무분별한 도망은 커다란 혼란을 가져왔다. 뒤에는 보병부대가 대기하고 있었는데 쫓겨 온 기병이 그들 사이로 뛰어들자 그야말로 난리가 났다.

"비켜! 이 땅개들아!"

"이 미친놈들아! 어디로 도망가는 거야!"

그 와중에도 실버레이크 기병대는 적을 계속 몰아붙여서 안달루시아군은 갈수록 엉켜 갔다. 한 번의 충돌로 승기를 잡고 여유가 생기자 관망하던 레이놀드는 즉각 보니첼을 찾아 나섰다. 주위에는 영주를 보호하기 위해 기사들이 몰려들었다.

'젠장! 어디 간 거야 이 녀석!'

그는 전장을 두리번거리며 도망자를 찾았다. 그러나 쥐새끼 같은 녀석이 어디로 숨었는지 좀처럼 보이지 않았다. 안타깝지만 중요한 싸움에서 개인적인 원한 때문에 시간을 낭비할 수 없는 일이었다.

그는 실버레이크군의 운명을 책임지고 있는 영주였다. 레이놀드는 보니첼을 찾는 일을 포기하고 부대를 지휘하는 데 전념했다.

"전군 돌격! 장창을 버리고 검을 뽑아라!"

병사들은 창을 땅에 내려놓고 허리춤의 검이나 도끼를 빼들었다. 이미 적들의 전열은 완전히 무너진 상태였다. 도망가기 전에 빠르게 잡는 게 중요했다. 여기에 레이놀드는 병사들의 사기에 불을 붙였다.

"약탈을 허용한다! 대신 살아 있는 자들의 물건만 가질 수 있다."

그 말을 들은 병력은 약탈이란 단어가 주는 달콤함에 취하여 배고픈 늑대처럼 흉포하게 적들을 향해 돌격했다. 무질서하기 짝이 없는 전진이었지만 상관없었다. 이미 적들은 저항할 여력이 없었다. 그들은 실버레이크 군에게 그저 걸어 다니는 돈덩어리일 뿐이다. 사방은 사람을 붙잡고 갑옷을 벗기는 무리로 가득 찼다. 도망치던 자들은 무장이 해제되어 힘없이 항복했다.

보통 패퇴하는 적들을 쫓는 과정에서 끔찍한 대량학살이 다발하나 이번에는 레이놀드의 특이한 명령 때문에 뜻밖에 죽은 자가 적었다. 젊은 영주가 살아 있는 사람의 무구만 가질 수 있다고 말한 까닭이었다. 덕분에 대부분은 포로로 붙잡혔다.

그야말로 대승이었다.

전투 후, 이 소식은 빠르게 왕국 전체로 퍼져 나갔다. 사람들은 이제 두려움과 놀라움, 그리고 경의를 담아 레이놀드를 빛의 기사라고 불렀다.

*　　　*　　　*

"으아아아아아앙!"

우렁찬 울음소리가 사방을 울렸다.

"이런 젠장! 레드핑거 경! 자네가 지금 당장 저 덩치 큰 괴물의 울음을 멈추지 못한다면 난 혈압이 올라 죽을지도 모르네!"

마운튼해머는 엄청난 목소리로 울고 있는 산악 거인의 아기를 보고 소리를 질러댔다. 곁에는 벨라벨로가 이유식을 부채질로 식히고 있었다.

"마운튼해머! 빅토르는 괴물이 아니라 귀여운 아기예요!"

"귀여운 아기가 자네보다 덩치가 좋나? 이거 원! 조금만 더 귀여우면 우리 둘이 깔려 죽는 건 시간문제겠군!"

그러는 사이 아이는 끝없이 울어댔다. 녀석은 자신이 원하는 걸 아까부터 요구했는데 계속 얻지 못하고 있었다. 그래서 화가 잔뜩 났다. 아무래도 미혼의 초보 아빠에게 아기란 너무 큰 시련일지도 몰랐다.

"으아아아아아아앙!"

생각해 보라.

보통의 아빠들도 자신의 반의반도 안 되는 아기를 감당하지 못해 부인의 부탁을 무시하고는 술집으로 도망가 버리기 일쑤이다. 그런데 벨라벨로는 지금 자신보다 손가락 한 개 정도 더 키가 큰 아기를 돌보고 있는 것이다.

"지금 가요! 우리 귀염둥이 빅토르가 먹을 맛있는 맘마가 가요!"

죽이 든 그릇을 가져오는 벨라벨로의 표정은 쾌활했다. 커다란 아기를 달래고 있는 마운튼해머는 한숨을 내쉬었다.

"살았군."

그러나 그건 오판이었다.

"으억!"

별안간 아기가 그의 수염을 잡아당겼고, 그는 비명과 함께 장난감이 쌓여 있는 방구석으로 처박혔다. 마운튼해머는 자리에서 벌떡 일어나더니 길길이 날뛰었다.

"당장 저 무례한 녀석을 내다 버려!"

그러나 빅토르는 이미 반짝이는 눈으로 벨라벨로가 떠먹여주는 이유식을 먹고 있을 뿐이었다. 아기의 관심에서 성질 나쁜 드워프 보모 같은 건 금세 잊혀졌다. 게다가 벨라벨로도 분통을 터뜨리는 그에게 전혀 관심을 주지 않았다.

"세상에! 마운튼해머, 이것 좀 봐요. 이렇게 맘마를 맛있게 먹는 아이가 또 있을까요?"

벨라벨로는 진심으로 감탄했다는 듯 중얼거렸다. 그러나 마운튼해머는 이미 입이 댓 발이나 나온 상태였다.

"그렇게 많이 먹는 아기도 없을 거다."

한참 불만을 토로하던 그는 갑자기 한숨을 내쉬었다.

'어쩌다 내가.'

자존심 높은 드워프 전대장이 아기를 돌보는 보모로 전락해

버린 건 불과 며칠 전에 있었던 끔찍한 사건 때문이었다.

그날은 일 때문에 에든버러의 대리영주인 조르다노 파시가 레드포레스트를 찾아왔다. 그는 레이놀드 영주가 남부에서 전쟁 중이라는 소식과 함께 부대 일부를 남쪽으로 보내라는 명령장을 들고 왔다.

훌륭한 전사이자 기술자이기도 한 드워프 방패보병들은 도시 건설을 위해 남았지만, 인간 용병들은 상당수 남부의 전장으로 가겠다고 자원했다. 그들은 원래 노동자가 아니라 전사인지라 슬슬 이 끝도 없는 석재와의 싸움에 진저리를 내고 있던 차였다.

거기까지는 별문제가 없었다. 그런데 그날 밤에 에든버러 대리영주의 방문을 축하하며 떠들썩한 술자리를 만든 게 문제였다.

'그 간교한 조르다노 파시가 제안한 카드 게임을 하는 게 아니었어.'

드워프는 한숨을 내쉬었다. 옆에서는 거인 아기가 먹을 걸 더 달라고 채근 거리자 벨라벨로는 허둥댔다.

"천천히 먹게 벨라벨로…… 좀 늦는다고 이 녀석이 굶어 죽진 않아."

마운튼해머는 파시의 제안대로 카드 게임을 했는데, 그 대리성주는 게임은 원래 내기가 있어야 재밌다고 슬슬 꼬드기기 시작했다.

처음에는 무시했으나, 과도하게 들이킨 라거 맥주와 끗발을 받기 시작하는 카드 패를 보고 마운튼해머는 그만 판단력을 잃고 말았다.

"좋아! 승자가 상대방에게 한 가지 명령을 하기로 하지!"

그때 조르다노 파시의 눈매가 날카로워졌다.

"드워프의 망치에 걸고 맹세할 수 있겠습니까?"

그건 굉장히 심각하고 신성한 일이었지만 술에 취한 드워프는 별로 신경 쓰지도 않았다.

"물론이야! 망치뿐 아니라 내 수염에도 맹세하겠네. 그런데 자네는 약속을 무엇으로 보증할 건가?"

그러자 그가 허리춤에서 무언가를 끌러 탁자 위에 올려놨다. 주위 사람들은 그게 뭔지 몰랐지만, 드워프는 단숨에 그 정체를 알아봤다.

"오!"

이 과묵한 드워프의 입이 벌어진 것을 보니 자신만만한 파시의 미소는 이유가 있었던 거였다.

"이건 엘리디움이 아닌가?"

엘리디움은 값비싼 희귀 금속이었다. 마운튼해머는 홀린 듯 그것을 향해 손을 뻗었다.

찰싹!

조르다노 파시는 그의 손을 쳐내고는 말했다.

"승리한다면 이걸 드리죠? 별 쓸모없는 명령을 하는 것보다

이게 훨씬 낫겠지요?"

물론 마운트해머는 엘리디움을 보고 열정적으로 고개를 끄덕였다. 그때 벨라벨로가 술자리에 나타났는데, 평소 그를 마음에 들어 하던 파시는 웃으며 '안녕! 작은 친구!'라며 환영했다.

둘은 즐겁게 얘기를 나눴는데 오블란은 희귀 금속에 정신이 팔려서 그들에게 신경 쓰지 않았다. 그리고 벨라벨로가 파시의 귀에 무언가를 속삭이는 모습도 보지 못했다. 그는 진정으로 자신의 관심 밖에서 진행되고 있는 음모에 대해 신경을 썼어야만 했다. 그러나 함정에 빠지는 자가 늘 그렇듯, 이 불쌍한 드워프는 아무것도 눈치채지 못했다.

"하하핫! 파시, 자네는 그것을 나에게 넘겨야겠군!"

처음에는 승리가 눈앞에 보였다. 점점 점수가 높아지자 고지가 눈앞에 있다는 착각에 빠졌다.

'하지만 그건 착각이었지.'

판은 금방 뒤집어졌다.

진작 눈치채야 했는데 조르다노 파시는 타고난 도박꾼이었다. 그가 발동을 걸기 시작하자 이 가련한 드워프의 점수는 빠르게 없어졌다. 물론 같은 속도로 얼굴의 핏기도 없어져 갔다. 그렇게 한 시간 후, 조르다노 파시는 주위에 포도주를 돌리며 승리를 축하하고 있었다.

"무엇을 명할 텐가?"

오블란이 걱정스럽게 묻자 조르다노 파시는 악마의 미소를 지으며 그에게 명령했다. 아니, 오블란의 눈에는 악마란 말로도 부족했다.

"영주님이 돌아올 때까지 당신은 레드핑거 경을 도와 빅토르를 돌보도록 하십시오."

별말 없이 지켜보고 있던 마운튼해머의 부관 아이언하트가 비명에 가까운 소리를 질렀다.

"뭐? 드워프가 거인의 아이를 돌본다고!"

주위는 폭소로 가득 찼고 오블란은 절망했다. 그렇게 한 고고한 전사가 나락으로 떨어졌다.

'인생이란 부질없는 거야.'

그때 그의 상념을 깨는 목소리가 들려왔다.

"마운튼해머, 전 아기가 먹은 밥그릇들을 치울 테니깐 기저귀 좀 갈아주세요."

"내가 그런 일을 할 것 같나!"

그는 소리를 빽 질렀지만, 벨라벨로는 못 들은 척 특유의 유치한 노래를 불러댔다.

"예쁜 물건을 보고 수사슴이 나 이거 사슴 하자, 암사슴은 난 이거 안 사슴 했지."

"닥치게! 그딴 노래, 바로 안 닥치면 아무리 자네라도 죽여버리겠어!"

그러나 협박은 씨알도 먹히지 않았다. 한참 내키는 대로 노래하던 벨라벨로는 그가 혈압으로 쓰러질 지경이 돼서야 사라졌다. 마운튼해머는 너무 화가 나 이대로는 정말 심장이 터질 것 같다는 생각이 들었다.

"허억 허억."

그는 숨을 몰아쉬며 억지로 화를 가라앉혔다.

"그래, 진정하자. 이건 말이지 정말 간단한 일이야. 좀 덩치가 큰 아기의 기저귀를 갈면 끝나는 일이란 말이다."

그는 최대한 마음을 추스르고 빅토르의 기저귀를 벗겼다. 그리고 살짝 놀라고 말았다.

"오! 이건 정말이지 용사의 자질……."

그때, 오블란이 감탄한 그곳이 씰룩씰룩 거렸다.

"음?"

그리고 세상 어느 아기보다 강력한 물줄기가 마운트해머의 안면을 강타했다. 양도 압도적이라서 그 참극이 끝났을 때 그는 온몸이 장마에 젖은 개처럼 되고 말았다.

"으아아악! 조르다노 파시!"

대체로 비극의 주인공들이 다 그렇지만 주위의 누구도 그의 한 맺힌 외침에 관심을 두지 않았다.

*   *   *

군대의 대부분이 포로로 잡히자, 부유한 도시 안달루시아도 항복하고 말았다. 레이놀드의 사자가 영주인 라후너 더얼리와 주요 귀족들의 목을 치겠다고 으름장을 놓자 성문은 열렸다. 설령 그들이 저항하려 해도 병사가 없었다.

레이놀드는 즉각 항구로 나아가 라후너 영주 소유의 모든 군함과 상선들을 압류했다. 그 뒤로 영주의 성으로 가 재산을 징발하고 그것으로 실버레이크 군에게 포상했다. 그리고 조르다노 파시에게 미리 부탁한 레드포레스트 주둔군과 실버레이크에서 수석서기관 데오닉이 급하게 모집한 용병이 오기를 기다렸다.

사방에서 모인 병력이 1천명에 이르자 레이놀드는 다친 징집병들에게 금화를 쥐여 주고 고향으로 돌려보냈다. 부대 인원은 4천 명 정도로 계속 유지되었다. 데오닉이 추가로 서쪽의 람탄 왕국에서 용병들이 합류를 위해 출발했다고 전해 왔지만, 아직 숫자가 많이 부족했다.

시간이 나자 레이놀드는 승전과 사죄의 내용을 담은 편지를 대주교에게 보냈다. 물론 많은 군수 물자와 금을 보내는 것도 잊지 않았다. 그 후 도착한 답장에서 대주교는 다소 불편한 심경을 피력했으나 젊은 영주의 승리를 축하해 왔다. 동시에 그는 왕국 이곳저곳에 레이놀드가 거둔 승리를 대대적으로 선전해 캉브레 가를 압박했다. 그는 새삼 대주교의 수완과 대범함에 감탄했다.

'하긴 그 정도 인물이니 대주교 자리에 올랐겠지. 어지간해

서는 그와 반목하지 말아야겠군.'

전쟁 후, 그의 승리에 찬사를 표하는 편지는 대주교뿐 아니라 여기저기에서 많이 날아왔다. 왕국 곳곳에서 이름난 무장들이 그의 승리에 박수를 보냈다. 특히 조프루아 왕자, 북부의 대영주 라센 다르마냑과 페데르브 아르디 등 명망 높은 자들이 레이놀드를 축하했다.

그들에게 감사의 답장을 한 레이놀드는 점령지에서 금을 최대한 뽑아내 보급품을 마련했다. 그리고 상륙 작전을 준비하면서 민간 상선도 추가로 고용했다. 그때 실버레이크에서 람탄 왕국의 용병대가 도착했다고 연락이 왔다. 무려 2천 명 규모로 그중 장거리 포격 마법을 사용할 수 있는 마법사가 삼십여 명이나 있었다. 덕분에 레이놀드와 지휘부는 매우 고무되었다. 잇따른 용병 고용으로 실버레이크는 거의 파산할 지경이었지만 안달루시아의 막대한 금이 그 지출을 메웠다.

8월 중순이 되자 마침내 대주교 옥타비누 베르트리몽과 대영주 로랭 캉브레의 전면전이 시작되었다. 대주교는 이단과 악마 숭배 혐의로 상대를 압박했고 대영주는 옥타비누를 신을 저버리고 권력에 미친 자라 강변했다.

어쨌든 그것은 레이놀드에게 기회였다.

그는 이제 무려 6천 명에 이르는 병력을 이끌고 캉브레 령의 코르도바로 진격하기로 했다. 사실 처음 계획과 다르게 코르도바 외에도 베르닐이란 도시가 점령하기 유리해 보였다.

그러나 레이놀드는 도망간 보니첼이 코르도바로 갔다는 소식을 듣고는 주저 없이 이 무역 도시를 목표로 정했다. 라 파폴을 비롯한 부하들의 의아해하는 모습에도 불구하고 그는 고집을 꺾지 않았다.

"우리는 반드시 코르도바를 점령한다."

그 단호한 선언으로부터 사흘 뒤, 1백여 척이 넘는 배가 적진지를 향해 출발했다.

*   *   *

"빌어먹을."

선장실에 앉은 레이놀드는 필라보의 보고를 받으면서 나무 탁자를 내리쳤다. 자신의 무능력과 해상에 대한 무경험 덕에 출항 후 겪은 일련의 사건들에 거의 대응할 수 없었다. 젊은 영주는 6천 명에 이르는 대군을 원하는 곳까지 수송하는 게 만만한 일이 아님을 제대로 깨달았다.

해상에서의 지휘 체계가 제대로 확립돼 있지 않은 까닭에 선단은 몇 번이나 흩어졌다. 일부 배는 낡은 탓에 돛대가 부러져 뒤로 쳐지기도 하고, 또 어떤 배는 필요 이상으로 빠르게 나아갔다.

그것 외에도 이 짧은 항해 기간 동안 온갖 문제가 발생했다. 심지어 물을 너무 조금 실어 물통을 보내달라고 하는 녀석들까지 있었다.

게다가 실버레이크의 지휘부는 이 문제들에 대해 잘 대처하지 못했다. 경험이 없으니 해결책도 부실하기 짝이 없었다. 결국, 2백 척이 넘는 선단은 삼삼오오 또는 제멋대로 코르도바의 해변을 향해 몰려갔다.

이미 상륙해 본대를 기다리고 있는 부대도 있었고 몇 킬로미터나 먼 곳에 내린 부대도 있다고 했다. 이래서는 배에서 내리면 침공보다는 흩어져 있는 병력을 모으는 일에 더 열중해야 할 것 같았다.

이 일련의 사태들로 레이놀드의 기분은 매우 언짢아 흥분을 가라앉히려고 노력하는 중이었다. 그는 아르디오넬을 한참이나 쓰다듬으며 겨우 평정을 되찾았다. 세상일이 정말 생각대로만 되지는 않는 것이란 것을 다시 한 번 뼈저리게 느꼈다.

"상륙해서 최대한 빨리 부대를 소집한다."

"네, 알겠습니다."

대답과 함께 필라보가 나가자 레이놀드는 땅이 꺼져라 한숨을 내쉬었다. 옆에서는 아르디오넬이 깔깔거리며 웃었다.

"뭐가 그렇게 재밌어요?"

"아니, 그게 아직 어린애가 그렇게 인생 다 살았다는 듯 한숨을 내쉬는 게 웃겨서."

"뭐라고요?"

레이놀드가 발끈하자 아르디오넬은 살며시 날아올라 그의

무릎에 앉았다.

"힘내! 젊은 친구, 앞으로의 싸움은 네게 더 극적인 장면들을 준비해 놨을 거야. 겨우 이 정도로 힘들어하면 주연이 될 자격이 없다고."

그녀의 격려에 결국 그는 웃지 않을 수 없었다. 조근조근한 목소리로 속삭이는 작은 용이 너무 귀여웠던 것이다. 그는 고개를 내저었지만 웃고 나니 기분이 나아진 건 부정할 수 없었다. 왠지 고마운 마음에 따뜻한 시선으로 그녀를 쳐다보았다.

"어라, 뭘 그렇게 끈적끈적한 시선으로 보고 있어? 너 설마 내가 취향이었던 거야? 왜? 인간 여자로 변신해서 뽀뽀라도 해줄까?"

"뭐라고요?

"아잉, 왜 그렇게 놀라? 오빠아."

무릎 위에서 아르디오넬이 능글맞게 말하자 레이놀드는 두 손으로 그녀를 잡아 공중으로 던져 버렸다. 그러나 밉살맞게도 작은 용은 웃음을 터뜨리며 우아하게 날아올랐다.

"정말 내 친구는 솔직하지 못하다니깐. 난 정말로 해 줘도 괜찮은데 말이야. 호호호."

결국 그는 못 당하겠다는 듯 선실 밖으로 도망갔다.

＊　　　＊　　　＊

부대는 이틀을 소요한 끝에 코르도바 근처에서 무사히 합류하였다. 상선들은 돌아갔고 군선들만이 해상에서의 지원을 위해 남았다.

코르도바는 인구 2만의 부유한 무역도시로 콜드스트림이란 이름의 강 옆에 위치했다. 성벽은 두꺼운데다 방어 탑과 방어 성채를 여덟 개나 가지고 있었다.

성의 동쪽은 콜드스트림에 닿아 있었고 서쪽은 해자로 빈틈 없이 둘러싸인 상태였다. 게다가 강 한가운데 있는 섬에는 요새가 위치한데다, 강 건너편에도 해상을 공격할 수 있는 탑이 하나 있었다.

그들은 상륙군을 보자마자 농성을 결정한 듯 성으로 몰려들어갔다. 아무래도 강력한 방어시설 덕에 자신감을 가진 모양이었다.

레이놀드는 의례적으로 항복을 권유하는 사자를 보내 봤지만, 거절당했다. 특히 성안에 있을 걸로 추정되던 보니첼은 직접 그를 우롱하는 편지를 보내왔다.

북부에서부터 영 쓸모없던 네놈에게 최근 운이 따른 듯하다만, 이제 내가 이 성을 지키고 있으므로 점령은 영원히 불가하다. 그러니 돌아가 아둔한 제온 경의 묘나 지키도록 해라.

그걸로도 부족해 보니첼이 코르도바에 레이놀드에 대해 안 좋은 소문을 퍼뜨린다는 얘기까지 들려왔다. 전쟁에서 승리해도 여론이 안 좋으면 점령 후에 부담이 따른다.

레이놀드는 보니첼의 태도에 분통이 터졌지만, 애써 화를 삭이며 일단 서쪽에서부터 성을 포위하도록 명령했다.

부대가 막사를 세우고 전투를 준비하는 동안 소규모 공격이 있었다. 하지만 실버레이크군은 별다른 어려움 없이 격퇴하고는 공성 준비를 했다.

레이놀드는 부대에게 가져온 투석기를 조립하게 하고 마법사들에게 공격 마법을 준비 시켰다.

그리고 다음날부터 성을 향해 마법과 투석이 날아가기 시작했다.

일주일 뒤, 레이놀드는 따분한 심정으로 성을 향해 날아가는 투격기 탄환을 구경했다. 상당히 위력적이긴 했지만, 두께가 4미터가 넘는 코도르바의 성벽에는 큰 충격을 주지 못했다.

"대체 저거, 언제 부서질까?"

지루한 표정으로 레이놀드가 묻자 필라보가 어깨만 으쓱거렸다.

"글쎄요, 공성전 경험자들의 말로는 반년은 걸릴 것이라고 하던데요."

레이놀드는 북부의 싸움에서 홉고블린들이 지금보다 더 많은 투석기를 동원했지만 정작 화이트클리프의 성벽에 구멍을 낸 건 스르굴이었다는 사실을 떠올렸다.

'뭔가 이대로는 안 되겠는데 시간만 가고, 뭣보다 보니첼 녀석이 성벽 뒤에 안전하게 숨어 있을 걸 생각하니깐 배알이 꼴려서 죽을 것 같군.'

그리고 그날 열린 회의에서 라 파뇰은 적이 강안(江岸)으로 보급을 계속할 가능성이 있으므로 섬에 있는 요새와 강 반대편의 방어 탑을 점령해야 한다고 주장했다. 고심하던 레이놀드는 전대장의 주장대로 2천의 군대를 강 건너편에 도하시키기로 했다. 아무래도 해안가에 주둔 중인 군선을 움직일 필요가 있었다. 부대는 작전을 위해 제법 기민하게 움직였다.

물론 상당한 인원이 어딘가로 빠져나갔다는 것은 적도 눈치 채긴 했겠지만, 강 반대편을 기습적으로 공격할 줄은 예상하지 못한 듯했다.

덕분에 레이놀드가 이끄는 2천의 군대는 생각보다 쉽게 강 건너의 방어 탑을 점령했다. 유리한 관측 진지를 점령한 그는 이제 섬 안의 요새를 내려다볼 수 있게 되었다.

"뭐야? 병력이 거의 없잖아?"

놀랍게도 강력해 보이던 작은 요새는 예상과 다르게 방어 병력이 거의 없는 상태였다. 기껏해야 백여 명 정도의 모습만 보였다. 레이놀드는 즉각 섬까지 점령하기로 작정하고 임시 해군사령관인 피카르 경을 불렀다.

"섬을 치겠다. 군함에 병력을 태우고 전투 준비를 해라."

"네, 영주님!"

준비를 마친 실버레이크 군은 콜드스트림을 타 올라, 섬으로 접근해 나갔다. 그 공격적인 움직임에 손만 빨고 있던 코르도바 군도 다급해졌다.

"피카르 경, 적의 동태가 심상치 않다. 섬으로 병력을 내리지 말고 안에서의 싸움을 대비하라."

레이놀드의 명령에 해군사령관은 즉각 안달루시아의 군선들을 전투대형으로 배치했다. 그러는 동안에도 코르도바군은 부지런히 배를 타고 있었다.

얼마 지나지 않아 강기슭의 성문을 열어 갤리선에 타고 몰려나왔다. 아군은 이십여 척에 1천6백 명이 나눠 탔고, 적도 비슷한 규모였다. 그렇게 그들은 갑작스레 콜드스트림에서 해전을 하게 되었다.

"투석기 발사!"

피카르의 명령에 실버레이크, 그러니깐 정확히는 얼마 전까지 안달루시아의 해군이었던 배들에서 포탄이 쏟아져 나왔다. 묵직한 돌들이 그대로 적의 갤리선을 강타했다.

쾅! 쿵! 풍덩!

주위는 물보라와 부러진 선채에서 튀어나온 나무 조각들로 뒤덮였다. 적들도 지지 않고 투석을 쏘아대자 실버레이크의 배들도 피해를 보았다.

그러나 이쪽에는 상대보다 앞서는 게 있었다. 바로 람탄 왕국에서 온 마법사들이었다. 그들은 놀라운 솜씨로 상대방의 돛에 불을 붙였다. 그 덕분에 레이놀드의 부대가 우위를 가지게 되었다.

하지만 배를 이용한 싸움이 다 그렇듯 근접해서 상대방 배를 노획하는 것이 가장 중요한 법이다. 분위기가 무르익자 양측의 배는 결연한 각오로 서로에게 충돌했다.

쾅! 콰쾅!

격렬한 충돌음이 사방을 울렸다. 병사들은 비틀거리거나 충격으로 우르르 넘어지며 비명을 질러 댔다. 그때 커다란 돛대가 부러지면서 수면을 때렸다.

끼이잉─ 퍼엉!

마치 폭발음과 같은 소리가 나더니 엄청난 물보라가 레이놀드의 함선을 덮쳤다. 그 때문에 보세앙을 입고 이제나저제나 상대편 배로 건너갈 궁리를 하던 그는 물에 빠진 생쥐 꼴이 되었다.

"이런, 모양 빠지게, 으억!"

그걸로도 부족해 그는 물에 휩쓸려 선체 반대편까지 떠내려가기까지 했다. 레이놀드는 수병들의 도움으로 간신히 일어났다. 아르디오넬이 곁에 있었으면 죽어라 웃어댔겠지만, 그는 선상 전투의 위험 때문에 그녀를 본영에 두고 왔다.

"부딪친다!"

한 수병의 외침에 그는 충돌에 대비해 몸을 웅크렸다. 갑판 일부가 구겨지며 두 척의 배가 단단히 맞붙었다. 곧 큼직한 널빤지가 배 사이에 놓이자 레이놀드는 제일 앞에서 돌격했다.

"배를 접수한다!"

픽- 피슝-.

대답 대신 매서운 화살이 날아왔으나 그는 노출된 얼굴만 팔로 가리고 계속 뛰어갔다. 위험한 근접 거리에서 십여 발을 얻어맞았는데, 과연 드워프의 명성이 헛된 게 아니었는지 보세앙은 화살을 전부 튕겨 냈다.

캉캉캉!

레이놀드는 상대방 배에 도착하자마자 몰려 있는 수군들에게 용의 손톱을 사용했다.

콰쾅! 쾅! 쾅! 쾅!

다섯 갈래의 오러가 뿌려지자 배의 바닥이 부서지며 십여 명의 병사가 피를 뿌리고 흩어졌다. 적들은 그 모습에 놀라 꿀먹은 벙어리처럼 레이놀드를 쳐다봤다.

그는 환하게 미소 지었다.

"모두 배에서 내려! 안 그러면 다 죽이겠다!"

레이놀드의 정중한 권유는 잘 통했다. 동시에 수십 명의 수병이 무기를 버리고 강으로 뛰어들었다.

"하하하핫!"

그는 자신의 위력이 기분 좋은지 웃어 보였다. 레이놀드는 그런 식으로 적의 갤리선 세척을 점령했다. 그러던 중 대장선으로 보이는 커다란 함선을 발견했다.

"배를 저쪽으로 붙여라!"

연달아 적선을 점령한 그는 한껏 기세가 올라 있었다. 이번에 대장선을 점령하고 적 지휘관을 사로잡으면 전투를 마무리지을 수 있을 것 같다는 부푼 기대가 피어올랐다.

"서둘러라!"

그는 마음이 조급해져 수군들을 재촉했다. 그때 요란한 소리와 함께 두 배가 부딪혔다.

쾅! 쿠우우웅!

커다란 충격에 많은 병사가 외마디 비명을 지르며 넘어졌다. 그러나 그 와중에도 밧줄이 서로의 함선을 향해 던져졌고 널빤지가 설치되었다.

레이놀드는 이번에도 상대방의 배에 올라타기 위해 검을 빼들고 대기하고 있었는데, 가까워진 상대편에서 낯익은 인물을 발견했다.

그 징글징글한 민머리가 다시 보인 것이다.

"보니첼!"

레이놀드는 이성이 나가서는 앞뒤 생각 없이 곧장 상대방의 배로 뛰어들었다.

"아직 위험합니다!"

뒤에서 수군장교 하나가 다급하게 외치는 소리가 들려 왔지만 그를 말리지는 못했다. 결국, 장교는 정예병들에게 급하게 레이놀드의 뒤를 따르게 했다.

"막으면 죽는다!"

건너간 레이놀드가 무서운 기세로 적함을 헤집자 보니첼은 당황해서 병사들 뒤로 몸을 피했다. 대장선은 수병들이 유난히 더 많았고 저항도 격렬했다.

때문에 레이놀드와 십여 명의 병력이 올라탔을 때 뒤쪽이 끊기고 말았다. 후속 병력이 도착하지 못하자 그들은 적들의 포위망에 갇혀 버렸다.

"모두 죽을 각오로 싸워라!"

레이놀드를 따라 선두로 돌격한 이들은 모두 정예병들로 용병 생활을 10여 년 이상 한 자들이었다. 그렇기에 모두 레이놀드와 힘을 합쳐 아군이 올 때까지 악착같이 버텼지만 결국 하나둘 쓰러져 갔다.

'제기랄!'

그는 자신의 경솔함에 혀를 찼다. 앞선 전투에서 너무 흥분했던 것 같았다. 아무런 대책 없이 적의 진지에 뛰어들었다. 게다가 위기를 타개할 용의 손톱을 쓸 힘도 남아 있지 않았다.

'낭패로군.'

용의 손톱을 재차 사용하려면 삼십 분은 족히 필요할 듯했다. 레이놀드는 잘못된 판단으로 목숨이 위태로워진 것이었다. 레이놀드는 처음의 기세를 잃었다.

"크하하핫! 꼴좋구나, 종자 놈아!"

레이놀드가 불리해지자 뒤쪽에 숨어 있던 보니첼이 다시 나타나 비웃음을 터뜨렸다. 그는 병력들에게 '저 어린 영주를 죽이면 금화 다섯 개를 주겠다!'라고 소리치며 독려했다. 지켜보던 레이놀드는 울화가 치밀었다.

"이리 와서 겨루자! 비겁자!"

그러나 그는 이미 기사로서의 모든 양심과 미덕을 져버린 지 오래된 것 같았다. 보니첼은 조금의 망설임도 없이 대답했다.

"내가 미쳤냐? 어리석은 놈! 너의 만용을 죽음으로 후회하라!"

점점 상황은 레이놀드에게 불리하게 돌아갔다. 곁을 지키던 아군들이 전부 죽어버렸다. 게다가 적병은 지금까지와 다르게 정예병들이었다.

하나같이 좋은 장비를 가진 그들은 견실한 공격으로 레이놀드를 압박해 왔다. 붉은용의 힘을 쓰면 이들 모두와 겨뤄볼 만했지만, 승리를 장담할 수는 없는 일이었다. 그는 다급한 와중에도 제온 영주의 가르침을 떠올리며 최대한 머리를 굴렸다.

'침착해야 해, 뭔가 방법이 있을 거야.'

레이놀드는 일단 몸을 피하기로 결정했다. 그는 덤벼드는 자들을 밀어뜨리고는 선실 안으로 뛰어들었다.

"잡아! 녀석이 안으로 도망갔다!"

뒤에서 보니첼의 다급한 고함이 들려왔다. 그는 숨을 헐떡이며 안으로 들어가 등으로 문을 밀었다. 흉흉한 적들의 기세에 문이 들썩거렸다.

퍽!

그때 날카로운 창날 하나가 나무 문을 뚫고 그의 얼굴 옆을 스쳤다. 레이놀드는 더 버티지 못하고, 옆에 세워진 쇠봉을 문고리에 걸어 놓고는 통로 안으로 도망갔다. 선실 이곳저곳을 지나는 중 선원들을 만났다. 비전투원인 그들은 레이놀드를 보고 도망가기 바빴다.

'이제 어떻게 한담.'

선체 밖에서는 계속 고함과 비명, 투석기에서 발사된 돌이 배를 흔드는 소리 등이 들려왔다. 그는 독 안에 든 쥐 신세가 어떤 것인지 절절히 느끼며 최대한 현명한 판단을 하려고 노력했다. 그러던 중 한 가지 생각이 떠올랐다.

'그래, 바닥에 구멍을 내는 거야.'

레이놀드는 결심한 듯 배의 바닥이 있는 곳으로 향했다. 그는 용의 분노란 강력한 일격기로 선체를 침수시킬 작정이었다. 아니면 붉은용의 힘을 써서 주먹으로 때려 부숴도 좋았다.

"이봐! 바닥으로 내려가려면 어떻게 해야 하나?"

그는 지나던 선원의 멱살을 잡고는 억지로 길 안내를 시켰다. 좁은 통로를 한참 나아간 끝에 커다란 이 배의 바닥에 도착했다. 그곳은 창고를 겸하고 있는 곳으로 배의 잡다한 화물들이 많이 실려 있었다.

안은 어두컴컴했지만, 오러에서 일어난 오렌지색 빛이 횃불처럼 주변을 비췄다. 어둠 속에서 오러는 더 강렬했고 칼날 가득 실린 마력이 주변으로 조금씩 흘러내렸다. 근처에 있던 쥐들이 갑작스러운 빛에 놀라 사방으로 도망쳤다.

"적당하군."

주위를 둘러본 젊은 영주는 주저 없이 검에 오러를 더욱 불어넣었다. 용의 분노를 사용하려 심장의 마력을 있는 대로 검으로 옮긴 까닭에 썬더 위에 마치 오렌지빛 불이 타오르는 것 같았다.

길 안내를 했던 선원은 너무 놀라 황급히 도망갔다. 레이놀드는 힐끔 그 모습을 보고는 주저 없이 배 바닥을 내리찍었다.

"이얏!"

서걱-.

썬더의 예리한 칼날이 두꺼운 나무 바닥을 뚫고 내려갔다. 다만, 용의 분노는 용의 손톱과 다르게 폭발하는 효과가 없어서 칼날이 그대로 바닥에 박혔다. 그래서 레이놀드는 썬더를 잡아 빼는 데 상당히 애를 먹어야 했다.

"으읙! 좀 빠져라!"

그는 힘을 줘 간신히 검을 뽑아냈다. 그런데 생각보다 물이 배 안으로 들어오지 않아 그 뒤로 몇 번이나 용의 분노를 사용해 선체를 가격했다.

꾸직— 끼이잉—.

그 순간 나무가 뒤틀리고 부서지는 소리가 들려 왔다. 거대한 배의 바닥이 고통으로 비명을 지르는 것 같았다.

'구멍이 나고 있다.'

레이놀드는 배에 대해선 거의 아는 게 없었지만, 이대로 두면 아주 위험한 상태가 된다는 것을 알 수 있었다. 그는 즉각 몸을 돌려 위쪽으로 향했다.

그의 계산대로 배가 침수된다면 선원들이 탈출할 것이다. 그럼 포위가 약해져 무사히 아군의 배로 도망갈 수 있다.

만족스러운 작전이었으나 보세앙을 포기해야 할지도 모른다는 점이 마음에 걸렸다. 그러나 최고의 갑옷이라도 방해가 되면 소용없는 일이다. 갑옷은 사람의 목숨을 지키기 위해 존재하는 것이다.

"저 녀석이! 죽여라!"

그런데 막 선체 밑에서 나와 복도를 걷고 있는 그에게 한 무리의 적들이 달려들었다. 아무래도 쇠봉으로 급하게 막은 문이 버티지 못했던 것 같았다.

레이놀드는 갑작스레 나타난 그들에 잠시 당황했으나 자신이 유리하다는 것을 깨달았다. 복도의 좁은 폭으로 인해 한 번에 많은 인원이 덤비기에는 무리가 있었다. 많아야 두 명 정도만이 자신과의 대결이 가능했다.

'네놈들, 기세 좋은 것도 거기까지다.'

젊은 영주는 압도적인 솜씨로 적들을 유린했다. 그는 아직 21살에 불과했지만, 기사 가문에서 태어나 어려서부터 검을 배웠고 파란 많은 인생을 살아왔다.

덕분에 보통의 병사들로는 꿈도 못 꿀만 한 능력을 갖추고 있었다. 적들 사이에 드문드문 섞여 있던 기사들도 무쇠를 자르는 썬더의 위력 앞에 무릎을 꿇고 말았다.

"죽기 싫으면 비켜라!"

그는 썬더로 앞을 막아선 기사의 복부를 쑤신 다음 쓰러지려는 그를 왼손으로 들어 복도의 벽에 붙어 있던 갈고리에 걸었다. 적들은 그 흉흉한 모습에 질린 표정으로 뒷걸음질 쳤다. 레이놀드는 공포가 잘 벼린 칼날보다 더 강하다는 걸 알았기에 일부러 더 잔인하게 굴었다. 그는 앞쪽에 병사를 붙잡아 나무 벽에 찍었다.

퍼억!

엄청난 힘으로 밀어버린 덕에 머리가 깨지는 끔찍한 광경이 연출됐다. 급기야 근처에 있던 자는 놀라 자리에 주저앉았다. 레이놀드는 위축된 그들을 더욱 다그쳤다.

"더 방해하면 다 죽이겠다!"

겁먹은 적들이 서로 먼저 도망가려 했기에 아비규환이 따로 없었다. 레이놀드는 뒤처진 자들을 공격하며 그들을 쫓았다. 이제 그가 처음 들어온 문에 도달하자 적들은 악을 쓰며 레이놀드가 밖으로 나오지 못하게 문을 막아섰다.

그들은 부서진 나무 문에 어디선가 가져온 판자를 보강해서는 버티려고 애를 썼다. 우습게도 아까와 반대의 상황이 된 것이다.

"막아! 괴물이 튀어나온다!"

밖에서 들리는 다급한 소리에 그는 쓴웃음을 지었다.

'괴물이라니, 정말 섭섭하군.'

레이놀드는 뒤로 몇 걸음 물러나 용의 손톱을 준비했다. 선실로 파고들어 시간을 보낸 탓에 다시 이 강력한 기술을 사용할 여력이 생긴 것이다.

쾅쾅! 쾅쾅쾅!

특유의 강력한 폭발음과 함께 단단한 문과 함께 판자들이 부서졌다. 파편이 사방으로 튀어 올랐고, 문 앞에서 버티고 있던 병사들은 거인의 곤봉을 맞은 것처럼 뒤로 날아갔다.

"으아악!"

"괴물이 튀어나왔다!"

열렬한 호응과 함께 밖으로 나온 레이놀드는 재빨리 주변을 돌아보았다. 어느새 아군 병사들이 꽤 배 위에 올라와 있었다.

주목표인 보니첼이 선미 쪽에서 악을 쓰며 싸우는 꼴을 보자 레이놀드는 주저 없이 그를 향해 나아갔다. 몇 차례 기습적인 화살이 날아왔지만 레이놀드는 재빨리 쇠장갑으로 쳐냈다. 그리고 즉각 용의 손톱을 사용하자 갑판 일부가 무너져 내렸다.

쾅! 쾅! 쾅쾅! 쾅!

"으아아악!"

"도망쳐!"

제법 투지 있게 그에게 덤벼들던 병사들은 이제 서로에게 밀려 사방으로 뿔뿔이 흩어졌다. 그러나 좁은 배 위에서 도망갈 수 있는 곳은 한정된 법이다. 레이놀드의 압박과 새로 배에 올라탄 실버레이크군 때문에 그들은 우왕좌왕하며 혼란에 빠져들었다. 이제 그는 거의 방해를 받지 않고 보니첼에게 다가갔다.

"막아! 저 녀석을 막으라고!"

비겁자인 그는 공포에 빠져 주위의 병사들을 붙잡아 억지로 레이놀드에게 밀어 댔다. 그러면서 자신은 병사들의 뒤로 비집고 숨어 들어갔다. 하지만 선미에서도 제일 끝 부분이었다. 더는 나아갈 곳이 없었다.

"꺼져라!"

레이놀드가 질린 얼굴로 덤벼들던 병사의 얼굴을 쇠장갑으로 강타했다. 동시에 찔러 온 창 세 자루를 겨드랑이에 끼어 빼앗고는 창 자루들을 허벅지에 내리찍어 단번에 부러뜨렸다.

우지끈!

요란한 소리와 함께 세 개의 창 자루가 한꺼번에 부러지자 적들은 그의 용력에 놀라 말을 잃었다. 그럴수록 보니첼은 병력을 통솔하려고 악을 썼지만 이미 대세는 기울었다.

그는 예정된 죽음이 찾아오는 것 같은 공포를 맛보았다. 저 애송이 영주는 절대 자신을 살려두지 않을 게 확실했다. 언제나 약삭빠르게 살길을 찾던 그였지만 이번만큼은 답이 안 보였다.

주위에 있던 코르도바의 수군들은 무기를 버리고 항복하거나 단출한 갑옷을 벗어 던지고 강으로 뛰어들었다. 삽시간에 병력이 흩어지자 지휘관인 보니첼만 달랑 남았다.

"이 쓰레기 놈들! 어디로 도망가나!"

그는 절규했으나 차마 자신도 배 아래로 몸을 날리지 못했다. 기사답게 보니첼은 두꺼운 갑옷을 입고 있어서 저 일렁이는 깊은 강물에 빠졌다가는 생을 장담하기 어려웠다.

"내가 하겠다."

레이놀드는 아군에게 나서지 말라고 손짓하고는 앞으로 나아갔다. 오렌지빛으로 불타는 썬더를 손에 쥔 그는 섬뜩할 정도로 무서운 표정이었다.

"못 본 사이 굉장한 것을 할 수 있게 됐군."

보니첼은 애써 평정을 가장한 목소리로 말했다. 아무래도 썬더 위에 빛나는 오렌지빛이 신경 쓰이는 것 같았다. 오러는 이제 광막 수준이 아니라, 거의 불꽃처럼 변해 있었다. 용의 분노란 기술을 쓸 때가 아니면 보통 이렇게 되는 일은 없는데, 예전에도 한 번 크게 분노했을 때 이랬던 적이 있긴 했다. 아닌 게 아니라 젊은 영주는 지금 입술이 가늘게 떨릴 정도로 화가 난 상태였다. 그는 보니첼의 말을 무시하고 자신이 하고 싶은 얘기를 했다.

"이 검이 뭔지 알고 있나?"

레이놀드는 기다란 노란 검신에 표면에는 꼬아서두드리기(Pattern Welded) 접쇠 방식에 의해 뱀 비늘 무늬가 있는 썬더를 앞으로 내밀었다. 오래된 양식의 북부검이었다. 보니첼의 얼굴에는 공포가 피어올랐다.

"그 검이 어떻게 네놈에게……."

상당히 놀랐는지 야비하게 생긴 얼굴이 덜덜 떨리고 있었다. 레이놀드는 자신의 기억 속에서 언제나 오만했던 보니첼이 보이는 이런 모습에 혀를 찼다.

"보니첼, 네가 저버린 주인의 검으로 최후를 맞이하다니 얄궂군."

그러자 떨고 있던 그는 버럭 화를 냈다.

"이 녀석! 선배에 대한 예우도 모르느냐? 아까부터 듣자하니 말투가 기분 나쁘구나."

문득 레이놀드는 애써 소리를 지르고 대항하는 그의 모습이 애처롭다는 생각이 들었다. 어린 시절 레드포레스트에 온 지 얼마 되지 않았을 때만 해도 보니첼은 언제 따라잡을지 예상하기도 어려운 까마득한 존재였다. 그러나 지금 눈앞에 있는 중년의 기사는 시궁창의 쥐새끼 같았다. 약하고 작고 시끄럽고 더러웠다.

"너는 그냥 하찮은 용병 나부랭이일 뿐이다. 그에 반해 나는 레드포레스트와 에든버러, 그리고 실버레이크와 안달루시아를 다스리는 영주이다. 오히려 지금 기사도 아닌 네놈의 태도가 무례하구나."

정확한 지적에 그는 기분 나쁘다는 듯한 표정이 되었지만, 마땅히 대꾸하지 못했다. 레이놀드는 이제 과거의 원한을 털어 버릴 때가 됐다는 생각에 썬더를 들어 올렸다. 오렌지빛 불꽃이 더욱 강렬하게 타올랐다. 허세를 부리던 보니첼의 얼굴은 새파랗게 질려 갔다.

"이봐! 잠깐만! 살려줘, 살려주면 코르도바를 공략할 기가 막힌 방법을 알려 주지! 아니면 내가 성으로 들어가 문을 열겠다."

보니첼의 다급한 대답에 레이놀드는 한심함을 금할 수 없었다.

"기사일 때 주군을 배신하더니 이제는 고용주를 배신하겠다는 건가?"

"그, 그건 어쨌든 너에게 유리하지 않나! 잘 생각해 봐. 복수보다는 내 제안이 쓸모 있을 것이네, 레이놀드!"

레이놀드는 순간 자신이 이 타락한 인간을 상대로 필요 이상으로 시간을 소비하고 있음을 깨달았다. 보니첼에 대한 커다란 실망 때문인지 복수심이 사라지고 짜증만 났다.

"이제 오래된 숙원(宿怨)을 마무리하자."

"안 돼!"

그의 비명에도 불구하고 레이놀드는 주저 없이 검을 내리쳤다. 보니첼은 황급히 자신의 검을 위로 올려 막았지만 그건 속임수였다.

레이놀드는 그대로 내리치지 않고 검을 아래로 내려 손잡이를 옆구리 쪽까지 뺐다. 그리고는 곧바로 보니첼의 복부를 찔렀다. 죽은 주인의 검이 배신자의 철갑을 종잇장처럼 찢어 버렸다.

"크흑!"

"비겁한 놈에게는 이런 공격이 좋을 거다."

레이놀드는 잠깐이지만 상대를 속였다는 데 즐거움을 느꼈다. 그래도 고통에 일그러져 숨을 헐떡이는 보니첼의 얼굴은 보기 싫었다. 쥐 수염처럼 자란 그의 수염으로 침이 흘러내렸고 벌린 입으로 피가 쏟아졌다.

"안 돼……. 이렇게 죽을 순 없어……. 살려줘."

레이놀드는 상대의 목소리가 듣기 싫었다. 그가 검의 손잡이를 비틀자 날카로운 썬더가 보니첼의 몸을 헤집었다.

"꺼억……. 제발."

그는 마지막까지 삶에 집착했지만 복수의 칼을 쥔 자는 냉정했다. 레이놀드는 매달리는 손을 내치고는 보니첼의 귀에 속삭였다.

"잘 가라."

레이놀드는 썬더를 바로 뽑아냈다. 그리고 비겁자가 목숨을 구걸하기 전에 몸통을 걷어찼다.

"크아아악!"

그렇게 보니첼은 단말마의 비명과 함께 선미에서 떨어졌다.

풍덩!

꽤 요란하게 물이 튀었지만 깊은 강물은 그대로 그를 삼켜 버렸다.

* * *

같은 시간 라 파뇰이 이끄는 본대도 놀고 있지만은 않았다. 투석기와 남은 마법사들이 계속 성채에 흠집을 내고 있었던 것이다.

그러나 제일 중요한 것은 성의 남쪽에 있는 '아이언레이디'라는 방어 성채 쪽에서 이뤄지고 있었다. 실버레이크군은 이미 주요 성채를 향해 꾸준히 참호를 파는 중이었다. 그러면서 라 파뇰은 고민을 거듭하다 그중 아이언레이디를 함락하기로 결정했다. 그 성채는 거대했으나 상대적으로 낡았고 쉽게 무너질 것 같았다.

"어서 이쪽으로!"

스탕달이 뒤를 따르고 있는 자들에게 다급하게 외쳤다. 그는 지금 검이 아니라 곡괭이를 들고 있었다. 그뿐 아니라 주위

이제 그대 가는 길에 죽음을 271

의 병사들도 삽을 든 상태였다.

그들은 지금 아이언레이디를 향해 땅굴을 파는 중이었다. 방패와 구조물로 위를 막으며 아이언레이디까지 참호를 판 실버레이크군은 성채에 근접해서는 밑으로 파고들어 갔다.

"조금만 더 힘을 내라고! 성채의 뿌리 부분에 접근했다."

그들이 땀을 뻘뻘 흘리며 있는 힘껏 땅을 파 갔다. 위쪽에서는 치열한 공방을 벌이고 있는 양부대의 고함과 비명이 들려왔다.

캉!

그때 곡괭이 끝이 단단한 돌을 때리는 소리가 들려 왔다.

"됐다!"

주위에서 '좋아!', '해냈어!' 따위의 짧은 탄성이 들렸다. 스탕달은 바로 뒤쪽을 향해 소리 질렀다.

"마법사님 데리고 와!"

그러자 엄중한 보호를 받고 있던 노마법사가 기사와 병사들 사이를 비집고 들어왔다.

"마법사님, 가능하겠습니까?"

스탕달의 질문에 그는 손가락을 하나를 세워 입술에 댄 후 등에 메고 온 장비들을 내려놓았다. 안에는 갖가지 마법재료와 도구들이 가득했는데 그는 능숙한 솜씨로 그것들을 만지기 시작했다.

"횃불은 위험하니 치우시오."

"하지만 앞이 안 보이실 텐데요."

대답 대신 마법사가 주문으로 빛을 만들어 냈다.

"대체 날 뭘로 보는 거요?"

"······죄송합니다."

노마법사는 빛무리 아래서 이런저런 작업을 개시했다. 즉각 시약을 갈아 약물을 만들고 그걸 조심스럽게 반죽한 점토에 섞었다. 그는 아주 신중한 목소리로 말했다.

"여기 있는 당신들, 몸이 산산조각이 나기 싫으면 꼼짝도 하지 마시오. 재채기조차 위험하다오."

"알겠습니다."

스탕달은 잔뜩 주눅이 들어서 뒤쪽에도 주의하라고 일렀다.

"마법사님 말씀 들었지? 하다못해 재채기라도······."

그러나 말하기가 무섭게 고문관으로 유명한 메디에가 요란하게 재채기를 했다.

"에취이!"

잠시 끔찍한 침묵이 주위를 덮었다. 사람들은 바짝 긴장한 채 눈동자만 굴렸다. 다들 제자리에서 발을 떼기는커녕 숨소리를 내는 것조차 문제가 될지도 모른다고 생각하는 것 같았다.

"······."

"······."

다행히 아무 일도 없었다. 안도의 한숨을 내쉰 스탕달이 웃으며 인상을 구겼다. 메디에는 그의 눈빛에 깜짝 놀라 황급히 고개를 돌렸다.

"아하하하, 하여간 너는 내가 돌아가면 죽여 버릴 거야. 하하하, 아! 마법사님 죄송합니다."

스탕달은 어색한 표정으로 노마법사에게 사과했다. 그런데 그의 표정이 이상했다. 마법사는 사색이 된 표정으로 소리쳤다.

"미안하군, 놀란 탓에 손이 미끄러지고 말았네! 그럼 먼저 가겠네!"

그러더니 노마법사는 다람쥐보다 빠르게 기사들 사이를 빠져나갔다. 당황한 그들이 스탕달을 쳐다보자 그는 웃으며 입을 열었다.

"뭐해, 이 멍청이들아! 어서 안 달리고!"

*　　　*　　　*

레이놀드의 부대는 그때쯤 코르도바의 수군을 거의 정리하고 있었다. 용의 분노를 사용해 배의 바닥에 구멍을 내는 그의 초인적 무용과 보름달을 본 방화범처럼 닥치는 대로 불을 질러대는 마법사들의 활약으로 적의 사기는 금세 꺾였다.

많은 갤리선이 수장되었고 성안으로 통하는 통로를 확보했다. 적들이 어설프게 퇴각하려다 문이 열린 채 성문을 점령당한 것이다. 그때 요란한 소리가 성의 저편에서 들려왔다.

쾅! 우르르르— 콰광!

레이놀드는 작전이 성공했음을 깨달았다. 약속대로 아이언 레이디가 무너져 내린 것이다. 이제 라 파뇰의 본대가 그 잔해를 밟고 밀려들어 올 것이다.

"지금부터가 가장 중요하다! 아군이 들어올 동안 적들을 혼란에 빠뜨린다! 내가 가장 앞에 설 것이다, 따르라!"

"우오오오오!"

레이놀드가 선명하게 빛나는 오러를 뿜어내는 썬더를 들고 앞으로 나서자 아군은 잔뜩 사기가 올랐다. 그는 최근에 했던 일련의 전투들로 확실히 대단한 이력을 만들고 있었다. 이제 병사들은 자신들의 영주를 쓰러지지 않는 최강의 전사로 생각하고 있는 것 같았다. 사실 그는 영웅이라 불릴 만했고 웬만한 실력으로는 앞을 막을 수도 없게 돼버렸다.

"군기를 가져와!"

앞을 막아서는 기사를 단번에 베어 버리며 레이놀드가 소리쳤다. 그의 드래고닉 오러는 날이 갈수록 강해져 이제는 철판 갑옷조차 서걱서걱 베어 버릴 정도에 이르렀다. 썬더와 오러의 상승효과에 그야말로 거칠 게 없었다.

그가 성안의 통로를 지나가도 적들은 감히 레이놀드를 막을 엄두도 내지 못했다. 빛나는 칼을 들고 온몸에 피를 칠한 그는 정말로 두려운 형상을 하고 있었다.

"따르라!"

레이놀드가 군대를 이끌고 도시의 중앙 광장에 도달했을 때 갑자기 화살 비가 그를 향해 쏟아졌다. 레이놀드는 즉각 얼굴을 가리고 웅크렸다.

캉캉캉! 캉! 캉캉!!

화살이 보세앙을 때리는 소리가 요란하게 들렸다. 그러나 그는 웅크린 채 그것들을 견뎌 냈고, 다시 일어나자 아군에서 요란한 함성이 터져 나왔다.

"멀쩡하시다!"

"와아아아!"

자신들의 군주는 진정 신화 속 영웅이었다.

하급병사부터 장교들까지 모두 기세가 올라 계속 고함을 질러 댔다.

"영주님 만세!"

"부대! 영주님을 따르라!"

레이놀드는 뒤로 돌아 병사들에게 손짓했다.

"가자고, 황금이 우리를 기다린다."

<다음 권에 계속>

외전
마지막 방패처녀 조앤

"모르복 밴트릭스!"

클레망소가 왼손에 든 마법 지팡이를 휘두르자 강력한 충격파가 조앤을 향해 쏘아졌다.

쾅!

파괴적인 마법을 그대로 받아 낸 방패가 요란한 소리를 냈다.

"헉, 헉."

조앤은 어깨를 들썩이며 괴로운 표정이 되었다. 마법과 검을 동시에 쓰는 클레망소는 두려운 적이었다. 그럼에도 그녀는 물러날 수 없었다. 뒤에는 방패처녀가 지켜야 할 사람들 수십 명이 있기 때문이었다.

'이 녀석만큼은 꼭 물리쳐야 해.'

그녀는 결연한 눈빛으로 다시 방패를 잡은 손에 힘을 줬다. 그러자 방패가 하늘빛으로 물들기 시작했다. 그 모습에 클레망소는 오른손에 든 검을 땅에 꽂고는 광소를 터뜨렸다.

"조앤 루난데! 아직도 내게 대항하려는 것인가?"

그녀는 잠시 눈앞을 가리고 있는 피 묻은 금발을 귀 뒤로 넘겼다.

"방패처녀는 마지막까지 포기하지 않는다."

그것은 이 여전사들의 오랜 구호였다. 클레망소는 눈살을 찌푸렸다.

"그래, 난 그래서 네년들이 싫어."

곧 그의 마법과 그녀의 방패가 다시 한 번 격돌했다.

성력 758년, 당시 케스핀 왕국은 통일돼 있지 않고 세 개의 국가로 나뉘어 있었다. 그중 북부에 있는 것이 토르덴 왕국이었다. 유서 깊은 국가였지만 국운이 기울어 결국 멸망하고 말았다.

남부의 신흥국인 안두하르 왕국을 당해 내지 못한 것이다. 끝까지 저항하던 토르덴의 전사들은 몰살당하고 말았는데, 개중에는 이미 몰락한 나라가 준 마지막 임무를 수행하고 있는 자들도 있었다.

바로 조앤 같은 방패처녀들이었다. 여전사인 그녀들은 평소에도 방어와 호위 임무를 담당하곤 했다. 그러던 중 왕가가 망하자 왕족과 주요 인물들을 국외로 도주시키는 일을 맞게 된 것이다.

멸망한 왕국을 재건할 주요 인물들이 탈출하는 동안 많은 방패처녀들이 죽음을 맞이했다. 올해 35살인 조앤 루난데는 그런 방패처녀들 중 마지막 전사였다. 일련의 탈출은 이미 결과가 나왔으며 그 과정에서 모든 방패처녀들이 죽음을 맞이했다. 그녀는 주요 인물의 탈출을 수행하는 마지막 전사였다.

조앤의 임무는 거의 성공할 것처럼 보였다. 수많은 전사가 쓰러진 덕에 그녀가 호위한 왕가의 친척들을 황량한 서부까지 데려오는 것에 성공했다.

하지만 긴 서부를 지나 타국으로 나아가기 직전 악랄한 클레망소와 그의 부하들이 따라붙고 만 것이다. 클레망소는 검과 마법을 동시에 다루는 자로 이름 높은 싸움꾼이었다. 그와 치열한 전투를 벌이는 과정에서 조앤의 동료와 다른 호위병들은 모조리 죽고 말았다. 이제 왕족을 지킬 사람은 그녀 혼자였다.

쾅!

클레망소의 마법검이 재차 조앤의 하늘빛 방패를 때렸다. 요란한 소리에 조앤 뒤쪽에 모여 있는 왕족들의 얼굴이 새파랗게 질려 버렸다. 지금 그들의 수호자는 한계까지 온 듯 크게 힘을 쓰지 못하고 있었다.

"크하하핫! 힘이 다 빠진 것이냐? 조앤!"

클레망소는 유쾌하게 웃으며 마법 지팡이를 앞으로 내밀었다. 아까부터 눈앞의 방패처녀는 그들의 특기를 살리지 못하고 있었다.

바로 상대의 힘을 튕겨 내는 신비한 기술.

하지만 웬일인지 조앤은 방패를 하늘빛으로 물들이고도 클레망소의 공격을 막아 내기만 할 뿐이었다. 그는 이제 조앤에게 더 이상 힘이 남아 있지 않은 것으로 판단하고 마음껏 공격을 퍼부었다.

"바스 렐 혼토락!"

화르르르륵─.

강력한 화염이 방사되자 조앤은 황급히 방패 뒤로 숨었다. 그녀의 아름다운 머리칼이 그을리고 하얀 피부는 화상으로 벌겋게 달아올랐다.

"그렇게 방패 뒤에서 버틸 뿐이라면 날 못 이길 텐데? 마지막까지 포기하지 않는다는 건 거짓말이었나?"

헐떡이는 조앤과 다르게 클레망소는 여유 넘치는 태도였다. 이제 눈앞의 강력한 적이 쓰러지는 건 시간문제였다. 그의 부하도 다 죽긴 했으나 그녀를 쓰러뜨리면 남은 왕족들을 학살하는 건 일도 아니다.

그런데 상대방의 눈은 아직 죽지 않았다. 클레망소를 자신을 흔들림 없이 노려보는 그 눈빛이 마음에 들지 않았다.

"그래, 이제 끝내주마."

그는 주문을 외우며 마법 지팡이를 자신의 칼에 비볐다.

징- 지징-.

갑자기 칼날 위로 서늘한 예기가 서렸다. 클레망소는 지팡이를 버리고 검을 양손으로 움켜잡았다. 그리고 있는 힘을 다해 조앤에게 검을 휘둘렀다. 그의 목소리가 자신만만하게 사방을 울렸다.

"잘 가라!"

카앙!

클레망소의 마법 걸린 검이 조앤의 방패로 떨어지는 순간, 빛이 번쩍하며 주변을 온통 하얗게 물들였다. 소음이 너무 커 귀로 들을 수 있는 영역을 넘어 버린 것 같았다. 처음에 폭발음이 잠시 들리나 싶더니 낮게 울리는 이상한 소리와 함께 더는 아무것도 들리지 않았다. 클레망소는 그 짧은 순간 조앤의 방패에서 갖가지 힘이 튀어나오는 것을 보았다. 불 충격파, 검의 예기 등이었는데 그건 모두 그가 조앤을 공격했던 힘이었다.

'어떻게?'

그러나 그가 의문을 해결하기도 전에 튕겨 나온 힘들은 클레망소를 덮쳐 버렸다.

번쩍-.

짧고 강한 빛의 충격이 끝나자 눈앞에는 아무것도 없었다.

강력한 적이었던 클레망소가 흔적도 없이 사라진 것이다.

"하아, 하아."

적을 쓰러뜨리자마자 조앤은 숨을 몰아쉬며 자리에 주저앉았다.

울컥!

입에서 피가 쏟아져 내렸다. 승리를 위해 무리한 기술을 펼친 대가다. 그럼에도 그녀는 후회하지 않았다. 방패처녀로서 임무에 성공한 것이다. 이제 적들이 소멸하였으니 왕족들은 무사히 외국으로 도망갈 것이다. 그녀는 만족스러운 표정을 지으며 땅 위에 쓰러졌다.

'언니, 제가 죽기 전에 언니의 기술을 해냈네요.'

조앤이 쓴 기술은 그녀의 언니이자, 왕국 최고의 방패처녀였던 베렌가리아의 기술이다. 적의 공격을 즉각 튕겨내는 보통의 기법과 다르게 몇 번이고 적의 공격을 받아낸 뒤 그것을 모아서 튕기는 것이다.

일격에 대단한 위력이 나온다. 다만, 몇 번이고 적의 공격을 받아야 하는 위험과 쌓인 파괴력을 방패 안에 안전히 모아야 하는 부담이 따른다.

조앤은 그 기술에 성공해 클레망소를 쓰러뜨리긴 했지만 아무래도 완벽하게 구사하지 못했던 모양이었다. 모인 힘을 온전히 그에게 튕기지 못해 그 일부가 몸을 헤집고 말았다. 쓰러진 그녀는 자신의 죽음을 예감했다.

"고귀한 처녀여."

한 왕족이 조앤의 곁에 다가와 무릎을 꿇고 고개를 숙였다. 그는 토르덴의 네 번째 왕자인 브로솔레트로, 조앤이 마음속 깊이 사모하고 있는 사람이었다.

그러나 방패처녀의 신분상 애만 태우고 말 한마디 제대로 못해 왔다. 사실 이 절망적인 임무도 왕자 때문에 적극적으로 임했다.

'그것도 이제 끝이군.'

조앤은 죽어 가면서 자신이 좋아했던 왕자를 바라보았다. 어느새 다른 왕족들도 다가와 그녀를 둘러쌌다. 그때 한 어린 소녀가 울음을 터뜨리자 그 서러움이 사람들 사이로 번졌다.

가뜩이나 망국의 한을 안고 도망가던 그들이었는데 고생을 함께한 그녀가 쓰러지자 슬픔이 북받친 것이다. 조앤은 말할 수 없는 감정을 담아 브로솔레트 왕자를 보았다.

"고귀한 분은 제가 아니라 당신이십니다. 부디 무사히 도망가시길……."

"이대로 그대를 두고 갈 수 없소."

"어서 떠나십시오. 추적자들이 붙을지 모릅니다. 이제 저는 당신을 지켜 드릴 수 없습니다."

의지가 강해 보이던 왕자도 더 참지 못하고 눈물을 흘렸다.

"아, 통탄스럽구나, 망국의 한이여! 이 고귀한 처녀를 들판에 버리고 가야 한다니!"

그는 자신의 옷을 찢으며 땅을 두드렸다. 조앤은 죽어 가면서도 사모했던 그를 달랬다.

"그저 자연으로 돌아갈 뿐이지요. 그러니 어서 서두르십시오."

브로솔레트 왕자는 쓰러진 조앤을 똑바로 눕히고는 자신의 망토를 끌러 그녀의 몸에 덮어 주었다.

"당신을 잊지 않겠소, 조앤 루난데."

그리고 왕자는 무리를 이끌고 떠나갔다. 그녀는 피를 흘리면서 멸망한 왕가의 자손들이 떠나는 뒷모습을 한참이나 바라보았다.

"쿨럭!"

다시 한차례 피가 입을 타고 쏟아져 나왔다. 이제 시간이 없었다. 그녀는 떨리는 손으로 자신의 목걸이를 잡아 뜯고는 조용히 고대의 주문을 외웠다.

"샤르린 모렐 샤린느……."

조앤의 주문에 따라 주변에 점점 차가운 눈발이 날리기 시작하더니 눈들이 가운데로 뭉쳐 어떤 형상을 만들어 갔다. 잠시 뒤, 눈덩이는 아름다운 여성의 모양으로 변했다.

"조앤……."

안타까운 목소리가 흘러나왔다. 그녀는 눈의 요정이자 조앤의 친구인 윈터본이었다. 요정은 조앤이 이렇게 될 것을 알고 있었는지 많이 놀라지 않았다. 그저 목소리에 슬픔만이 묻어

날 뿐이었다.

"윈터본, 난 시간이 별로 없어."

"가여운 조앤, 내가 널 위해 뭘 할 수 있을까?"

"지금은 날 위해 무덤을 만들어줘. 그리고 시간이 흐른 뒤 내 조카에게 무덤을 찾게 해. 그럼 그 아이가 힘을 계승할 거야."

그녀를 마지막으로 더 이상의 방패처녀가 없었다. 반드시 계승자가 필요했다. 물론 다른 방패처녀가 어떤 조치를 했는지 알 수 없었으나 일단은 자신의 힘을 전해 줄 방법을 찾아야 했다. 조앤은 서부로 오는 내내 계승자를 생각했는데 아무래도 조카인 나오미가 좋을 것 같았다. 그 아이는 어려서부터 방패처녀가 되고 싶어 한데다 자질도 충분했다. 조앤은 새삼 방패처녀가 되기를 거절하고 결혼한 둘째 언니가 고마웠다. 어린 시절에는 언니를 꽤 원망했었다. 사랑 때문에 세 자매가 함께 방패처녀가 되기로 한 약속을 저버렸다고 생각했기 때문이었다.

'하긴 셋 다 그랬으면 부모님께서도 슬퍼하셨을 거야.'

짧게 웃던 그녀는 친구를 쳐다봤다. 눈의 요정인 윈터본의 얼굴은 얼음과 눈으로 만들어져 있었지만, 더없이 큰 슬픔을 담고 있었다.

"조앤, 약속할게. 네 무덤을 비밀스러운 곳에 숨기고 때가 되면 조카를 이곳으로 데려와 네 힘을 계승하게 할 거야."

"고마워 윈터본. 그 아이의 이름은 나오미야. 유스테드와 로지의 딸인 나오미."

그리고 얼마 되지 않아 마지막 방패처녀인 조앤 루난데는 친구인 눈의 요정 윈터본의 품에서 숨을 거뒀다. 요정은 그녀의 시체를 북부로 옮긴 뒤 비밀스러운 곳에 숨겼다.

"꼭 나오미를 데려오겠어."

일을 마친 요정은 삼 일간 죽은 자를 애도하고는 차가운 정령들의 위대한 도시 중 하나인 '얼음수정동굴'로 돌아갔다.

*   *   *

몇 년 뒤.

윈터본은 나오미가 성년이 되길 기다리며 고향에서 시간을 보내고 있었다. 얼음수정동굴은 한겨울의 차르(Tsar)인 메르빌록 8세가 다스리는 거대한 도시로, 끝을 알 수 없는 거대한 빙하 안에 개미집처럼 펼쳐진 곳이다.

동굴 안은 얼음과 수정, 약간의 돌로 만들어졌는데 통로와 방 같은 사소한 것들부터 도로와 공동, 광장, 심지어 호수와 작은 산들까지 있었다.

그 속에서 수십만의 차가운 정령들이 거주했다. 윈터본도 도시의 거주민 중 하나로, 공동체에서 솜씨 높은 재단사로 이름을 날리고 있었다. 그러던 어느 날 윈터본은 높은 분에게 일거리를 받게 되었다. 바로 메르빌록 8세의 딸인 '서리 숙녀'의 옷을 만들게 된 것이다.

처음에 일은 순조로웠다. 윈터본은 그 명성만큼이나 훌륭한 솜씨로 얼음 비단을 잘라 내 멋진 드레스를 만들어 갔다. 그건 주물질계의 인간들의 옷인 로브 푸로(Robe Fourreau)에서 영감을 얻은 것으로 날씬한 서리 숙녀의 맵시를 한껏 살려 줄 게 틀림없었다.

그런데 문제가 발생했다. 윈터본의 조수였던 진눈깨비 정령 윈프레드가 진귀한 얼음 비단을 훔쳐서 달아난 것이다. 그 일로 인해 옷을 기다리던 서리 숙녀의 분노는 말할 것도 없었다. 언제나 얼어붙어 있어 조금의 눈물도 흘릴 줄 모르는 그녀는 윈터본에게도 책임을 물었다. 그렇게 촉망 받던 재단사는 아무도 오지 않는 얼음 미로의 감옥에 갇혀 버리게 됐다. 그 뒤에 윈프레드가 분노한 서리 숙녀에게 잡혔는지는 그녀는 듣지 못했다. 다만, 이제 자신이 언제 감옥을 나갈지 알 수 없다는 것만은 확실해졌다.

"이봐요! 전 소중한 약속을 지켜야 해요! 부디 제발 꺼내 주세요!"

윈터본은 죽어 가던 조앤의 모습을 떠올리며 애타게 소리를 질렀다. 하지만 아무도 오지 않는 얼음 미로 속에서 그녀의 안타까운 사연을 들어 주는 이가 아무도 없었다.

이 가여운 눈의 요정은 깊은 절망에 빠졌고 그로부터 수백

년이 흘러 버렸다. 약속의 주인공이었던 나오미가 조앤의 힘을 이어받지 못한 채 평범한 여인으로 늙어 죽고도 수많은 시간이 지나 버린 것이다.

"미안, 조앤, 정말 미안해……."

눈의 요정은 우는 법을 몰랐으나 매일 눈물을 흘리는 심경으로 하루하루를 보냈다. 아무래도 조금의 자비도 모르는 서리 숙녀는 자신에 대해 잊어버린 게 틀림없었다.

그러던 어느 날.

요정이 감옥에 들어오고 헤아릴 수 없을 정도의 시간이 흐른 뒤, 서리 숙녀의 하인인 결빙의 기사가 그녀에게 왔다.

"윈터본, 아가씨께서 널 찾는다."

*   *   *

눈의 요정 윈터본은 거의 5백 년 만에 감옥에서 나오게 되었다. 지독한 세월 동안 그녀를 가둬 둔 서리 숙녀는 대뜸 새로 비단을 짜라고 말했다.

"주물질계로 나가서 폭설의 마녀를 만나 필요한 재료를 받아. 최대한 빨리 그것들로 비단을 짠 뒤 옷을 만들어 바치도록 해."

서리 숙녀는 여태껏 윈터본을 잊고 있던 주제에 필요하니까 다시 불러서 일을 시키는 것이었다. 윈터본은 울컥 올라오는 짜증에 위가 아픈 기분이었으나, 겉으로는 첫눈처럼 화사하게 웃음 지었다.

"물론이에요, 아가씨. 천한 제게 그런 영광을 주셔서 감사합니다. 최고의 솜씨를 부려 보겠습니다."

"알았으면 어서 가봐."

윈터본은 혹시나 서리 숙녀의 마음이 변할까 봐 곧장 얼음 수정동굴을 떠나 주물질계로 나왔다. 그런데 기가 막히게 운이 좋았다.

운명이 지금까지의 불행을 위로해 주려고 했는지 폭설의 마녀는 조앤이 살던 지역에 있었다. 그녀는 나오미의 후손에게라도 힘을 전해 주려 지금은 북부라고 불리는 그 지역을 살피고 다녔다.

그런데 윈터본은 얼마 되지 않아 문제에 봉착했다. 이제 방패처녀가 없는 건 이해하겠지만, 세상에는 더 이상 여전사가 없었다. 인간의 사회는 그녀가 알던 때와 상당히 달라진 상태였다. 끝없는 세월을 살아가는 눈의 요정인 윈터본은 이런 급진적인 변화를 쉽게 이해할 수 없었다. 여러 개로 나뉘었던 국가는 케스핀 왕국이란 이름 아래 통일돼 있었고 여자들은 이제 검과 방패를 들지 않았다.

그들은 늘 화장을 하고 예의 바르게 말하며 아름다운 옷들을 찾아다녔다. 북부에는 손이 망가지도록 단련하던 여전사 대신 차와 쿠키를 즐기는 귀부인만이 남게 된 것이다. 그녀들은 조상과 너무도 달랐다. 전혀 진취적이지 않았고 남자들의 보호를 받으며 살아갔다.

귀부인들은 주체성을 잃어버린 대신 끊임없이 남자들에게 무언가 요구할 권리를 얻은 것처럼 보였다. 보석과 가구, 드레스와 귀중품을 받는 대신 여자들은 남자들이 정한 규칙 속에서 살아가고 있었다. 어떻게 보면 그들도 그것에 만족하는 것 같았다.

"세상이 어떻게 변한 거지?"

윈터본은 이 땅에 더 이상 방패처녀가 될 여자가 없다는 사실에 크게 당황하고 말았다. 그녀는 북부의 모든 도시를 돌아다녔다.

화이트클리프와 하드스톤 같은 위대한 도시부터 아란빌과 론베이, 레드포레스트 같은 작은 외곽도시까지. 여자들은 자신의 조상처럼 금발에 벽안, 훤칠한 키를 가졌지만 닮은 건 그것뿐이었다.

어느 날인가는 노파로 변장한 윈터본이 귀족 아가씨와 얘기를 나눠 봤지만, 그녀는 재산이 많은 남자에게 시집갈 생각뿐이었다. 자신의 인생과 운명에 대한 고민은 조금도 하지 않는 것 같았다.

"하아……."

눈의 요정은 고민에 고민을 거듭했다. 폭설의 마녀를 만나야 했기에 언제까지 이 약속에 얽매여 있을 수도 없는 노릇이었다.

　내키지 않았으나 그녀는 꺼리던 방법을 쓰기로 했다. 바로 조앤의 무덤에 대해 소문을 내는 것이었다. 북부의 두 개의 섬 너머, 작은 개암나무 숲 안에 조앤 루난데의 무덤이 있다. 그리고 그 무덤을 찾은 자는 고대의 힘을 계승할 것이라고 말이다. 상당히 직접적인 소문이었다. 윈터본은 이렇게 소문을 내면 쓸데없는 자들이 몰려들지 않을까 염려스러웠지만, 분명히 조상으로부터 이야기를 들은 여자가 나타날 것이라 생각했다.

　'그래, 잘 될 거야.'

　기대를 품은 그녀는 인간으로 변장해 소문을 퍼뜨리고 다녔다. '조앤 루난데의 무덤을 발견됐대요.'라고 말이다. 한동안 그 이야기는 사람들 사이에서 화제가 되었다. 조앤은 옛 왕국의 패망사에 나오는 마지막 방패처녀로 시인들의 8행시나 소곡(Sonnet)에 등장할 정도로 유명한 여전사였다. 덕분에 윈터본의 기대는 더욱 커졌다.

　'좋아, 이대로라면 누군가가 나설 거야.'

　그러나 아무도 조앤의 무덤을 찾아 나서지 않았다. 모험심 강한 기사들은 남자였다. 어차피 찾아도 방패처녀의 힘을 계승하지 못하니 관심이 없었다. 그리고 여자들은 방패를 들어야겠다는 생각조차 하지 않았다. 일단은 새로 산 드레스 자락에 흙먼지가 묻는 걸 원치 않았다. 또 혹시라도 힘에 따른 의무가 따라붙을까 두려워했다.

"미안해, 조앤. 약속을 지키지 못할 것 같아."

윈터본은 절망하고 말았다. 수백 년간을 간직해온 약속을 지킬 방도가 없다. 과거에 명예의 상징이었던 그 힘을 이제는 아무도 원하지 않았다. 낙담한 눈의 요정은 일을 포기하고 폭설의 마녀를 찾아 떠났다. 그녀는 마녀의 곁에서 다음 해까지 눈과 얼음 결정으로 비단을 만들었다. 귀신같은 솜씨로 만들어진 그것은 햇살 아래 하얗게 반짝거렸다. 이것으로 옷을 만들면 대단한 작품이 나올 것 같았다. 그럼에도 요정의 얼굴은 밝지 않았다.

"아이야, 비단을 만드는 내내 네 얼굴이 슬픔에 젖어 있구나. 무슨 사연을 가지고 있는 것이냐? 어쩌면 내가 조금은 도움이 될지도 모르겠구나."

폭설의 마녀는 북부에 첫 폭설이 내리던 때부터 살아왔다고 했다. 수많은 겨울을 보낸 그녀는 지혜롭기로 유명했다. 그럼에도 낙담한 윈터본은 크게 기대하지 않았다.

그저 담담하게 자신의 사연을 털어놨다. 묵묵히 듣던 폭설의 마녀는 뭔가 해결책을 제시해 주지는 않았으나 한 가지 충고를 했다.

"넌 이제 친구와 약속을 지키지 못하게 되었구나. 그럼 이렇게 슬퍼하지만 말고 친구를 찾아가서 사과하는 건 어떻겠니? 비록 하늘의 율법에 따라 산 자와 죽은 자가 교통하지 못하지만 적어도 조앤의 무덤에 사과할 수는 있을 거야. 그런다면 아마 네 마음도 조금은 편해지지 않겠니? 이미 이루기 힘들어진 일, 죽은 조앤도 널 이해할 거다."

그러면서 마녀는 알 듯 말 듯한 미소를 지었다. 묵묵히 듣던 윈터본은 그녀의 말이 옳다고 느꼈다.

요정은 주물질계를 떠나기 전, 눈물이 묻힌 곳을 찾아가기로 했다. 그리고 때가 되었을 때 그녀는 비단을 품에 안고 개암나무 숲으로 향했다.

"어라?"

조용히 바람에 섞여 날아가던 눈의 요정은 무언가를 발견하고 놀라고 말았다. 웬 말을 탄 기사가 숲으로 향하고 있었던 것이다.

훤칠한 키에 철판갑옷을 입고 등 뒤로는 노란 망토를 길게 늘어뜨리고 있었다. 망토에 높은 성이 그려진 문장으로 보아 그는 하드스톤의 기사인 것 같았다.

'고마워, 여기까지.'

윈터본은 계속 자신을 태워 준 바람에게 작별을 고하고 기사에게 다가갔다. 요정의 눈은 호기심으로 반짝였다.

'방패처녀의 힘은 결혼하지 않은 여자들에게만 허락된 힘이야. 그런데 기사가 왜 관심이 있을까?'

대기 중으로 녹아들어 투명하게 변한 요정은 기사를 따라갔다.

"여기가 확실한 것 같아. 두 개의 섬은 론과 란이란 쌍둥이

산이 틀림없어."

들려온 목소리는 앳되고 맑았다. 아직 어린 소녀의 목소리 같았다.

'설마 여자?'

윈터본은 더욱 호기심이 동해 기사를 살펴보았다. 어쨌든 기사가 길을 잘 찾아온 건 사실이었다. 론과 란이라고 불리는 쌍둥이 산이 있던 이곳은 원래 호수였기에 두 개의 섬이라고 불린 것이다.

"아, 덥다."

그때 기사가 자신의 투구를 벗어 말안장에 걸었다. 윈터본은 황급히 얼굴을 들이밀고 기사를 살피다가 크게 웃음을 터뜨렸다.

"꺄하하하하."

물론 정체를 숨기고 있는 요정의 목소리를 인간이 들을 리가 없었다. 윈터본은 자신이 수백 년 만에 이렇게 웃어 본 게 언젠가 싶을 정도로 포복절도했다.

"왜 갑자기 귀가 가렵지."

눈앞의 기사는 소녀였다. 아직 어려 보이는데 키만은 아주 훤칠하게 컸다. 짧은 머리는 스스로 잘랐는지 들쑥날쑥 엉망이었고 얼굴에는 숯으로 검댕을 칠하고 있었다. 그리고 그중에 가장 웃긴 건 말총으로 만든 가짜 수염을 코에 붙이고 있는 것이었다.

아마 남자로 보이게끔 변장한 모양인데 하나같이 너무 어설프고 안 어울렸다. 눈의 요정이 언뜻 보기에도 소녀는 대단한 미인으로 녹옥 같은 눈동자에 분홍빛 입술은 숨길 길이 없어 보였다.

'닮았다.'

윈터본은 눈앞의 소녀가 죽은 조앤과 똑 닮았음을 깨달았다. 조앤도 금발에 녹안이 인상적인 미녀였다. 잠시 아련한 눈빛으로 소녀를 바라보던 윈터본은 소녀가 기사의 복장을 하고 이 낯선 지역에서 무얼 하는지 궁금해졌다.

'바람아, 친절한 바람아.'

그녀는 오랜 친구인 북부의 바람들을 불러 소녀에 대해 물었다. 요정의 주위로 몰려든 바람이 이 웃기는 변장을 한 소녀에 대해 제각각 떠들기 시작했다.

'그녀의 이름은 아리엘 아르디야.'

'하드스톤의 스랭도르 경의 둘째 딸이지.'

'여자아인데 기사가 되는 게 꿈이라고 그래.'

'아마 며칠 전에 가출해서 지금 성에서 난리가 났을걸? 린네! 넌 방금 하드스톤에서 날아왔지? 뭘 보고 왔니?'

'말도 마, 얘. 지금 그 성의 주인이 노발대발해서 딸을 찾으러 사방에 기사들을 보내고 있어.'

한참 이야기를 듣던 윈터본은 소녀에 대한 모든 사정을 알게 되었다. 그리고 빙그레 미소 지었다. 이 시대에 아직 여전사가 남아 있었던 모양이다. 고귀한 태생인 아리엘이 아버지의 뜻을 거스르고 방패처녀가 되기 위해 홀로 가출했던 것이다.

'조앤, 잘하면 너와의 약속을 지킬 수 있을 것 같아.'

윈터본은 먼저 개암나무 숲으로 향했다. 그녀는 아리엘을 시험해 볼 생각이었다. 방패처녀의 힘은 강력하고 명예로운 것이다.

반드시 어울리는 자가 가져야 한다. 눈의 요정은 설령 약속을 못 지키는 한이 있더라도 아리엘의 자질을 시험해 보기로 했다.

'그런데 어떻게 시험한담.'

막상 급하게 뭔가를 해보려고 하니깐 윈터본은 영 좋은 수가 떠오르지 않았다.

"에취!"

그사이 아리엘은 차곡차곡 숲으로 향하고 있었다.

'에이, 이 말총 수염 때문에 간지러워 죽겠어. 보는 사람도 없는데 이만 떼어 버리자.'

소녀는 조심스럽게 코밑에 붙은 웃기는 수염을 떼어 냈다.

"아야!"

아무래도 접착제를 좀 많이 바른 것 같았다. 겨우겨우 떼어 내자 살이 빨개졌다. 그녀는 다시 씩 웃고는 손가락으로 인중을 몇 차례 쓱쓱 문지르고 말았다. 유약해 보이는 겉모습과 다르게 꽤 씩씩한 성격인 듯했다.

"다 왔다! 여기에 조앤의 무덤이 있겠지? 내가 방패처녀가 되면 아버지도 아마 날 자랑스러워하시겠지."

아리엘은 상황을 낙관하며 개암나무 숲으로 들어갔다. 숲 안은 크지 않은 개암나무들이 빼곡해 좀처럼 말을 움직이기가 쉽지 않았다. 그녀는 말에서 내려 말고삐를 잡고는 조심스럽게 이동했다. 윈터본은 그 모습을 보며 여전히 허둥대고 있었다.

'아! 어떻게 하지? 이럴 땐 옛이야기처럼 뭔가 멋진 시험에 들게 해 줘야 하는데. 어떻게 갑자기 하려니깐 별로 생각이 안 나, 그래도 한 세 가지는 해야 할 텐데!'

눈의 요정인 그녀는 할 수만 있었으면 땀을 한 바가지는 흘릴 듯한 모양새였다. 고민하던 윈터본은 조금 마음을 가라앉히고 죽은 친구에 대해 생각했다.

'조앤……'

요정은 조앤 루난데의 모습에서 방패처녀의 미덕을 찾아보려 했다. 그러다 친구가 사람들을 위해 죽었음을 기억해 냈다.

'그래, 자기희생과 봉사.'

윈터본은 자신의 몸을 두 개로 나눴다. 원래 눈덩이인 그녀는 쉽게 몸을 분리할 수 있었다. 이번에는 작은 덩이와 큰 덩이로 변했는데 떨어진 둘은 점점 다른 형태로 변해 갔다. 작은 건 귀여운 엘프 소녀로, 큰 건 무서운 버그베어가 되었다. 버그베어가 엘프 소녀를 보더니 고함을 질러 댔다.

"쿠어어어억! 잡아먹어 버리겠다, 이 앙증맞은 것아!"

흉포한 위협에 엘프 소녀는 양손을 볼에 가져다 대더니 소리를 질렀다.

"꺄아아아악!"

그러다 비명은 점점 웃음소리로 바뀌었다.

"꺄하하핫! 제법인데, 윈터본."

버그베어도 웃음을 터뜨린다.

"쿠허허허헛! 너도 제법이야, 윈터본."

엘프 소녀와 버그베어는 사이좋게 손을 마주쳤다. 누가 보면 미쳤다고 할지 모를 광경이지만 애초에 인간의 상식으로 요정의 머리를 이해하는 건 무리이다. 거기에 변덕스럽기로 유명한 차가운 정령이라면 말할 것도 없다.

"가자, 안 귀여운 윈터본아. 아리엘이 내 비명을 이미 들은 것 같아. 숲 저쪽이 소란스러운걸?"

작은 엘프가 버그베어의 지저분한 옷자락을 잡아끌었다. 과연 그녀의 말대로 아리엘은 소녀의 비명을 듣고 놀라서 달려오는 중이었다. 어찌나 그 기세가 강맹한지 주변의 새들이 놀라서 모조리 날아올랐다.

"꺄아아악!"

잠시 대기하던 작은 엘프는 이제 비명을 지르며 본격적으로 도망가기 시작했다. 뒤에서는 버그베어가 제법 실감 나는 연기를 하며 뒤쫓아 갔다.

"야! 꼬맹이 윈터본, 좀 빨리 가. 이러면 네가 안 잡히는 게 이상하잖아."

"아, 쫌! 다리가 짧은 걸 어떻게 하라고. 아직 보이지도 않는데 왜 이리 빨리 쫓아와! 누굴 닮아서 이렇게 멍청해!"

버그베어가 어이없다는 듯 양손을 허리에 올렸다.

"내가 너거든요?"

"⋯⋯아, 그렇지."

작은 엘프는 황당해 하는 표정이었다. 비명을 지르며 달리는 사이에 까먹은 것이다. 아무래도 너무 신을 냈던 것 같다.

"우리 이런 쓸모없는 제 살 깎아 먹기는 그만하지 않을래?"

"동감이야, 자신의 멍청함을 발견한다는 게 좋은 기분은 아니네."

아무래도 본체의 눈덩이를 더 많이 가져간 버그베어 쪽이 똑똑한 모양이었다. 그때 아리엘이 도착했다.

"이 못된 녀석! 당장 소녀에게서 떨어져!"

제법 그 기세가 당당하고 멋이 있었다. 역시 아리엘은 큰 키가 먹어 주는 여자였다. 그야말로 훤칠한 미소년 기사님의 등장 같았다.

'야, 제법 분위기 나오는데?'

엘프가 속삭이자 버그베어가 재촉한다.

'얼른 비명이나 질러.'

작은 엘프는 고개를 끄덕이더니 신 나게 달려가 아리엘의 뒤로 숨었다.

"꺄아아아악! 기사님, 구해 주세요."

그사이 버그베어는 멀뚱히 지켜만 봤다. 다소 이상한 분위기였지만 처음 보는 버그베어에 정신이 팔린 아리엘은 알아채지 못했다.

"괜찮아, 내가 지켜 줄게."

아리엘은 황급히 한쪽 손을 뒤로 뻗어 소녀를 다독이고는 눈앞의 괴물을 향해 검을 들었다.

"내가 있는 한 엘프를 먹지는 못할 것이다!"

순간, 버그베어 윈터본은 좀 억울했다. 먹는다니! 연기를 하는 중이긴 했지만, 자신처럼 고고하고 아름다운데다 무척이나 사랑스러워서 인기도 많은 눈의 요정이 엘프를 먹는다고? 왠지 변명이라도 해야겠다는 생각이 들었다.

"아니, 난 딱히 그럴 생각까지는……."

"닥쳐라! 너에겐 한 끼 식사겠지만 소중한 생명이다!"

"너 완전히 오해를……."

"하드스톤을 위해!"

더 듣지 않고 아리엘은 돌격했다. 버그베어는 급기야 머리를 감싸 쥐었다.

'아, 역시 갑옷 입은 것들은 말이 안 통한다는 만고불변의 진리를 까먹는 게 아니었어! 여자나 남자나 똑같구나!'

한숨을 내쉰 버그베어는 적당히 상대하다 진 척하고 도망가야겠다는 생각이 들었다. 올해 14살 소녀가 강해 봐야 얼마나 강하겠는가. 오히려 너무 봐준 기색을 내지 않는 게 걱정이었다. 그런데 그게 하다 보니깐 뜻대로 안 될 것 같았다.

'어럽쇼?'

생각보다 아리엘이 무시무시하게 강한 것이었다. 절도와 패기가 넘치는 게 한두 해 검을 휘두른 것이 아닌 모양이었다.

'어어어?'

날카로운 검술이 계속 버그베어를 압박해 왔다. 이러다 정말 잘못하다가는 시험이건 뭐건 간에 목이 달아날 지경이었다.

"꺄아아아악!"

버그베어로 변한 윈터본은 역할도 잊어버리고 본래 목소리로 비명을 지르며 도망갔다.

'죽, 죽는다! 약속 때문에 죽을 거야! 꺄아아악! 조, 조앤, 살려줘!'

눈의 요정일 때 친구의 죽음에도 흐르지 않은 눈물이 버그베어의 눈 위로 마구 흘러내렸다. 아리엘이 뒤쫓으려 하자 당황해서 말도 못하던 엘프 소녀가 그녀의 바지 끄덩이를 잡고 늘어졌다.

"언니! 무서워요! 혼자 두고 가지 마세요!"

다행히 그게 통했는지 아리엘은 멈춰서 엘프 소녀에게 돌아왔다. 그런데 표정이 영 아쉬운 듯 입맛을 다시고 있었다. 엘프는 질린 표정이 되었다.

'안 말렸으면 진짜 베어 버렸을 거야! 게다가 엄청 아까워하

고 있어!'

엘프는 황급히 버그베어에게 마법으로 목소리를 전했다.

『우리 다음부터 물리적인 시험은 하지 말자.』

『꺄아아악! 죽, 죽어 죽는다고! 아직 시집도 못 갔는데 이럴 순 없어, 어헝헝헝헝!』

불행히도 버그베어 쪽은 아직 정신을 못 차린 모양이었다.

'아이고.'

엘프 소녀는 고개를 설레설레 내저었다.

『시험은 이제 그만할까?』

『어! 어헝헝헝헝.』

이미 버그베어 윈터본은 공황에 빠져버린 듯했다. 이래서야 미리 준비한 시험이 소용이 없었다. 엘프 소녀는 아쉽긴 했지만, 이 정도로 하기로 했다.

하지만 아직 연기는 계속되어야 하는 법.

그녀는 의지를 다 잡고 아리엘을 쳐다봤다.

"언니, 구해주셔서 고마워요."

엘프 윈터본의 두 눈에 눈물이 그렁그렁했다.

"뭘, 당연한 일인데……."

그런데 왠지 얼굴이 붉어지고 부끄러워하는 기색이 보였다.

'어라? 이 녀석 귀여운 데 약하나?'

지능은 낮아졌어도 눈치는 여전한 엘프 윈터본이 본격적으로 애교를 부려 대자 결국 아리엘은 그녀를 붙잡고 놓아주지 않았다.

"아, 귀여워!"

투구를 벗더니 마구 얼굴을 비벼 온다. 그런데 시집 못 가 안달이 난 윈터본이 남자도 아니고 같은 여자가 반가울 리 없었다.

'제길! 얼굴에 검댕이 묻잖아! 왜 그런 걸 칠하고 와서는. 아가, 그러다 언니 피부에 뾰루지 난다!'

그래도 똥 씹은 표정을 지을 수 없어서 어색하게 웃으며 빠져나왔다.

"켁, 언니 숨 막혀요."

"미안."

"아니에요, 호호호."

"그런데 어쩌다가 무서운 버그베어에게 쫓기게 된 거니?"

엘프 소녀는 그 말에 미리 적당히 지어낸 말을 둘러댔다. 그리고 조앤의 무덤을 찾는다는 아리엘의 말에 자신이 알고 있으니 안내해 주겠다고 했다.

"대신 일이 끝나면 집으로 데려다 주세요."

"응, 알았어."

원하는 조건이라 아리엘은 선뜻 제안을 받아들였다. 이제 그녀는 자신이 제법 모험가가 된 것 같아 뿌듯하기 그지없었다. 못된 버그베어를 쫓아내고 이제는 엘프 마을에 가볼지도 모른다.

'아! 어쩌면 멋쟁이 엘프 청년이 있을지도.'

혹시 모를 덤을 생각하자 기분이 좋아졌다.

"저……, 언니 표정이 풀려 있는데?"

"흠! 아냐, 아냐. 미안해. 어서 가자."

그대로 한 시간 정도 걸어가자 숲의 아주 깊숙한 곳에 도착했는데 갑자기 분위기가 달라진 느낌이었다. 고요함과 경건함이 주위를 지배하고 있는 듯했다. 한가운데는 얼어붙은 연못이 있었고 주위는 개암나무들이 벽처럼 감싼 모양새였다.

"여기인 거야?"

아리엘이 엘프 소녀에게 조심스럽게 묻자 대답이 없었다. 황급히 돌아보니 아무도 없다. 대신 새하얀 머릿결을 가진 신비한 느낌의 여자가 나타났다. 그녀는 한 번도 본 적 없는 옷을 입고 있었다. 주위로는 눈발이 조금씩 흩날렸고 그녀가 발을 딛는 곳에는 눈이 쌓여 갔다. 손목 장신구의 뼈대는 얼음으로 만들어져 청금석으로 멋을 살린 형태였다. 피부는 눈처럼 깨끗했는데 어쩌면 눈 그 자체일지도 몰랐다.

"어서 오세요, 아리엘 아르디."

이 신비로움으로 가득 찬 존재는 바로 눈의 요정 윈터본이었다. 갑작스러운 그녀의 출현에 담이 센 아리엘도 놀라서 뒤로 주춤주춤 물러났다.

"놀라지 마요, 해치려는 것이 아니니깐."

확실히 상대방에게서 악의는 느껴지지 않았다. 아리엘이 침착해지자 눈의 요정은 오랜 세월 묻혀 있던 이야기를 시작했다. 이야기는 시간이 걸렸다. 묵묵히 듣던 아리엘은 많은 질문을 했고 그때마다 윈터본은 친절하게 모든 걸 대답해 줬다.

"이제 제가 원하면 방패처녀가 될 수 있는 거로군요."

"물론이에요, 아리엘. 하지만 힘에는 의무가 따라요. 당신 자신의 결정도 중요하지만, 아버지인 대영주님께 먼저 물어봐야 하지 않을까요?"

그러자 아리엘은 단호하게 고개를 저었다.

"아니요, 제 인생은 제 것이에요. 누구에게도 묻지 않고 스스로 결정할 거예요."

"험난한 길이 될지 몰라요. 아리엘, 저도 이 시대를 봐서 알지만 아무도 여전사를 환영하지 않아요."

그 지적에 아리엘은 조금 망설이는 표정이 되긴 했지만 그뿐이었다.

"의지는 남자만이 가진 게 아니에요. 전 마지막까지 포기하지 않을 거예요."

문득 윈터본은 떠올렸다. 확실히 방패처녀들의 구호는 '마지막까지 포기하지 않는다.'였다. 이제 그녀는 눈앞의 키 큰 소녀는 훌륭한 계승자가 될 것을 확신했다.

"좋아요. 내 친구의 힘은 이제 당신에게 향할 거예요."

고개를 끄덕인 눈의 요정이 얼음 연못에 손짓했다. 그러자 얼음이 녹아내리며 어떤 여자가 나타났다. 움직이지 않는 그녀는 잠든 것처럼 보였다.

"마지막 방패처녀이자 나의 소중한 친구였던 조앤 루난데예요. 이제 당신이 그녀의 방패와 망치를 가져가세요."

아리엘은 홀린 듯 누워 있는 조앤을 쳐다보았다. 확실히 옛사람으로 보였다. 날개가 달린 물방울투구에, 늑대 가죽을 걸치고 안쪽엔 쇠미늘 갑옷을 입고 있었다.

햇살 같은 금발에 하얀 피부, 녹색 눈동자를 가진 여인.

아리엘은 조앤이 자신과 똑 닮았다는 생각이 들었다.

"부족하지만 제가 당신의 힘을 이어가겠어요."

그러다 아리엘은 문득 한 가지가 궁금했다.

"저……, 조앤의 꿈은 무엇이었나요?"

윈터본은 죽어가던 친구의 모습을 떠올렸다. 그리고 끝끝내 말하지 못했던 그 마음을 기억해 냈다. 오랜 시간이 지난 지금도 안타까움이 일어났다. 윈터본은 조앤의 미련한 사랑이 싫었다.

"사랑하던 사람을 지키는 것이었죠. 조앤은 '처녀의 맹세'에 묶여 있었기 때문에 그 마음을 고백할 수 없었지만, 대신 그를 끝까지 지켜 주고 싶어 했죠."

"그랬군요. 이제 그 꿈을 제가 이어 가겠어요. 전 처녀의 맹세에 얽매이지도 않으니깐요."

"하지만 그것과 상관없이 결혼하면 당신은 그 힘을 잃게 될 거예요."

방패처녀는 혼인을 하면 그 신비한 힘을 잃는다. 그 이유에 대해서는 말이 많았으나 가장 확실한 건 첫 번째 방패처녀가 신께 했던 맹세 때문이라고 했다. 그녀는 자신의 맹세를 위해 결혼도 사랑도 거부했다.

"나는 사랑도 포기하지 않을 거예요."

당차게 말하는 소녀를 보고 눈의 요정은 미소 지었다.

"욕심쟁이시네요."

"그럼요, 헤헤."

자신만만하게 웃는 아리엘을 보며 윈터본은 잠시 생각에 잠겼다. 볼수록 눈앞의 소녀는 죽은 친구와 비슷했다. 그녀는 언젠가 친구가 처녀의 맹세를 깨면 해주고 싶었던 선물이 있었다.

"자, 이걸 받아요. 언젠가 있을 당신의 결혼식을 위해서."

윈터본은 자신이 폭설의 마녀 도움으로 만든 아름다운 드레스를 내밀었다.

"와아!"

그건 대영주의 딸답게 아름다운 옷을 많이 가지고 있는 아리엘도 놀랄 만한 드레스였다.

"놀라는 것이 당연해요. 이건 첫눈으로 만든 비단이니까……."

올해 첫눈은 유난히 아름다웠다. 옅은 회색의 하늘로 커다란 함박눈이 쏟아져 내렸는데 그날따라 바람 한 점 없었다. 날씨는 겨울이라고 믿기 어려울 정도로 포근해 눈들은 흔들리지 않고 조용히 쌓여 갔다. 덕분에 그중 가장 깨끗한 것들을 모아 짜낸 비단은 더없이 훌륭하게 나왔다. 원래 이것은 서리 숙녀를 위한 옷이었지만 윈터본은 이걸 바칠 생각이 없어졌다.

'조앤이 이런 드레스를 입고 사랑하는 사람의 품에 안기는 걸 보고 싶었지…….'

그러나 조앤은 이제 없고 그녀의 꿈을 잇겠다는 소녀만이 있었다. 윈터본은 아리엘에게서 조앤의 모습을 보았다. 비록, 조앤이 아니지만 요정은 아리엘이 첫눈의 드레스를 입고 행복해지기를 간절히 빌었다.

"이제 당신의 행복을 빌어요, 아리엘 아르디."

"정말 여러 가지로 고마워요."

"아니에요, 전 그저 친구의 부탁을 따랐을 뿐. 그럼 이제 작별의 시간입니다."

아리엘이 다급히 그녀를 붙잡았다.

"이름이라도 알려주세요!"

하지만 요정은 대답이 없었고 사방에는 빛이 작렬했다.

"아!"

소녀가 다시 눈을 떴을 때는 얼음 연못도 개암나무 숲도 없었다. 오직 자신의 애마인 펠리온이 투레질을 하며 얼굴로 주인을 밀칠 뿐이었다.

"……꿈을 꾼 건가?"

그러나 손안에 있는 고대의 망치와 방패, 그리고 눈부시게 아름다운 첫눈의 드레스가 좀 전의 일이 사실임을 말하고 있었다. 아리엘은 미소 띤 얼굴로 중얼거렸다.

"이제 한 사람의 꿈이 더해졌네. 포기해서는 안 되겠어."

*　　*　　*

그 후 윈터본이 어디로 갔는지는 정확하지 않다. 확실한 것은 이 눈의 요정이 멀리 도망쳤다는 것이다. 첫눈의 드레스를 아리엘에게 선물한 그녀는 태연하게 얼음수정동굴로 돌아와 서리 숙녀에게 가짜 드레스를 바쳤다.

그 드레스의 겉모습은 화려하고 아름다워 서리 숙녀는 별 의심 없이 그것을 입고 파티에 나갔다. 하지만 톡톡히 망신을 당하고 말았다.

그건 아주 교묘한 마법이 걸린 드레스여서 파티가 한창일 때, 서리 숙녀가 다른 나라의 왕자인 바람의 대공과 무도회장 한가운데서 춤을 추고 있을 때 풀려 버렸다. 아름다운 드레스가 갑자기 누더기로 변해 버린 것이다. 고고한 서리 숙녀가 망신을 당한 건 말할 필요도 없다. 더욱이 옷이 얼마나 낡았던지, 놀란 바람의 대공이 그 드레스 자락을 밟자 주욱 하고 찢어지고 말았다.

그 탓에 그녀는 수많은 요정과 정령들 앞에서 알몸을 드러내는 망신을 당했다. 그런데 문제는 서리 숙녀의 몸매가 매우 밋밋하고 매력이 없다는 것이었다. 그 뒤로 호의 어린 태도로 접근했던 바람의 대공은 그녀를 피해 다녔다. 들리는 이야기로는 대공이 서리 숙녀의 몸매에 크게 실망했다고 한다.

아무튼, 그런 이유로 서리 숙녀는 노발대발했고 자신을 속인 윈터본을 잡으러 휘하의 수하들을 파견했다. 그로 인해 눈의 요정의 오랜 도망이 시작되었다. 하지만 누구도 눈 속에 섞여 하늘을 떠도는 윈터본을 잡을 수 없었다. 서리 숙녀는 지금도 윈터본을 쫓고 있지만, 믿을 만한 소식통에 따르면 눈의 요정은 아무도 찾을 수 없는 아주 먼 차원에서 착한 인간에게 시집을 갔다고 한다.

그 남자가 아름다운 윈터본에게 홀딱 넘어가 둘은 달콤한 신혼 생활 중이라는 것이다. 그런데 한 가지 의문점은 윈터본이 의심할 여지 없는 훌륭한 요술쟁이라지만, 어떻게 서리 숙녀까지 속일 정도의 마법을 부렸느냐는 것이다. 이런저런 의견이 난무했으나 결국 아무도 해답을 내놓지 못했다. 상상력이 풍부한 누군가는 지혜로운 폭설의 마녀가 장난을 친 게 아니냐는 말을 소곤거렸는데, 그건 모두에게 꽤 설득력 있게 들렸다.

정령왕

엘퀴네스

개정판

이환 판타지 장편소설

『숲의 종족 클로네』, 『은빛마계왕』의 작가,
이환 대표작 『정령왕 엘퀴네스』 완전 개정판!

어설픈 정령왕의 좌충우돌 모험기를 다시 만난다!

컬러 일러스트 · 네 칸 만화 · 캐릭터 프로필 & QnA
매권 미공개 외전 수록!

dream books
드림북스

Swallow Knights Tales

"스왈로우 나이츠 신입 기사 엔디미온 키리안,
『SKT 개정판』으로 다시 돌아왔습니다!
미온이라고 불러 주세요."

매권 호화 부록
미공개 외전,
컬러 일러스트 등 수록!

dream
books
드림북스

장르문학을 세공하는 판타지 소설계의 장인(匠人)
『아트 메이지』, 『하이로드』의 작가

기천검 판타지 장편소설

케노스 전기

KENOTH
BIOGRAPHY

명예의, 명예에 의한, 명예를 위한 전사 케노스!
전사의 새로운 패러다임을 제시한다.

dream
books
드림북스

블레이드 헌터

김정률 판타지 장편소설

FANTASY STORY & ADVENTURE

『소드 엠페러』, 『다크 메이지』,
『트루베니아 연대기』의 작가

김정률 판타지 장편소설

혼돈의 시대를 가로지르는 빛의 검이 되어라

『블레이드 헌터』

세계의 균형을 위협하는 빛나는 검의 출현!
마스터의 유지를 받들어 그 비밀을 밝힌다!

dream
books
드림북스